EL MISTWALKER

La Niebla - Libro 1

REGINE ABEL

ÍNDICE

EL MISTWALKER

Ser amada por una sombra en la Niebla.

Cada mes, durante tres días, una niebla misteriosa, llena de criaturas demoníacas, se traga el mundo. Desde su primera aparición hace una década, he asegurado diligentemente mi hogar contra el peligro. Hoy, la negligencia de mi hermana ha permitido que algo entre. Un Mistwalker. Una parte de él ahora reside dentro de mí, su marca en mi pecho es un recordatorio constante de su presencia. Me aterroriza y amenaza con descarrilar la vida que he estado construyendo. Y, sin embargo, una parte de mí se siente atraída por él...

He caminado dos mundos para estar con ella.

Durante años, he acechado en la Niebla a la espera de la oportunidad de llegar a mi ardiente Jade. Ahora que los humanos han rasgado el Velo, nada me impedirá cruzar al Plano Mortal para reclamarla. Ella es mi pareja. No permitiré que se esconda de la verdad que conoce muy dentro de ella pero que teme reconocer. Yo fui hecho para ella. Soy su mayor deseo.

DEDICATORIA

Para aquellos que se atreven a soñar, que se atreven a correr riesgos y que no les da miedo sacarle el dedo a los detractores y conformistas. Todo es posible si lo deseas con todas tus fuerzas...

...y trabajas duro para hacerlo realidad.

CAPÍTULO 1
JADE

Las sirenas de emergencia resonaron en la distancia y sentí las ya familiares náuseas en la boca de mi estómago. Me levanté de un salto del sillón reclinable en el que había estado leyendo y arrojé mi libro sobre la superficie de cristal de la mesita de café. A pesar de ya haber revisado dos veces las cerraduras de la casa, cuando la Niebla aparece, uno nunca es demasiado precavido.

Después de revisar la puerta delantera reforzada y las cortinas del vestíbulo de la entrada, le di algunos tirones a las cortinas metálicas de la sala de estar, comprobé las cerraduras y fui a la cocina. Sentada en uno de los taburetes altos de la barra de desayuno, mi hermanita Laura parloteaba al teléfono. Removió distraídamente su café, el cual, sin duda, se había enfriado hacía siglos.

—Laura, necesito que revises las ventanas de las habitaciones y los baños de arriba —le dije sobre mi hombro mientras me dirigía a las ventanas de la cocina.

—Estoy al teléfono —refunfuñó, irritada.

Me detuve, giré y le di una mirada de incredulidad.

—Con un demonio —dijo—. ¡Ya las revisaste dos veces!

—¡AHORA, Laura!

Bufó, saltó del taburete y se fue, dando fuertes pisotones al subir las escaleras.

Me mordí la lengua con rabia. Revisé las ventanas de la cocina y la puerta del patio.

De todas las veces que pudo haber venido a visitarme, Laura tuvo que elegir el comienzo de la Niebla. A pesar de tener veintidós años, se aferraba con fuerza a su inmadurez. Y, aun así, estaba pasando por la Facultad de Medicina como si nada. Estudiante de honor. Consiguió una beca tras otra, lo que le permitió seguir los estudios que no hubiéramos podido pagar de otra forma.

Huérfanas a una edad temprana, pasamos de un familiar a otro hasta que cumplí los dieciocho, hace ya diez años, y tomé la custodia de mi hermanita.

A pesar del desinterés de Laura por su propio bienestar, la seguridad de la universidad se hace cargo de que todos los estudiantes sean contabilizados y los dormitorios debidamente asegurados durante los tres días que dura la Niebla. Fue un respiro para mi alma el saber que alguien de confianza se aseguraba de que no se quedara dormida con la ventana abierta.

La mayoría de las casas y los negocios tienen sistemas de cerrado automatizados. Aún no podía permitirme tener uno, pero, en unos cuantos meses, estas cortinas tendrían unas mejoras significativas. Entré a mi oficina en la parte trasera de la casa (que también funcionaba como mi estudio de arte) e hice una revisión rápida, sabiendo que todo estaría en orden. Cerré las gruesas cortinas blanquecinas sobre las cortinas de metal para dar la ilusión de normalidad y me di la vuelta para irme.

—¡JAAAAADE!

Solté un chillido, mi corazón saltó dentro de mi pecho antes de que una sensación de pánico descendiera por todo mi cuerpo.

—¡JAAAADE! —volvió a gritar Laura desde el piso de arriba.

El terror en su voz heló mi sangre. Corrí fuera de mi oficina, crucé el pasillo hacia las escaleras y las subí de dos en dos. Para cuando alcancé el rellano, unos hilos blancos de Niebla se deslizaban por el suelo desde la habitación de Laura hasta el pasillo.

¡No! ¡No! ¡No! ¡Oh Dios, no!

Corrí la corta distancia que me separaba de la habitación y entré como una tromba para encontrar las cortinas abiertas, la ventana de guillotina entreabierta, y a Laura intentando frenéticamente desatascar la cerradura rotatoria sobre la ventana. La Niebla se derramaba a través de la abertura de unos siete centímetros, cayendo sobre el suelo como humo de hielo seco. Nunca había visto la Niebla con mis propios ojos antes, y mucho menos había sentido su húmeda frialdad contra mi piel. Y, sin embargo, no fue la espesa y blanquecina cortina de niebla lo que me llamó la atención y paralizó mi corazón, deteniéndome en seco, sino la figura sombría que flotaba en el aire, a pocos metros de la casa.

Sus brillantes ojos amarillos, antes enfocados en mi hermana, se movieron hacia mí en el instante en que entré en la habitación. La silueta fantasmal, apenas opaca al principio, de repente pareció solidificarse, el brillo amarillo se intensificó mientras miraba las profundidades de mi alma.

Nos movimos al mismo tiempo, corriendo hacia la ventana.

—¡Corre! —grité, empujando a mi hermana a un lado.

Era necesario mover de una forma muy específica la vieja cerradura de la ventana cuando se atascaba. A pesar del terror que me asfixiaba, logré desatascar la ventana al primer intento, pero no fui lo suficientemente rápida. La sombra fantasmal acortó distancias a la velocidad de la luz, su oscura y vaporosa mano salió disparada a través de la abertura de la ventana y se cerró sobre mi antebrazo izquierdo. Solté un chillido y cerré la ventana con tanta fuerza que me sorprendió que el vidrio no se rompiera. Eso cercenó el brazo del Mistwalker, pero el humo oscuro de su mano no se evaporó; se diseminó por todo mi antebrazo y se filtró a través de mi piel. Fue como si mil fragmentos de hielo me pincharan donde el humo había tocado, corrieran por mis venas y subieran por mi brazo para después clavarse en mi corazón.

Mis rodillas casi cedieron y me quedé sin aliento. Me apoyé en el marco de la ventana, mis ojos se encontraron con los brillantes ojos amarillos de la criatura. A pesar de sus rasgos difusos, reconocí una boca que se estiraba en una sonrisa victoriosa. Apoyó ambas manos en la ventana (el brazo cercenado había vuelto a crecer) y empujó hacia arriba. Cuando la ventana comenzó a abrirse de nuevo, la empujé con fuerza hacia abajo para cerrarla y puse el pasador, dándome cuenta de que había olvidado hacerlo, demasiado sorprendida por el dolor del humo oscuro entrando en mi cuerpo.

La sonrisa del Mistwalker se amplió.

—*Ahora eres mía, hermosa Jade.*

Una voz incorpórea resonó en mi cabeza, sensual como la de un amante y llena de promesas. Se me puso la piel de gallina en respuesta a la innegable conexión que sentí con la criatura.

¡Sabe mi nombre!

Pero peor aún, una parte de él ahora residía dentro de mí.

—*Pronto estaremos juntos.*

—Nunca —susurré—. ¡NUNCA!

Su risa burlona hizo eco en mi cabeza, pronto ahogada por el grito *banshee* de una Mistbeast cercana. Miró por encima de su hombro y luego a mí.

—*Pronto, mi Jade. Por ahora, cazaré.*

Dio media vuelta y se alejó volando, siendo rápidamente devorado por la espesa Niebla.

Con mis manos templando, cerré y aseguré las cortinas metálicas, negándome a llamar la atención de las otras siluetas oscuras de criaturas demoniacas que acechaban en la tenebrosa niebla.

Quería acurrucarme en mi cama y llorar, pero otros puntos de acceso podrían haber quedado entreabiertos. Tan pronto como abrí la puerta de mi habitación, Laura se puso de pie y gritó desde la esquina donde había estado sentada con un abrecartas entre sus manos.

Un millón de palabras horribles cruzaron por mi mente, picando en mi lengua, pero me las tragué y le di una mirada de ira y disgusto que lo dijo todo. Sin decir una palabra, revisé mis ventanas, las cuales sabía que estaban cerradas con pasador, después revisé el baño y fui a la habitación de huéspedes que también estaba debidamente asegurada.

Laura me siguió, sollozando y balbuceando disculpas que no quería escuchar. Pasé junto a ella y me dirigí a su dormitorio. Fue tras de mí como un cachorro asustado.

—Háblame, por favor — suplicó Laura, limpiando sus lágrimas con su manga—. Por favor, Jade. En serio, lo siento.

Lancé sus almohadas en medio del edredón de su cama y luego me dirigí al armario del pasillo. Saqué un par de toallas, las llevé al dormitorio y las arrojé sobre las almohadas.

—¿Qué estás haciendo, Jade? —preguntó Laura, el miedo y la confusión palpables en su voz.

—Agarra tus cosas —dije con voz entrecortada—. Pasarás el resto de la Niebla en la habitación del pánico.

—¿Qué? —preguntó, incrédula. Me miró fijamente con la boca abierta mientras empacaba sus sábanas y almohadas—. Bien. ¡En serio la cagué, pero no puedes simplemente encerrarme en el sótano como a un niño malcriado!

—¿Lo sientes? ¿Tú en serio crees que *lo sientes*? —grité—. Quisiera estrangularte en este momento. ¡Tenías UNA maldita cosa que hacer y era el asegurarte que tu jodida ventana estuviera cerrada! Pero no, estabas endemoniadamente obsesionada con tu estúpido teléfono —escupí mientras apuntaba con ira al dispositivo que aún sostenía en su mano—. Eres tan condenadamente irresponsable, y tuviste las agallas de hacerme una pataleta cuando te pedí que lo volvieras a revisar. Casi haces que nos maten a las dos.

Laura tembló y se encogió con cada una de mis mordaces palabras. Me sentí horrible atacando a mi hermana de esa manera. A pesar de sus muchos defectos, nunca había perdido la compostura de esta manera, pero el terror aún corría por mi sangre, junto con una parte de ese Mistwalker.

—¿Y tú planeas ser médico? —escupí, arrepintiéndome al instante. El miedo me volvía horrible.

Ella se estremeció, pero eso la hizo contraatacar.

—Eso fue un golpe bajo —siseó—. Ya me disculpé. ¿Qué más quieres que haga? Me equivoqué, ¡pero ya pasó! No me vas a encerrar en esa estúpida habitación de pánico.

—Ojalá hubiera pasado, *hermanita* —dije con sarcasmo—. Excepto que tu pequeño "error" aún puede matarme.

Se paralizó, con su creciente ira cambiando a preocupación.

—El Mistwalker que te estaba observando me tocó antes de que pudiera cerrar la ventana. Una parte de él entró en mí a través de mi piel. ¿Entiendes? —dije con ira, antes de envolverme con mis brazos—. Puedo sentirlo en mis venas. Solo Dios sabe qué diablos puede estar haciéndome. Así que sí, Laura, tu trasero va directo a la habitación de pánico porque se cierra desde adentro. Si me convierto en alguna monstruosidad por culpa de esta mierda dentro de mí, es posible que salga y te cace. Pero, si estás abajo, no podré llegar a ti.

Laura me veía con una mezcla de culpa, horror y miedo. Parpadeé para alejar las lágrimas que comenzaban a formarse.

—Oh Jade… lo… yo lo…

—Ahórratelo —dije, interrumpiéndola. Si no seguíamos adelante, me iba a quebrar. Ya tendría bastante tiempo para hundirme en mi miseria una vez que Laura estuviera segura abajo—. Agarra tus cosas y hazlo rápido.

Me tragué el nudo en mi garganta, agarré el bulto de cosas y salí de la habitación. Bajé corriendo las escaleras y abrí la puerta del armario de abajo. El ingenioso patrón de las tablas del suelo ocultaba la trampilla. Presioné la sección derecha del patrón con la punta de mi pie y se abrió la trampilla, que se dobló contra la pared. Deslicé el panel de metal hacia un lado, revelando la amplia escalera a la habitación de pánico. Abracé el bulto contra mi pecho y bajé.

Esta habitación fue lo que me convenció de comprar la casa. Aun cuando estaba pobremente decorada, amueblada con el objetivo de la funcionalidad sobre la comodidad, tenía una puerta con una placa de titanio para bloquear el acceso desde arriba y un sistema de ventilación de última generación. Uno podría refugiarse durante semanas aquí y estar a salvo. Lo renové desde que adquirí el lugar, agregué divisiones para dos habitaciones separadas, lo pinté con colores brillantes, puse alfombras cómodas, sillones, un gran televisor, una enorme colección de películas y una tableta con cientos de libros digitales. Afortunadamente, como en cada Niebla, me había tomado el tiempo de reabastecer por completo la pequeña cocina, por si acaso.

Mientras preparaba la cama de Laura, sus pasos ligeros en la escalera resonaron afuera de la habitación.

—Por aquí —grité mientras esponjaba las almohadas.

Quejándose, caminó hacia la habitación y entró tímidamente. Esos pocos minutos sola permitieron que mi ira y angustia disminuyeran un poco. La pena y la culpa en los ojos de muñeca de mi hermanita me oprimían el corazón. Quería acercarme a Laura, besar su cara de hada y acariciar su corto cabello rubio cobrizo. Ella me abrazaría y yo le diría que todo iba a estar bien.

Pero no me atreví a hacerlo.

¿Y si la infectaba con lo que sea que había entrado en mí? Incluso ahora, podía sentir la energía alienígena vibrando en mis entrañas, reclamándome.

—Vas a ser la primera en estrenar el nuevo colchón —dije, intentando aligerar el ambiente.

Sus ojos se empañaron.

—Lo siento, Jade. ¿Cómo arreglamos esto? No puedo perderte.

Se me hizo un nudo en la garganta y las lágrimas se acumularon en mis ojos.

—Sé que lo sientes, cariño. Perdón por gritarte. Todo esto me está enloqueciendo, pero vamos a estar bien —dije con una sonrisa forzada—. Son solo tres días. Nos podemos mandar mensajes y llamarnos. Maldición, incluso usaré uno de esos programas de videollamada que tanto te gustan —Las lágrimas comenzaron a resbalar por sus mejillas y sus labios temblaron haciendo aún más difícil el mantenerme estoica—. Estoy segura de que todo saldrá bien, pero no podemos correr riesgos. Te amo demasiado.

—Yo también te amo —dijo ella con voz entrecortada.

Laura dio un paso antes de detenerse, entendiendo mejor que yo los riesgos de la transmisión. Mis brazos ardían por la necesidad de abrazar a mi hermana. A pesar de nuestras diferencias, éramos muy unidas. Solo nos habíamos tenido la una a la otra desde la prematura muerte de nuestros padres.

—Asegúrate de tener todo lo que necesites —dije—. Te alegrará saber que hay helado de ron con pasas en el congelador y papas fritas de kétchup en la despensa.

Resopló y sonrió con los ojos llenos de lágrimas.

Salí de la habitación y ella me siguió, manteniendo una distancia segura.

—¿Recuerdas cómo funciona todo? —le pregunté. Ella asintió y se abrazó a sí misma como lo había hecho yo antes. Siendo una mariposita sociable, Laura tendría problemas con pasar tres días completos ella sola—. Pasará pronto —le dije, tratando de sonar optimista—. Ahora es el momento perfecto para un maratón de todas esas tontas series de televisión que tanto te gustan.

Trepé las escaleras y, una vez arriba, me detuve para mirar a Laura.

—Tan pronto como salga tienes que sellar este lugar. No le abras a nadie, ni siquiera a mí, sin importar lo que diga, hasta que las sirenas de la ciudad se apaguen e indiquen el final de la Niebla.

Ella asintió, con las lágrimas formándose en sus ojos otra vez.

—Está bien.

—Te amo, mocosa. Te veo pronto.

—También te amo, Jade. Nos vemos.

Le guiñé un ojo y salí de la habitación del pánico. Segundos después, la gruesa placa de titanio se cerró, cubriendo la entrada. Con un doloroso suspiro, deslicé el panel de metal sobre la placa y bajé la puerta de madera.

Sintiendo el doble de mis veintiocho años sobre mí, subí las escaleras hacia mi habitación con pasos pesados. Desde que la Niebla apareció por primera vez, he sido muy diligente (al borde de la paranoia) respecto a la seguridad de mi lugar de residencia para evitar convertirme en una "estadística". Pero ahora, él estaba dentro de mí, con un dolor sordo y palpitante, justo encima de mi corazón, que se había ido intensificando en los últimos minutos. No quería creer que me pasaría algo malo, pero la incertidumbre, el no saber, me estaba enloqueciendo.

~

Unas manos suaves recorrieron mi piel desnuda, acariciando la curva de mis hombros antes de cerrarse sobre mis pechos. Arqueé la espalda, presionándome contra el suave toque que jugueteaba con mis pezones endurecidos. Siguiendo su viaje hacia abajo, las manos de mi amante rozaron mi estómago, se dirigieron hacia mis caderas y bajaron a lo largo de mis muslos antes de engancharse detrás de mis rodillas para abrir mis piernas. El aire frío estremeció la piel de mi entrada antes de que una lengua fría comenzara a lamerme.

Jadeé, tanto por el placer como por el miedo. Mis ojos se abrieron de golpe. En lugar de la decoración familiar de mi habitación, vi un interminable vacío con Niebla arremolinándose. Mis labios se abrieron para gritar, pero se me escapó un gemido cuando la lengua de mi amante se clavó en mi núcleo. Imposiblemente larga y gruesa, entró y salió de mí, humedeciéndome con olas de pecaminoso placer. Oscuros y vaporosos tentáculos se enroscaron sobre mí, acariciando, explorando, encendiendo mi piel a pesar del frío que sentía. Mi mente me gritaba que me alejara, que resistiera, que peleara, pero mi cuerpo se rindió por completo al sensual y extrañamente familiar asalto.

—*Córrete para mí, mi Jade.*

Quería decir que no, gritarle que me soltara, pero mi cuerpo obedeció, detonándose con una violencia estremecedora. Sin fuerza, sacudiéndome con fuertes temblores, me dejé flotar en la interminable bruma.

El Mistwalker pasó a través de mí, como si caminara a través de una ligera cascada. Por un instante, fuimos uno, sus emociones filtrándose a través de mí: victoria, posesión y un insaciable deseo. Me estremecí, dividida entre el miedo y una excitación irracional. La forma etérea y oscura del Mistwalker salió de mi cuerpo y se posó sobre mí, su rostro sin rasgos a centímetros del mío y sus brillantes ojos amarillos me hipnotizaron.

—*Olvida tus miedos, mi Jade* —su voz incorpórea habló dentro de mi cabeza—. *Nunca te lastimaría. Solo quiero darte felicidad y placer.*

Esas palabras no me tranquilizaron. A medida que la bruma sensual de mi clímax se disipaba, la sensación de fatalidad regresaba con fuerza y, sin embargo, no me sentía en peligro inmediato.

—Déjame ir, por favor —supliqué.

—*Debemos estar juntos, no puedo dejarte ir. No lo haré.*

—¿Por qué? —pregunté, sintiéndome atrapada e indefensa.

Su mano vaporosa acarició mi mejilla, luego mis labios.

—*Porque no quieres que lo haga.*

Lo miré boquiabierta. Eso no tenía ningún sentido.

La apenas visible línea de su boca se estiró en una sonrisa divertida. Bajó su cabeza y lamió la piel sobre mi corazón de una forma casi reverencial.

—*Pronto se aclarará todo, mi Jade. Y entonces estaremos juntos por toda la eternidad.*

Antes de que pudiera hacer otra pregunta, una sensación como si callera me sobresaltó. Se sintió como si aterrizara pesadamente dentro de mi cuerpo. Me enderecé para quedar sentada y me encontré a mí misma segura en mi propia cama. Esto activó el sensor de movimiento de la lámpara de noche. Mis ojos se clavaron en las cortinas de metal de la ventana. Estaban correctamente selladas y la ausencia de la Niebla enroscándose en la habitación confirmó que este "encuentro" había sido ya sea un sueño o alguna clase de experiencia extracorporal.

Revisándome bien, y a pesar de la excitación persistente, tuve que admitir que mi cuerpo no había sido tocado; todo esto había pasado en mi cabeza. El alivio me inundó. Para mi vergüenza, había participado "de mala gana". Pero al menos, podría eludir toda responsabilidad llamándolo una pesadilla o una fantasía retorcida inducida por mi experiencia traumática anterior.

Frotándome el pecho donde el Mistwalker lo había lamido, hice una mueca por el cariño con el que lo hizo. Todavía palpitaba, y no tenía duda de que era allí donde su esencia se había anidado dentro de mí. Recostándome, cerré los ojos, con la esperanza de tener sueños placenteros de arcoíris y unicornios, pero el sueño me eludió. Me giré a un lado, miré fijamente las cortinas y preguntas sobre la Niebla inundaron mi mente.

Nadie sabía qué la causó, aunque todos sospechaban que nuestro gobierno había tenido algo que ver. Hacía nueve años, el veintiséis de marzo, poco después de las ocho de la noche, una serie de luces brillantes deslumbraron a todas las ciudades alrededor del mundo, seguido de fuertes y desgarradores sonidos. La gente dijo que era una grieta en el Velo entre nuestra dimensión y la otra. De estas aperturas surgió una espesa niebla que se derramó sin parar, tragándose el mundo y trayendo consigo un sinfín de criaturas de pesadilla. En los tres días que duró, millones de personas desaparecieron y nunca se volvió a saber de ellas.

Dividimos a los habitantes de la Niebla en dos categorías: Walkers (los caminantes) y Beasts (las bestias). Si bien nadie sobrevivió a la exposición a la Niebla para saber qué acechaba en su interior, cuando esta se retiró después de tres días, los habitantes que no regresaron a su dimensión cuando los portales se cerraron murieron, dejando en su lugar estatuas de ceniza de lo que fueron alguna vez. No supimos si el sol, el aire u otra cosa lo causó, pero encajaba perfectamente con la leyenda de lo que les ocurría a los vampiros una vez expuestos a la luz del día.

No podría decir por qué los llamamos Walkers siendo que ellos no tienen piernas, sino que lucen como sombras espectrales sin rostro, con manos y brazos semejantes a los de los humanos. Las estatuas de las bestias variaban mucho en forma y tamaño, desde pequeñas criaturas del tamaño de un zorro hasta gigantescas y terroríficas monstruosidades. Sin embargo, el más mínimo toque o ráfaga de viento era suficiente para derribar esas "esculturas" de ceniza, por así decirlo.

Curiosamente, la Niebla nunca intentaba entrar a las casas. Las criaturas intentaban abrir puertas y ventanas, pero el encontrarlas cerradas parecía ser suficiente para disuadirles. Las Mistbeasts nunca atacaban las casas. Según todos los relatos, simplemente se movían pesadamente, buscando presas fáciles. Gracias a Dios también por eso. Ninguna casa hubiera podido sobrevivir a un ataque de la mayoría de esas criaturas. Ese comportamiento también era parecido a las leyendas de vampiros en las cuales no pueden entrar a tu casa sin una invitación expresa. Me hizo preguntarme si también eran chupasangres.

La población buscaba a alguien a quien culpar. Pero con

cada país alrededor del mundo siendo atacado por la Niebla, el mismo día, a la misma hora, se hizo imposible el determinar un culpable. Los conspiranoicos hablaron de experimentos del gobierno, basando su teoría en el hecho de que la Niebla solo aparece con la luna llena y desaparece después de 72 horas, como una prueba programada que salió mal. Por su parte, medioambientalistas aseguraban que nuestro abuso hacia la Madre Tierra había desatado algo que, de otra forma, habría permanecido inactivo.

Las tribus indígenas, la gente sin hogar, los granjeros y criadores, los zoológicos y los parques de vida silvestre fueron severamente afectados. Muchas tribus desaparecieron completamente durante la noche, rebaños enteros fueron diezmados. Sin embargo, las compañías de construcción disfrutaron de un insano incremento en sus negocios, lo cual continúa hasta hoy con nuevas mejoras de seguridad para las casas contra la Niebla: sistemas de cerrado automatizado, habitaciones de pánico, refugios para los rebaños, lo que fuera. No es necesario decir que los vegetarianos se regocijaron cuando el precio de la carne voló por los cielos, forzando a muchos a reducirla significativamente de su dieta o eliminarla por completo.

El chillido de una Mistbeast en el exterior, seguido del aleteo de unas alas gigantes, me sobresaltó. Una serie de horribles escenarios que había estado tratando de silenciar se arrastraron de nuevo al frente de mis pensamientos.

¿Y si me convierto en una de esas horribles criaturas?

Sin embargo, descarté ese pensamiento tan pronto como entró en mi mente. Por alguna razón, dudaba seriamente que lo que sea que acechaba dentro de mí me convirtiera en una Mistbeast. Pero las palabras del Mistwalker me hicieron creer que era posible que me convirtiera en algo parecido a él. Me reclamó como suya y dijo que pronto estaríamos juntos por toda la eternidad. ¿A qué más se podría referir?

Me estremecí, la ansiedad alejó aún más el sueño. Todo

instinto me decía que esto no había sido un sueño. Se sintió demasiado real.

Salté fuera de la cama y tomé mi computadora portátil del pequeño escritorio cerca de la ventana. Regresé a mi cama, me senté con las piernas cruzadas y unas cuantas almohadas apiladas tras mi espalda y encendí el dispositivo. Después de abrir mi navegador en modo incógnito, busqué todas las combinaciones de palabras clave que podrían generar resultados a "ser tocado por un Mistwalker".

Además de una página web que lucía aterradoramente oficial que instaba a la gente que estuvo en contacto con un Mistwalker a reportarlo inmediatamente al Centro de Control de Enfermedades más cercano (lo cual realmente no quería hacer a menos que fuera mi último recurso), todas las demás páginas eran de grupos psicóticos queriendo ser tomados por un Walker y tener Mist babies (bebés de Niebla). Por un tiempo, los Mist pacts o pactos de Niebla se volvieron tendencia entre los adolescentes jóvenes y problemáticos, otro riesgo más que se pidió a los padres controlar. Los pueblos pequeños con pocas opciones de estudios se vieron gravemente afectados, aunque el caso más terrible ocurrió en un pueblo grande donde la mitad del equipo de fútbol local y dos tercios de su equipo de animadoras salieron de sus dormitorios y se adentraron en la Niebla.

Mi búsqueda no dio ningún resultado, arrojé mi portátil a un lado con disgusto y la vi rebotar en mi cama matrimonial. Suspirando con frustración, me volví a acostar, sopesando mis opciones.

Gracias a la tecnología de videollamadas, mi hermana sería capaz de ver si me convertía o no en un monstruo para cuando la Niebla se levantara. Entonces podría llamar al CCE para que vinieran a disponer de mí. Sin embargo, eso sonaba como un destino igual de horrible como el que sospechaba que ocurriría si me entregaba por haber sido "infectada" por un Mistwalker. Pero ¿y si me convertía en algo letal? Siempre pensé que sería socialmente responsable si alguna vez me encontraba en esta situación, pero, justo ahora, mis instintos de supervivencia me estaban dominando. La idea de convertirme en una rata de laboratorio me asustaba incluso más que lo que sea que la esencia del Mistwalker dentro de mí pudiera hacerme.

¿Por qué le estoy dando tantas vueltas?

En serio, ¿por qué? La realidad era que, a los pocos segundos de que él me tocara, cuando su niebla oscura entró en mi cuerpo, ya había decidido qué hacer si me transformaba. Con mi hermana escondida a salvo en la sala de pánico, abriría la puerta principal de la casa y caminaría hacia la Niebla.

Por extraño que parezca, ser consciente de este pensamiento poco reconfortante me quitó un gran peso de encima. Mi ansiedad disminuyó y mis párpados se volvieron pesados. Toqué por última vez el lugar sobre mi corazón que palpitaba dolorosamente antes de que el sueño me reclamara.

CAPÍTULO 2
JADE

El tentador aroma de tocino, croquetas de papa y café recién hecho me despertó. Se me hizo agua la boca y mi estómago rugió con fuerza. Salté de la cama y corrí al baño para quitarme el sueño de la cara. Laura era una excelente cocinera y sus croquetas de papa fácilmente podrían considerarse una comida completa. Ella sabía que me encantaban y las preparaba cada vez que venía de visita.

Abrí la llave del grifo para lavar mi cara y miré fijamente el reflejo frente a mí con una persistente sensación de inquietud en el fondo de mi mente. Mis ojos nunca llegaron a mi rostro, se quedaron atrapados en la visión del oscuro símbolo cabalístico que había aparecido en mi pecho, por encima de la línea de encaje de mi camisón de seda. Los recuerdos de lo ocurrido la noche anterior me golpearon con fuerza. Apreté mi mano sobre mi pecho. El dolor punzante se había ido. Froté la marca. Parecía tatuado en mi piel, pero ahora era completamente indoloro.

¿Qué rayos está haciendo fuera de la habitación de pánico?

Salí del baño, tomando mi bata en el camino, y corrí escaleras abajo. Con el corazón latiendo como loco me preguntaba qué locura la hizo salir.

—¡No entres en pánico! —lloriqueó Laura desde la cocina al escuchar mis pesados pasos en las escaleras—¡No eres peligrosa ni contagiosa!

Esas palabras me congelaron en mi lugar, me tragué el sermón que estaba por darle.

—¿Qué? —pregunté al entrar a la cocina y me quedé viéndola fijamente con confusión y preocupación.

Se paró frente a mí con un camisón de algodón negro hasta la rodilla con una linda ilustración de chimpancé que decía "el mono ve, el mono hace" y levantó sus manos frente a ella en un gesto de rendición.

Laura sacó el sartén de la estufa antes de darse la vuelta hacia mí.

—Investigué un poco durante la noche, contacté a algunas personas; mis amigos hackers de los que te conté—dijo Laura observándose detenidamente.

—¿Te refieres a esos dementes teóricos conspiracionistas? —le pregunté con incredulidad.

El rostro de Laura enrojeció, parecía que le había dicho algo que la avergonzó, pero no retrocedió.

—Tienen algunas teorías —aceptó—, aunque la mayoría de ellas apestan, la evidencia en la que se basan es bastante sólida.

—¿Cómo sabes? ¿Estás tan segura de lo que dices como para poner tu vida en riesgo? —pregunté con desconfianza.

—¡Porque los conozco! —dijo, lanzándome una mirada de irritación—. Puede que actúe como una irresponsable de vez en cuando pero no soy suicida. Confío en ellos. Como sea, ya que no estás en modo psicótica en estos momentos, podríamos verificar si la información que me dieron es correcta. Si se equivocan, simplemente regreso al sótano.

—¿Y cómo vamos a hacer eso? —pregunté, cruzando mis brazos sobre mi pecho e intentando no ilusionarme demasiado rápido.

—Dicen que es posible que un simple toque no haga nada,

pero, si parte del Mistwalker entra al cuerpo de una persona, en el transcurso de 24 horas aparecerá una especie de tatuaje simbólico sobre su pecho—dijo, encogiéndose de hombros.

Mi mano salió disparada hacia mi pecho y apreté mi corazón justo donde el tatuaje, de hecho, había aparecido.

—¡Oh por Dios! Apareció, ¿no es verdad? —preguntó Laura, con sus ojos casi saliéndose de sus cuencas.

Asentí lentamente y abrí mi bata para mostrarle el tatuaje. Lucía como una media luna invertida con una línea recta en medio, semejante a la letra E del alfabeto cirílico pero muy estilizado. De un profundo negro, contrastaba contra mi pálida piel. Si lo veías detenidamente, daba la impresión de moverse.

—¿Qué se supone que hace? —pregunté en un susurro, estupefacta ahora que el pánico inicial había desaparecido.

—Richard dijo que es como una marca de propiedad —contestó en tono comprensivo. Mis ojos se dirigieron a los suyos, pero ella seguía mirando mi tatuaje, fascinada—. Cada Mistwalker tiene su propio símbolo. Les indica a los otros que se larguen y sirve como un faro para encontrarte.

—¿Por qué no me mandaste un mensaje diciéndome todo esto? —pregunté, luchando con las náuseas que sentía en el estómago.

—¡Lo hice! Pero no contestaste —dijo, a la defensiva. Laura se dio la vuelta hacia la alacena y tomó un par de platos para las dos. Me miró sobre su hombro y dijo—. Era de esperarse, teniendo en cuenta cierto dato adicional que me dio Richard.

—¿Sobre qué? —pregunté mientras caminaba hacia la mesa y tomaba asiento.

—Que el humano reclamado termina teniendo algunos sueños húmedos bastante candentes e intensos durante el tiempo que dura la Niebla.

Sentí mi cara arder como si estuviera en llamas. Habiendo confirmado sus sospechas por mi traidora pálida tez, Laura me miró boquiabierta como si acabara de enterarse de un chisme particularmente jugoso.

—¡Ohhh, pero qué traviesa! —exclamó.

—Sabes que tengo el sueño pesado —me defendí, retorciéndome en mi silla.

—Es verdad —dijo Laura, con una mirada divertida—, podrías dormir aunque el mundo se estuviera cayendo a pedazos.

Y era verdad. Mi alarma podría sonar por horas y no la escucharía. Por suerte para mí, mi reloj interno nunca ha fallado a la hora de despertarme.

—Entonces, ¿qué es lo que quiere? ¿Qué pasa con los humanos? —pregunté mientras Laura servía nuestro desayuno.

—De acuerdo con las "víctimas" con las que ha hablado, Richard dice que el Mistwalker solo busca una compañera de vida. Es decir, los que dan esos tatuajes. No todos son buenos, pero los que dan esas marcas no son malos.

El alivio me inundó. No me dio la impresión de que intentara dañarme, pero, aun así, escucharlo de alguien que acertó en dos de mis "síntomas" me tranquilizó.

—Él te dejará decidir si vas con él o no.

—¿Te refieres a entrar a la Niebla con él? —pregunté, asombrada.

—Así es. Al parecer, él te llevará a un lugar seguro donde podrán vivir felices por siempre y tener pequeños *Mist babies* —dijo.

—No es gracioso —le dije, frunciendo el ceño.

—Tranquila —dijo Laura, sirviéndonos café a ambas—. Son buenas noticias, en mi opinión. Tienes elección y no te convertirás en un monstruo.

—Gracias —dije distraídamente. Después de agregar dos cucharadas de azúcar y un poco de leche, revolví lentamente mi taza—. De acuerdo. Tienes razón, pero ¿qué pasa si digo que no?

Laura se encogió de hombros antes de comenzar a comer.

—Richard dijo que la chica con la que habló se reusó a ir y el

Mistwalker respetó su decisión. Sin embargo, ella estaba dispuesta a continuar con sus encuentros casuales durante la Niebla y lo siguen haciendo. Pero otros se han negado a mantener algún tipo de contacto y sus Mistwalkers los han dejado en paz.

—¿Así sin más? —pregunté con un tono de duda.

Laura se encogió de hombros nuevamente.

—Es todo lo que sé. De cualquier modo, no te volverás parte de un espectáculo de horror, y yo no tengo que pasar las próximas 48 horas en el sótano. Como dije ¡son buenas noticias! Ahora, ¡necesito detalles! ¿Cómo es el tener sexo con un demonio?

Casi me atraganté con el sorbo de café que acababa de tomar. Laura se carcajeó mientras yo la veía.

—Solo termina tu desayuno —dije, tratando de alejar los recuerdos de ese interludio aterradoramente placentero.

Las siguientes 48 horas pasaron volando. A lo largo del día, el Mistwalker me perseguía con su presencia fantasmal. No hablaba ni se quedaba demasiado tiempo, se conformaba con darme una especie de caricia mental como para recordarme su existencia o para comprobar que nuestro vínculo seguía ahí. Por la noche, sin embargo, me llevaba a su reino para otro asalto sensual. Al igual que la primera vez, me despertaba del sueño para encontrarme rodeada por la Niebla, sus manos y boca etéreas desatando el tormento más delicioso sobre mi cuerpo dispuesto. Para mi vergüenza, no trataba de pelearlo. Incluso lo esperaba.

Después de más de tres años de celibato, estaba hambrienta por satisfacción que no viniera de mi propia mano y ese Mistwalker sabía exactamente dónde y cómo tocarme, dándome los más enloquecedores orgasmos que jamás había experimentado.

Después de Patrick, me había tomado un descanso con los hombres. Había creído que él era el indicado. Habíamos estado hablando de matrimonio y acabábamos de comprometernos cuando su exnovia regresó después de haber pasado cuatro años estudiando en el extranjero y expresó su deseo de reiniciar su relación. Para ser justos, Patrick trató de resistirse y fue sincero conmigo sobre sus emociones encontradas. Esto no hizo menos desgarrador cuando rompió nuestro compromiso y volvió con ella.

Aun así, quería creer que ese candente comienzo no era la única razón que tenía para entregarme tan fácilmente a la mítica criatura. No tenía sentido, pero se sentía tan familiar, incluso seguro. Tan irracional como pueda sonar, no dudé ni por un segundo que se detendría si alguna vez se lo pedía...y lo digo en serio. En los tres días de la Niebla, él nunca vio por sí mismo, solo se enfocaba en mi placer. No hablaba ni respondía ninguna de mis preguntas más que con frases crípticas que me dejaban tan desorientada o confundida como antes.

Ni siquiera sabía su nombre.

Pero su fuerza había crecido enormemente. Crepitaba con él, y el espacio vacío al que me había estado llevando había comenzado a tomar forma con un cielo, hierba y el contorno brillante de una mansión. Supuse que tenía la intención de que viviéramos allí si aceptaba su oferta de unirme a él, pero no lo haría. Mi lugar estaba en la Tierra, con mi hermana, mi vida sencilla y mi trabajo como dibujante de personajes de videojuegos.

Cuando su lengua experta me llevó al límite una vez más, fugazmente pensé que mantenerlo como un amante casual, unos días al mes, sin ataduras, podría no ser tan mala idea después de todo. No interactuaba con mi cuerpo físico, no había riesgo de embarazo o ETS, y tenía docenas de increíbles orgasmos.

Efectivamente, no sería un mal trato para nada.

Maravillosamente saciada, con mi cuerpo de la Niebla temblando en placenteras sacudidas, volví a caer en mi cuerpo del mundo real para después entrar felizmente en un pacífico sueño. Como de costumbre, la sirena de emergencia de la ciudad no me despertó y tuve que revisar el canal de noticias para confirmar que la Niebla se había disipado. Recorrí toda la casa, abrí las cortinas y las ventanas para dejar entrar un poco de aire fresco y luz del día.

Aunque era miércoles por la mañana, no se esperaba que nadie volviera a trabajar antes del jueves. Desde la llegada de la Niebla, el día antes de que comience y el día después de que termine fueron declarados días feriados oficialmente, totalmente compensados por los empleadores. Esto permite que las personas que necesitan realizar viajes largos para llegar a su casa de seguridad o refugio lleguen a tiempo antes del toque de queda de las seis de la tarde. Al final de la Niebla, la alarma de la ciudad resuena dos horas más tarde para asegurarse de que todas las grietas del Velo han cerrado y que las Mistbeast rezagadas han perecido.

Con el corazón pesándome en el pecho, ayudé a mi hermana a empacar y la llevé a la estación del tren para que pudiera regresar al campus a tiempo para sus clases en la mañana. Estaba agradecida por haber sido capaces de pasar estos tres días juntas después de todo. A pesar de sus errores (que de hecho habían sido pocos), amaba cada parte de Laura y extrañaba tenerla cerca.

Además, había presionado a su amigo hacker Richard para que consiguiera más información. No encontró nada, pero nos aseguró que no teníamos que temer por mi seguridad. Al final, eso era todo lo que importaba.

Como todos los demás, necesitaba reabastecer mi alacena, pero las tiendas de víveres y las farmacias generalmente estaban repletas el día después de la Niebla. Incluso los restaurantes y bares recibían una gran cantidad de personas que se volvían locas después de haber estado encerrados en sus casas durante tantos días.

Con el fin de semana a la vuelta de la esquina, decidí esperar hasta salir del trabajo el viernes. Iría al Muse Food, el mega supermercado en el corazón del distrito de arte, a un tiro de piedra del estudio. Rodeado de museos, galerías y academias de arte, el mercado buscaba satisfacer las exóticas necesidades de los artistas extranjeros y los estudiantes de intercambio que gravitaban la zona.

Normalmente cocinaba los fines de semana y, desde hacía un tiempo, ansiaba algo de comida marroquí. El menú: cuscús royal y tajine de kefta. El precio de la carne haría mella en mi presupuesto, pero después de los últimos días, merecía darme el lujo.

Una linda chica morena saludaba a los clientes en la entrada del enorme supermercado. Vestida de blanco con un delantal de artista negro, tomaba algunas piruletas en forma de pincel que entregaba a los clientes, señalando que venían en varios sabores y que se podían encontrar a la venta en el pasillo cuatro. Me encantaban. Tenían un delicioso sabor cremoso a caramelo. Naturalmente, no las compré, pero no había forma de que rechazara una muestra gratis.

Tenía un apetito y un peso saludable. Aunque mi peso ideal requeriría que perdiera entre diez y quince libras más, no me molestaba. Me gustaba mi apariencia, pero debía tener cuidado con mis indulgencias y hacer ejercicio con regularidad para mantener mi figura. Afortunadamente, aparte del helado (especialmente en profiteroles), las tartas de fresa y la piruleta en forma de pincel ocasional, no tenía mucho gusto por lo dulce. Bueno, está bien, agrega a la lista la mayoría de las frutas bañadas en chocolate. Pero ¿quién podría resistirse a eso?

Con los labios entreabiertos, hice girar la piruleta en mi lengua mientras miraba el contenido de mi carrito de compras, luchando contra la persistente sensación de que había olvidado algo. No había hecho una lista de compras y me pateaba mentalmente por ello.

—Disculpe —dijo una voz masculina ronca, suavemente.

Giré mi cabeza hacia la izquierda y hacia arriba para mirar al imponente, musculoso e impresionante hombre que había hablado. Cabello negro hasta los hombros, ojos gris niebla y pómulos cincelados que le daban a su deslumbrante rostro un aire de nobleza, pero mi mirada permaneció fija en los labios más perfectos que había visto y que suplicaban ser besados. Se estiraron en una sonrisa divertida y su suave risa me sacó de mi cavilación. Mi cara se calentó cuando me di cuenta de que lo estaba mirando, con la boca abierta y mi piruleta todavía en mi lengua. La saqué y cerré la boca con un sonido audible.

—Emmm... ¡Hola! Lo siento. Me tomó desprevenida. Estaba perdida en mis pensamientos.

Oh, Dios, ahora estaba tartamudeando.

Mis mejillas enrojecieron aún más y su sonrisa se ensanchó. Aclaré mi garganta.

—¿Puedo ayudarle, señor? —pregunté, sintiéndome incómoda sosteniendo mi piruleta en mi mano.

—Soy nuevo en el vecindario y este lugar es inmenso —dijo él con una dijo con una mirada tímida—. ¿Tienes alguna idea de dónde podría encontrar la margarina?

—¿Margarina? —pregunté, sin poder de evitar arrugar la cara con desaprobación— ¿Como para hacer una corteza para tarta?

—¿Sí? —dijo, sorprendido por mi respuesta negativa. —¿No lo aprueba?

—Solía hacerlo —acepté—, pero, después de una pequeña estadía en Paris, ahora solo uso mantequilla, todo el tiempo.

Alzó una ceja, divertido.

—¿En serio?

—Mmhmm —dije, asintiendo—, pero si *en serio* quiere esa grasa rara, le puedo mostrar dónde encontrarla.

—Grasa rara, ¿eh? —sus ojos color tormenta brillaban con alegría, dándome todo tipo de deliciosos cosquilleos— Supongo que darle una oportunidad a la mantequilla no hará daño. ¿La misma cantidad?

—¡Sí! —dije, apoyándome en mi carrito de compras.

—Perfecto, entonces. ¿Y el polvo de hornear?

—En el mismo lugar que la margarina —dije inexpresivamente.

Parpadeó y fue mi turno de reírme.

—Pasillo veintitrés, pasando los productos congelados, al lado del pasillo de papas fritas y dulces. No en los estantes de harina, sino cerca de las chispas y otras cosas para decorar pasteles. Es un poco difícil de encontrar porque, generalmente, tienen algún tipo de exhibición con muestras gratis y terminan creando callejones sin salida en esa área.

—Ya veo—dijo lentamente, cabizbajo.

Me reí de nuevo. Deliberadamente, lo había hecho sonar peor de lo que era para tener una excusa para quedarme con él un poco más. Era un comportamiento un tanto extraño en mí. No era mojigata y, definitivamente, no era tímida, pero tampoco se me daba el perseguir a los hombres. Una parte mí, chapada a la antigua, todavía esperaba que el hombre diera el primer paso, aunque no se reusaba a coquetear un poco. Habían pasado años desde la última vez que actué tan audazmente... ¡y me encantó!

—Por aquí, novato —le dije, haciendo un gesto con la cabeza para que me siguiera.

Él se rio y me siguió.

—Gracias, ¿señorita...?

—Jade —dije, sacudiendo mi cabello pelirrojo sobre mi hombro mientras empujaba mi carrito.

—Como sus ojos —dijo, con una sonrisa seductora.

Mi estómago cosquilleó deliciosamente al obligarme a mostrar una expresión levemente halagada en lugar de derretirme completamente por él.

—Exacto —dije, casualmente, mientras nos dirigíamos al pasillo de alimentos congelados.

No pude evitar caminar con algo de soberbia una vez que noté las miradas envidiosas que otras compradoras me lanzaban. Él no era mío, pero por unos minutos, fui la perra más afortunada que otras mujeres deseaban ser.

—Puede que ciertamente sea "novato", pero mi nombre es Kazan —dijo, sonriendo.

—Entonces, ¿qué lo trae a nuestro encantador rincón de... —Me detuve en seco y me giré para mirarlo, mis ojos se sentían como si fueran a salirse de mi cara en cualquier momento— ¿Kazan? ¿Como en Kazan Dale, el pintor?

Me lanzó una mirada cautelosa.

—¿Tal vez?

—¡Oh, Dios! Llamé "novato" a Kazan Dale.

Alejándome de él, cerré los ojos, mortificada, y me aferré a mi carrito con ambas manos, aunque la piruleta en la mano derecha me lo dificultaba.

Kazan se rio.

—Técnicamente, sí —dijo suavemente—. Aunque ni siquiera puedo orientarme en un supermercado.

Abrí mis párpados y lo miré de reojo. Mordió sus sensuales labios para evitar reírse de nuevo.

—Por favor, dígame que está saliendo de su retiro, descanso o lo que sea que lo hizo parar —pedí, tímidamente.

Se puso serio y me dio una mirada calculadora.

—Por ahora, sí.

Eso me animó.

—¡Esas son noticias increíbles! No quiero enloquecer frente a usted, pero he sido una gran admiradora de su trabajo desde sus primeras publicaciones en los foros de arte. Por favor, dígame que está planeando una exposición aquí en un futuro no muy lejano.

—¿Tal vez?

—¡En serio lo hará! —dije, luchando contra el impulso de

chillar como una colegiala—Nota mental: cuando Kazan Dale dice "Tal vez", significa que sí.

Rio de nuevo y dijo:

—Tal vez.

Poniendo su mano en la parte baja de mi espalda, me empujó ligeramente para hacerme seguir caminando. Fue entonces que me di cuenta de que me había detenido justo en medio del pasillo. Aunque era bastante ancho, incomodaba totalmente a los otros clientes.

—¿Debo suponer que usted también es artista? —preguntó.

La sangre invadió a mis mejillas, tanto por la vergüenza como por el placer de que mostrara interés en mí.

—No a su altura, pero hago un trabajo bastante decente —dije, tratando de sonar con el nivel justo de modestia—. Soy artista de personajes y la líder artística de mi proyecto. Videojuegos —añadí cuando abrió la boca para hacer una pregunta.

Su frente se frunció, no con el desdén elitista que esperaba, sino con una sorpresa genuina y encantada. Mi atracción por él, mi enamoramiento instantáneo, subió otro nivel.

—Me encantan los videojuegos —dijo, con sincero entusiasmo—. ¿Modelado en 3D?

—Sí, aunque hago mucho arte conceptual en mi tableta y pinto bastante en mi pequeño estudio en casa.

—Me encantaría ver su trabajo—dijo Kazan cuando nos detuvimos frente a los estantes donde se encontraba el polvo de hornear.

—Yo… Wow, sería un honor para mí que usted lo viera —dije, impresionada—. Espere, déjeme darle mi tarjeta de presentación. Ahí encontrará el enlace a mi portafolio en línea.

Rebusqué en mi bolso, saqué una tarjeta y se la entregué. La tomó con su mano izquierda y luego se inclinó hacia adelante para tomar el polvo de hornear del estante a mi lado con la otra mano. Su pecho rozó mi espalda, haciendo temblar mis rodillas. Me quedé sin aliento cuando se enderezó y nuestros ojos se encontraron. Sus ojos grises me paralizaron al oscurecerse, el embriagador aroma de su sutil colonia me mareó. Hipnotizada, me perdí en la profunda bruma de su mirada mientras el tiempo parecía ralentizarse.

Un dolor agudo en mi pecho me sacó de mi aturdimiento. Mi mano voló hacia mi tatuaje de Niebla que, de repente, se sentía en llamas, quemando frío, con una sensación de tirón como si me estuvieran succionando energía.

Kazan se estremeció y la sangre abandonó su rostro. Parpadeó y se tambaleó un par de pasos lejos de mí. Me lanzó una mirada preocupada, parecía estarse agotando de forma alarmante.

¡Oh, Dios! ¡El Mistwalker lo está drenando! ¡A mí también!

Pude sentir cómo mi propia energía se agotaba rápidamente y también me alejé de Kazan.

—Bueno, gracias por su ayuda —dijo Kazan, repentinamente ansioso por irse—. Creo que el cambio de horario me afectó más de lo que pensaba. Será mejor que regrese, pero le daré un vistazo a esto —agregó, agitando mi tarjeta.

—Cuídese —dije, mi pecho comprimiéndose con una irracional sensación de pérdida—. Fue un placer conocerlo.

—Igualmente —dijo Kazan.

Con una última sonrisa y un movimiento de cabeza, se alejó.

La sensación de tirón y la fría quemadura se desvanecieron tan repentinamente como habían comenzado, y con ellos, la presencia del Mistwalker.

CAPÍTULO 3
JADE

Durante los siguientes tres días, caí en una especie de depresión. El Mistwalker no se había vuelto a manifestar después de ese gran sabotaje. Sin embargo, Kazan tampoco. La cantidad de vistas en mi portafolio había aumentado, pero eso no significaba que fueran de él.

Mi obsesión con ambos se sentía poco saludable. No podía hacer nada con el Mistwalker. Todo sobre él y sus intenciones seguía siendo un misterio. Basándome en ese incidente en el supermercado, literalmente podría estar tratando de arruinar mi vida. Por primera vez en tres años, finalmente conocí a alguien que despertó emociones que habían estado enterradas profundamente desde que Patrick se fue, y lo arruinó.

Mi fascinación por Kazan comenzó hace seis años, la primera vez que vi una de sus pinturas. Al ser una gran fanática de Luis Royo, el arte de Kazan me dejó boquiabierta, con un tema similar pero tan realista que inicialmente pensé que se trataba de fotos evitadas, hasta que me di cuenta de que estaban cien por ciento pintadas a mano.

Sus apariciones eran intermitentes, a veces publicaba nuevos trabajos y hacía exhibiciones durante largos períodos de tiempo y luego desaparecía de la faz de la Tierra durante meses. Hacía poco más de tres años, su agente había declarado que Kazan se tomaría un descanso por tiempo indeterminado tanto de la vida pública, que, en su mayoría había sido inexistente desde un inicio, como de la pintura, sin una explicación o justificación real. Me rompió el corazón, y maldije a los medios y tabloides a quienes responsabilicé por acosarlo constantemente.

Kazan nunca aceptaba que le tomaran fotografías, aparentemente para poder llevar una vida normal fuera de su arte. No había tenido ninguna relación ni pareja conocida. Los rumores decían que era gay y lo mantenía en secreto por temor a que pudiera afectar negativamente su carrera. Eso nunca tuvo mucho sentido para mí ya que los círculos artísticos tenían toneladas de personas gays y lesbianas. Si fuera verdad, creo que incluso hubiera sido mejor recibido en los círculos internos.

Sin embargo, durante mi breve encuentro con Kazan no tuve la sensación de que fuera socialmente inadaptado; todo lo contrario. A pesar de su comportamiento suave y gentil, poseía una fuerza innegable, incluso energía depredadora, que acechaba debajo de su hermoso exterior. Sentí un hormigueo de nuevo solo de pensar en él.

Observé mi cuaderno de bocetos y suspiré ante otro dibujo de Kazan. En los primeros cuatro días de la semana pasada, había dedicado casi veinte páginas al Mistwalker. Los últimos tres días, Kazan había dominado mis pensamientos. Algunos de los dibujos irían directamente a la basura; no porque fueran malos, sino porque me había tomado algunas libertades muy atrevidas. Si Laura veía esto, y ella siempre hojeaba mis cuadernos de bocetos, nunca me dejaría en paz. Este último boceto, sin embargo, en verdad lo quería pulir.

Observé el lienzo en blanco que estaba sobre mi caballete y me mordí el labio inferior. Cuando me levanté para dar un paso hacia él, mi teléfono sonó, indicando un nuevo mensaje de texto.

Le di una mirada rápida, mi mente enfocada en la pintura, y tuve que volver a mirar.

—*Hola Jade. soy Kazan. ¡Me encantó tu portafolio!*

Mi corazón se saltó un latido. Me dejé caer en la silla de mi escritorio y agarré mi teléfono, emocionada.

—*¡Guau! ¡Gracias! No puedo creer que realmente lo vieras* —me atreví a comenzar a tutearlo ya que él lo hizo primero.

—*Claro que lo hice. ¿Puedo llamarte? ¿Es un buen momento?*

¿Qué si podía llamarme? ¿En serio? Era justo lo que esperaba eso cuando le di mi tarjeta de presentación. No saber nada de él durante las primeras 24 horas había sido normal; habría parecido demasiado ansioso si lo hubiera hecho antes de ese tiempo, aunque eso no me impedía desear. Esperar 48 horas había sido un asco. Al tercer día, es decir, hoy, comencé a revolcarme en la miseria.

—*Claro. No estoy ocupada.*

El teléfono sonó unos momentos después. Conté dos segundos antes de responder para evitar revelar lo mucho que había estado esperando para volver a escuchar su sensual voz.

—Hola —dije.

—Hola, bella dama —respondió Kazan, su suave y ronca voz hizo que me derritiera por dentro—, ¿Por qué no creías que vería tu trabajo? Dije que lo haría, yo cumplo con mi palabra.

Me retorcí tanto de placer como de vergüenza ante su suave tono de reproche.

—No quise dudar de ti, pero debes tener un millón de grupis pidiéndote que revises su trabajo, así que creí que tomaría algo tiempo para que fuera mi turno.

Él se río entre dientes, enviando un delicioso escalofrío por mi espalda.

—No tengo groupis —dijo, sonando divertido—. Todas siguieron con su vida después de mi última desaparición, lo que me da tiempo suficiente para examinar el hermoso trabajo de una admiradora de mucho tiempo que no enloquece por mí.

Fue mi turno de reír al escucharlo usar mis propias palabras en mi contra.

—Bueno, esta admiradora de mucho tiempo se siente halagada —dije, con una sonrisa en mi voz.

—Me gustó especialmente la feroz cazadora de dragones pelirroja y de ojos verdes, y su intrépida compañera pecosa.

—¡Oh, Dios! ¡No puedo creer que no eliminé eso! —dije, mi cara ardiendo de vergüenza —. Es un viejo dibujo que mi hermana menor Laura me retó a hacer de nosotras como cazadoras de dragones con el tipo de armadura ridícula y apenas visible que suelen usar las mujeres en el arte de fantasía y los videojuegos.

—¿Te refieres al tipo de atuendo que usan las mujeres en mis pinturas?

Ugh... Parece que me esfuerzo en autosabotearme cada vez más.

—Bueno, tu arte es diferente —respondí sin convicción.

—¿En serio? ¿Cómo es eso?

Me retorcí en mi silla, sin saber muy bien cómo responder. Por mucho que odiara la cosificación de las mujeres en los juegos, el arte sexy y semi-erótico de Kazan no me ofendía en lo más mínimo. Me parecía hermoso.

—Para ser honesta, no tengo una respuesta racional a esa pregunta —confesé—. Creo que me molesta en los juegos porque se trata de excitar a los niños pequeños y reduce los personajes femeninos a puro atractivo visual. En tus pinturas parece que estás celebrando la belleza del cuerpo de la mujer, su gran fuerza interior envuelta en una engañosa fragilidad. Cuando miro a las mujeres en tus cuadros, quisiera ser ellas.

—¿Incluso las que están en los brazos de monstruos?

Su voz había bajado una octava, lo que me puso la piel de gallina.

—Especialmente ellas —dije, suavemente.

Y era verdad. Era mi gusto culposo: novelas románticas de monstruos y extraterrestres y las películas, demasiado escasas, de ese género. Había visto todas las versiones posibles de La Bella y la Bestia y nunca me perdí una sola película de ciencia ficción que involucrara a un extraterrestre sexy que se enamora de una mujer humana... o viceversa. Aunque prefería la primera porque era más fácil imaginarme como la chica afortunada.

El silencio se prolongó durante un par de segundos. Contuve la respiración, esperando su respuesta a mi confesión exageradamente honesta.

—Quiero pintarte, Jade. ¿Me dejarías? —dijo finalmente.

Mi estómago dio un vuelco y mi corazón dio un brinco.

—¿Qué? —susurré, negándome a creer lo que escuchaba.

—Quiero pintarte. ¿Modelarías para mí?

¿Estás bromeando? ¡POR SUPUESTO QUE SÍ!

—Emm... nunca he posado profesionalmente.

—No me importa. Eres perfecta. Es lo único en lo he podido pensar desde la primera vez que te vi. Por favor, di que sí.

—Es... Está bien—exhalé, aún sin poder creer que realmente me lo hubiera pedido, y aún menos aún que yo hubiera aceptado.

—¡Maravilloso! ¿Podemos empezar este sábado? —preguntó Kazan.

Su tono de voz, reflejando genuina felicidad, me hizo temblar de nuevo. Este hombre tenía un increíble efecto en mí.

Sentí mis ojos casi salirse de mi cara.

—¿Tan pronto?

—Decidí que haré una exhibición después de la próxima Niebla —dijo Kazan—. Quiero que tu pintura forme parte de eso. Lo que significa que tenemos que firmar un contrato de modelaje estándar.

Espera. ¡¿Qué?!

—Uff... no estoy muy segura...

—Piénsalo —dijo, rápidamente—. No tienes que comprometerte con nada en este momento. De cualquier forma, quiero pintarte. Eso te da casi un mes para decidir si quieres ser parte de la exhibición. Si al final tu respuesta es "no", al menos lo tendré como parte de mi colección personal.

—Está bien —dije, abrumada por las emociones encontradas.

Tenía un cuerpo decentemente bonito. Aunque era un poco más regordeta que sus modelos habituales, Kazan definitivamente me haría lucir absolutamente hermosa. Quería verme a mí misma a través de sus ojos y, especialmente, quería ver con qué monstruo, si es que habría alguno, me emparejaría. Pero, aún si estaban vestidas, las poses y atuendos sumamente sugerentes de las mujeres de sus cuadros dejaban poco a la imaginación. No me sentía cómoda con el público y, probablemente, con mis compañeros de trabajo viéndome así. Por otra parte, ser la musa de Kazan Dale, aunque fuera para una sola pintura, daba total derecho para fanfarronear.

—Gracias, Jade —dijo Kazan, su voz suave como una caricia —. ¡Deberíamos celebrarlo! ¿Qué tal una cena y una película el viernes por la noche? He oído buenos comentarios sobre esa nueva película de superhéroes…

¡Oh, Dios! ¿Me está invitando a salir?

—¿Mutant Uprising? —pregunté, tratando de sonar casual a pesar de mi impulso de soltar un gritito— ¡Me encantaría! De hecho, estaba pensando ir a verla este fin de semana.

—¡Perfecto! ¿Alguna comida que prefieras?

—Sorpréndeme —le dije—. Como de todo, excepto insectos y comida que aún se mueva en mi plato —él se rio entre dientes, haciéndome sonreír—. Los lugares elegantes y pomposos tampoco me encantan.

—Anotado. Te llamaré mañana con la hora y el lugar exactos. ¿Te parece bien?

—Suena bien.

—Está bien. Que tengas una buena noche, Jade. Hablaremos pronto.

—Buenas noches, Kazan.

Después de colgar, miré incrédula mi teléfono por unos momentos. Luego, grité como la fanática que negaba ser. Olvidé toda idea de pintar, corrí a mi habitación para comenzar a buscar el atuendo perfecto para nuestra cita; casual con un toque chic discreto.

Como prometió, me llamó al día siguiente para confirmar nuestros planes. Normalmente, habría estado en mi clase de zumba, como todos los miércoles, pero podría haber perdido su llamada si hubiera estado bailando. Después de eso, la angustiante espera por la noche del viernes me pareció eterna.

Queriendo darme una sorpresa—tal como le había pedido— vino a recogerme en un taxi. Me envió un mensaje de texto cuando se detuvieron en la casa. Salí y lo encontré parado junto al vehículo, luciendo ridículamente sexy con un par de jeans ajustados negros de motociclista, una camisa negra estratégicamente desgastada y unas pesadas botas negras. Su cabello, recogido en una coleta, revelaba los aros plateados en cada una de sus orejas perforadas y la perfecta estructura ósea de su deslumbrante rostro.

Mi pequeño vestido negro, asimétrico, con sandalias negras de tacón medio parecían la combinación perfecta con su atuendo rebelde.

—Te ves impresionante —dijo mientras sostenía la puerta para mí.

Sin saber cómo saludarlo, me sentí aliviada cuando puso una mano en mi cadera y se inclinó para besarme en la mejilla.

—Usted tampoco se ve mal, Señor Dale —dije mientras subía al auto y me deslizaba para dejarle espacio.

—Gracias, Señorita Eastwood —dijo Kazan mientras se sentaba a mi lado.

Por un segundo, me pregunté cómo diablos sabía mi apellido. Luego recordé que estaba escrito en mi tarjeta de presentación.

Kazan le indicó al conductor que partiera. Como no le dio el nombre ni la dirección de nuestro destino, supuse que ya lo habría hecho antes de que yo llegara. Conversamos casualmente durante el viaje de veinte minutos al centro. Kazan olía y se veía tan exquisito que me daban ganas de comérmelo. Por suerte para él, nos detuvimos frente a "Golden Wings: barbacoa y parrillada" antes de que pudiera perder el control y saltar sobre él.

—¿Es aquí a dónde vamos? —pregunté, señalando el letrero alado del restaurante después de que pagó al conductor.

—Sí —dijo con una mirada cautelosa en sus ojos—. ¿Espero que eso no sea un problema?

—¿Bromeas? ¡Me encanta Golden Wings! —dije, sonriendo de oreja a oreja—. Soy fanática de sus costillas y alitas de pollo, ¡y son las mejores en kilómetros a la redonda!

Kazan me sonrió.

—¿Entonces qué esperamos? Vamos por algo de barbacoa.

Me tomó la mano con tanta naturalidad que no me resistí mientras me guiaba hacia el restaurante. Si bien el lugar atrae a una clientela informalmente elegante, no contaba con clientes pobres. Con el alto precio de la carne, solo me permitía venir aquí una o dos veces al año, generalmente para ocasiones especiales.

La decoración de madera, la iluminación tenue y las cabinas acolchadas se convirtieron en la cena romántica ideal.

Una linda chica morena vino a tomar nuestro pedido. Sus ojos se detuvieron en Kazan, quien no le prestó atención, concentrado en mí. Estaba ganando puntos a toda velocidad. A petición mía, comenzamos con una flor de cebolla gigante.

—¿Desean algo de beber? —preguntó la camarera.

—Sangría para mí, por favor.

Ella asintió y se giró hacia Kazan, cuya mirada pareció quedarse en blanco por un segundo.

—Quisiera lo mismo que ella —dijo después de un segundo.

Se fue a buscar nuestras bebidas mientras hojeábamos el menú.

—¿Qué vas a pedir? —pregunté.

—Creo que alguien dijo costillas y alitas de pollo —dijo Kazan con una sonrisa.

—No podemos pedir ambos —dije—, es demasiada comida.

Sin mencionar lo costoso que sería.

—Exactamente. Entonces, elige el que más se te antoje y yo pediré el otro para que puedas comer un poco del mío también —dijo con total naturalidad.

—¡Oh, guau, no tienes que hacer eso! —dije, conmovida— Elige lo que a ti te guste.

—También me gustan las costillas y las alitas de pollo, así que ninguna de las dos opciones será un problema para mí.

—¿Estás seguro? —pregunté, todavía sintiéndome mal.

—No lo habría de sugerido de no ser así —dijo con una sonrisa amable—. ¡Adelante, elige!

Terminé pidiendo las costillas; sería más fácil robarle un par de alitas. Como era de esperar, la comida resultó ser extremadamente deliciosa. Mientras Kazan comía, no pude evitar notar que apenas bebió su sangría y no terminó su plato. Para un hombre tan alto y musculoso, esperaba que comiera en grandes cantidades.

Antes de que pudiera preguntarle si era que no le había gustado la comida, la camarera se acercó para preguntarnos si queríamos café o postre. Normalmente, me habría pedido un pastel de mousse de chocolate, pero necesitaba dejar espacio para las palomitas de maíz. Kazan pagó la cuenta y volvió a tomarme la mano cuando salíamos del restaurante. Me encantaba la posesividad casual de este gesto y lo natural que se sentía.

Paseamos por las calles bellamente iluminadas de esa cálida y agradable tarde de finales de abril. Los viernes por la noche la, normalmente, tranquila y pintoresca Cordell City siempre bullía de actividad. A pesar de su encanto victoriano de principios de siglo, ofrecía todas las comodidades modernas que uno podría desear. Al convertirse en la meca de América del Norte para las artes tradicionales y, cada vez más, las artes digitales, había atraído con éxito a una población joven y moderna que pasaba junto a nosotros en busca de su propio entretenimiento.

Aún faltaban alrededor de cuarenta y cinco minutos para que comenzara la película, por lo que nos tomamos nuestro tiempo para caminar hasta el cine, mirar los escaparates de las tiendas y admirar a los artistas callejeros. Un ilusionista particularmente habilidoso atrajo a la multitud, lo que me obligó a pararme aún más cerca de Kazan, quien envolvió su brazo alrededor de mi cintura. Me apoyé contra él y él apretó su agarre. Sintiéndome un poco más valiente, deslicé mi propio brazo alrededor de él y me apreté más contra su musculoso costado.

No queríamos llegar tarde, por lo que, eventualmente, nos dirigimos al teatro, su brazo descansando sobre mis hombros y el mío todavía envuelto alrededor de él. Esto se sentía como en la escuela secundaria cuando ninguna de las partes quería explicar cómo se sentían, pero se enamoraban seriamente y se tocaban, a modo de prueba, para ver si su interés amoroso se resistía.

A unos metros del cine, el dolor en mi pecho volvió a manifestarse. La sensación de ardor aumentaba a un ritmo alarmante. Casi podía sentir la presencia del Mistwalker en la nuca. Ajeno a mi incomodidad, Kazan me soltó con evidente desgana para recoger los boletos que reservó en línea.

Por favor, no me arruines esto. Déjame disfrutar el resto de la velada.

Me sentía como una lunática al intentar hablar con el Mistwalker en mi mente, pero ¿qué otra opción tenía? El hombre perfecto, o eso era lo que parecía hasta ahora, acababa de entrar en mi vida y nuestra atracción parecía ser mutua. Mi estómago se encogió con la idea de que esta noche se podría arruinar.

El dolor remitió casi al momento que Kazan me soltó. No estaba segura si el Mistwalker se había apiadado de mí por mis súplicas o si había decidido no castigarme más por permitir que otro hombre tocara a *su* Jade. Kazan volvió con las entradas y caminamos de la mano hasta los puestos de comida.

Sabiendo que quería palomitas de maíz, Kazan pidió el combo que incluía una bolsa grande de palomitas de maíz y dos bebidas, aunque cambió su refresco por una botella de agua mineral. Cuando la chica que atendía el puesto preguntó si las palomitas serían con o sin mantequilla, inmediatamente dije 'con' y miré a Kazan con ojos suplicantes.

Él rio.

—La dama ha hablado —dijo Kazan.

Ella asintió y le dio una mirada discreta. Era una adolescente y sería muy bonita si no usara capas tan gruesas de maquillaje. Mi piel picaba con solo mirarla.

Nos acomodamos en el centro de la sala y las luces se apagaron momentos después. Para mi alivio, aunque la presencia del Mistwalker fue algo constante a lo largo de la película, como una sensación de hormigueo en la nuca y un dolor sordo alrededor de su tatuaje en mi pecho, no volvió a interferir y me permitió disfrutar de la noche. Era casi como si estuviera viendo la película con nosotros.

Para mi decepción, Kazan no intentó nada conmigo a pesar de la oscuridad del lugar. Mientras yo comía las palomitas de maíz, ya que él solo tomó un puñado de las que no tenían mantequilla, su brazo descansaba sobre mi hombro, su pulgar acariciaba la parte superior de mi brazo. No hablamos. Aunque quería seguir charlando con él, odiaba a las personas que cuchicheaban durante las películas y también agradecía por su silencio. Salimos con la mitad de la bolsa de palomitas de maíz todavía llena, pero él había terminado su botella de agua.

Aparte de su bebida, la película, el ilusionista callejero y, por supuesto, mi encantadora compañía, sospeché que Kazan no había disfrutado mucho el resto de la velada. Claramente había tratado de complacerme con las alitas y la mantequilla en las palomitas de maíz, a pesar de que era obvio que a él no le gustaban. En cuanto a la sangría, apenas la había tocado. Pero fue esa mirada en blanco ("de pánico", corregía mi mente), lo que me llamó la atención cuando la camarera le preguntó qué quería de beber.

Si era que llegábamos a tener otra cita, y Dios sabe lo mucho que quería que pasara, me aseguraría de que ordenara las cosas que a él gustaban. No podía arriesgarme a que dejara de pasar tiempo conmigo porque constantemente se obligara él mismo a hacer cosas que no quería.

Después de caminar durante diez minutos sin encontrar un solo taxi disponible—los pocos que llegamos a ver fueron ocupados casi al instante por otras personas antes de que pudiéramos hacer nada—decidimos caminar tres cuadras al sur, alejándonos de Main Street, donde probablemente encontraríamos una parada de taxis. Envolviendo su brazo alrededor de mí, Kazan me cubrió con su brazo mientras caminábamos lentamente por la, para mi felicidad, pacífica acera.

Hablamos durante un largo rato y Kazan me preguntó sobre mi pasado. Su evidente interés en mí y en mi vida me conmovió profundamente. Mis años de adolescencia habían sido duros. Entonces, hice lo mejor que pude para no convertirme en la compañía depresiva mientras le daba una visión general de esa época de mi vida.

—Nuestros padres murieron en un estúpido accidente automovilístico cuando yo tenía doce años —dije, contenta de que, después de tantos años, finalmente pudiera hablar de eso sin que se me quebrara la voz—. Hemos sido solo Laura y yo desde entonces, pasando de un tío o tía a otro. A pesar de las circunstancias, los primeros años fueron maravillosos. Los pasamos con nuestra abuela. Pero después de un accidente cerebrovascular, los hermanos de nuestros padres tuvieron que tomar la antorcha. Hicieron lo mejor que pudieron, pero éramos una carga adicional que no estaban preparados para manejar.

—Lo siento —dijo Kazan, conmovido.

—Está bien. En muchos sentidos, tuvimos más suerte que muchos otros niños en nuestra situación que terminaron bajo la tutela del Estado o en hogares de acogida y se separaron. Laura es una enorme molestia a veces, pero no la cambiaría por todo el oro del mundo. ¿Tienes hermanos?

—No precisamente —dijo mientras cruzábamos la calle desierta.

—¿No precisamente? —pregunté, levantando la cabeza para darle una mirada confusa.

—Yo también fui huérfano. Me abandonaron casi inmediatamente después de mi nacimiento —se encogió de hombros—. Crecí solo, principalmente por elección, luego abrí mis alas tan pronto como pude. No fui miserable, pero sí bastante solitario, lo que explica por qué soy tan socialmente torpe.

—¡No eres socialmente torpe, en absoluto! —exclamé.

—No contigo. Por alguna razón, me sentí cómodo contigo de inmediato, como si te conociera desde siempre.

Y yo había sentido lo mismo con él. Abrí la boca para decírselo cuando el sonido de pasos detrás de nosotros me llamó la atención. Mirando por encima de su hombro, las siluetas encapuchadas de dos hombres que caminaban hacia nosotros hicieron que mi corazón diera un vuelco. Kazan también miró por encima de su hombro y les dio un vistazo rápido antes de mirar hacia adelante, aparentemente odiando su presencia. Aunque aceleramos un poco el ritmo, no nos movimos ni la mitad de rápido de lo que me hubiera gustado.

A pesar de su expresión indiferente, sentí que los bien formados músculos de Kazan se tensaban contra mi cuerpo. No podía decir si mis nervios me estaban jugando una mala pasada o si los pasos rápidos de los dos hombres, de hecho, se habían acelerado. Al llegar a la siguiente intersección, cruzamos la calle hacia la acera opuesta, con la esperanza de que siguieran caminando de frente. Mi corazón se hundió cuando continuaron siguiéndonos, cerrando la distancia entre nosotros.

El latido en mi pecho creció exponencialmente mientras mi tatuaje se encendía. El hormigueo que había llegado a asociar con la presencia del Mistwalker se volvió tan fuerte que casi esperaba verlo aparecer ante mí.

Por una vez, lo habría recibido con los brazos abiertos.

Tan pronto como llegamos a la otra acera, Kazan me empujó hacia el edificio frente a nosotros y se dio la vuelta para enfrentar a nuestros acosadores. Tropezando hacia adelante, tuve que agitar mis manos frente a mí para mantener el equilibrio. Mi respiración quedó atrapada en mi garganta cuando me giré y vi que uno de nuestros posibles asaltantes había sacado un cuchillo. Si bien era preferible a un arma, aún podría lastimar gravemente a Kazan. No sabía qué hacer. Las clases de defensa personal decían que gritara, arrojara mi bolso o billetera en una dirección y corriera en la otra, pero mi instinto me dijo que Kazan no correría.

La mirada en sus ojos era un presagio de muerte.

—Por su propio bien —dijo Kazan, su voz escalofriantemente tranquila y amenazadora—, den la vuelta y aléjense. O les prometo que esto no terminará bien para ustedes.

El hombre de la izquierda, cuyas facciones no podía ver, ocultas por las sombras que creaba la capucha de su sudadera, se rio entre dientes ante la amenaza de Kazan.

—Sí que tienes agallas, grandulón —dijo, burlándose de Kazan—, pero dudo que seas tan arrogante una vez que empiece a estropear la bonita cara de tu chica con mi cuchillo. Entrega tu billetera, ese reloj elegante y tus joyas, y podrás ir a casa y follar su dulce coño. Trata de detenernos, y, tal vez, la cojamos duro después de que nos gastemos todo tu dinero.

Estaba de acuerdo con esa primera sugerencia. Unos pocos dólares, incluso un par de cientos, no valían nuestras vidas.

—Ven y tómalos.

¡No! ¡Kazan, no!

Justo cuando el pensamiento cruzó por mi mente, mi visión

se volvió borrosa y una niebla oscura se formó entre Kazan y yo antes de envolverse a su alrededor. Ni Kazan ni sus atacantes parecieron notarlo. El líder de los dos matones dio un par de pasos hacia Kazan, quien entró en acción. Moviéndose a una velocidad inhumana, estrelló su puño contra la cara del ladrón con un sonido húmedo y repugnante. Sangre brotando de su rostro, dientes cayendo de su boca, el matón se tiró al suelo, inconsciente o muerto, sin emitir un solo sonido.

—¡Hijo de puta! —gritó el segundo ladrón, arrojándose sobre Kazan con su propio cuchillo en el aire.

Frenéticamente, lanzó una puñalada tras otra a Kazan, quien las esquivó con una velocidad y facilidad imposibles, como un retorcido juego del gato y el ratón, cansando rápidamente a su agresor. En un movimiento inesperado, Kazan se agachó, giró fuera de la trayectoria de la afilada hoja y, utilizando el impulso de su movimiento, golpeó con el puño un costado del hombre encapuchado. Incluso desde donde estaba, escuché sus costillas romperse. Tapándome la boca con ambas manos, acallé el grito de horror que quería salir de mi garganta.

El hombre, herido, se dobló de dolor y su grito se apagó segundos después cuando Kazan le dio un puñetazo en la nuca. Se desplomó, inconsciente, a un par de metros de su compañero.

A pesar del terror, que me hizo temblar de pies a cabeza, el alivio me inundó al ver a los dos hombres aun respirando. Aunque ellos mismos se lo habían buscado, y por mucho que Kazan me asustara en estos momentos, no quería que lo acusaran de homicidio involuntario, aunque fuera en defensa propia. Ningún juez creería jamás que había herido tan severamente a estos hombres solo con sus puños.

—No temas, mi Jade. Nadie te hará daño. Jamás.

Chillé ante la voz del Mistwalker en mi cabeza. Kazan se volvió bruscamente hacia mí al oír el sonido, como si buscara el origen de la amenaza. Parpadeó y pareció aturdido por un momento mientras la niebla oscura a su alrededor se desvanecía en el olvido. La sensación de hormigueo en mi nuca y las punzadas en mi pecho desaparecieron.

El Mistwalker se había ido.

La mirada salvaje en el rostro de Kazan se suavizó, llenándose de preocupación mientras se movía hacia mí. Por instinto, retrocedí hasta que mi espalda chocó con la pared de ladrillos del edificio.

La expresión de dolor en los ojos de Kazan me desgarró el corazón. ¿Había sentido cómo el Mistwalker se apoderaba de él, o le prestaba su poder, o lo que fuera?

—Todo está bien —me dijo Kazan con voz suave. Se acercó a mí, despacio, con cuidado, como si yo fuera un animal asustado, lo cual, para ser honesta, no estaba lejos de la realidad—. Se acabó. Estás a salvo. Ellos ya no pueden hacerte daño.

Ni a nadie más, por lo pronto...

¡Excepto que ya no era a ellos a quien temía, sino a él!

—Vayamos a la parada de taxis para poder llevarte a casa.

No opuse resistencia cuando tomó con gentileza mi mano y me atrajo hacia él. Tan aturdida como estaba, di una mirada rápida sobre su hombro para ver a los hombres inconscientes en el piso que, afortunadamente, aún respiraban, y dejé que Kazan me guiara calle abajo hacia la última cuadra de Juniper Street donde un puñado de taxistas esperaban por pasajeros.

Deberíamos llamar a la policía o al menos a una ambulancia.

La idea resonó en mi mente, pero mi boca se reusó a abrirse y articular las palabras. Agotada, me quedé ensimismada mientras Kazan me abría la puerta del taxi. Antes de que pudiera entrar, tomó mi cara entre sus manos.

—Ya estás a salvo, Jade. El conductor te llevará a casa y todo estará bien.

A pesar del miedo que me provocaba hace apenas unos pocos minutos, una ola de pánico me invadió con la idea de no tenerlo a mi lado.

—¿No vendrás conmigo? —pregunté, sujetando su camisa por la cintura.

—Tengo que llamar a la policía y a una ambulancia para esos idiotas. Alguien tiene que encargarse de este asunto.

Cierto...

Aunque me aliviaba el saber que se informaría a las autoridades y que él no iba a, simplemente, abandonar la escena, no podía procesar completamente qué estaba pasando. Nunca había deseado tanto estar en casa y que todo esto terminara. Kazan se inclinó hacia adelante y rozó sus labios contra los míos. Quería responder, pero no moví ni un músculo. No pareció molestarle.

Nuestro primer beso...arruinado.

—Ve, cariño —dijo, retrocediendo un paso y haciéndome un gesto con su cabeza para que entrara al vehículo.

Entré al auto y Kazan cerró la puerta por mí antes de dirigirse a la ventana del conductor. Sacó un billete de cincuenta dólares, casi el doble del costo de la tarifa, y se lo entregó al chofer.

—Por favor, llévela a casa y espere hasta que ella entre antes de irse.

El hombre asintió y Kazan le dio mi dirección antes de girarse a verme a través de la ventana del asiento trasero. Me hizo un gesto para que bajara el vidrio. Lo hice.

—Llámame tan pronto llegues para saber que estás bien, ¿de acuerdo?

—Lo haré.

—Buena chica.

Sonrió y nos vio partir antes de girarse para volver sobre nuestros pasos. Cuando el taxi dio vuelta en U para dirigirse a las afueras del centro de la ciudad, vi a Kazan sacando su teléfono celular de su bolsillo para llamar a la policía.

No fue hasta que estaba a mitad de camino a mi casa que finalmente caí en cuenta de que pudimos haber muerto. Todo mi cuerpo comenzó a temblar y las lágrimas se acumularon en mis ojos. Parpadeé para hacerlas desaparecer y me abracé a mí misma, deseando que fueran los brazos de Kazan los que lo hicieran.

Debería haberse quedado conmigo.

A pesar de sentirme abandonada, él tomó la decisión correcta al quedarse. Yo no hubiera podido. Sin duda lo sintió y por eso me mandó lejos antes de que me quebrara. Aun así, no quería estar sola. Incluso la presencia del Mistwalker hubiera sido bienvenida. Por más que me aterrara, no tenía más dudas de que él me quería a salvo.

El viaje me pareció eterno. Finalmente llegamos a la casa. Encontrar a mis vecinos, el señor y la señora Palmer, sentados en sus mecedoras a juego en el porche delantero, me tranquilizó y me devolvió la sensación de normalidad. Tan pronto como el clima se volvía lo suficientemente cálido, la pareja mayor nunca perdía la oportunidad de disfrutar de una copa y de conversaciones banales bajo el cielo nocturno. Me había unido a ellos en alguna que otra ocasión.

Después de darle las gracias al conductor, salí del taxi, saludé a los Palmer con un movimiento de cabeza, y me dirigí a la entrada de mi casa. Una vez dentro, hice una seña al taxista quién asintió antes de partir.

Me dirigí a la sala de estar, me dejé caer sobre el sofá e, inmediatamente, tomé mi teléfono para llamar a Kazan. Contestó al instante.

—Estás en casa —dijo a modo de saludo.

—Sí, gracias —dije. Curiosamente, el sonido de su voz me tranquilizaba—. ¿Dónde estás? —pregunté, temiendo a su respuesta.

—Voy camino a casa.

Me sorprendió su respuesta. Me quité las sandalias, levanté mis pies sobre el sofá y abracé mis rodillas contra mi pecho.

—Eso fue rápido. ¿Tuviste problemas con la policía?

Hizo una pausa antes de responder, lo cual me puso nerviosa.

—No los esperé—confesó.

Me quedé boquiabierta.

—¿Qué?

—No quería pasar por todo el interrogatorio ni que me retuvieran con todo el papeleo. Muy seguramente me hubieran pedido llenar alguna clase de formulario para levantar cargos —dijo, algo a la defensiva—. Me quedé el tiempo suficiente para asegurarme de que se hicieran cargo de nuestros atacantes y, entonces, me fui.

Asentí para mí misma. En su lugar, probablemente tampoco me hubiera quedado, especialmente considerando el severo daño que les causó.

—Está bien. Me…me alegra que te hicieras cargo. Yo estaba en una especie de trance.

—Lo sé, cariño. Lamento que esto pasara.

—No es tu culpa. Gracias por protegerme.

—Siempre, Jade. Siempre.

El modo solemne en el que dijo esas palabras sonó como un juramento. Me conmovió profundamente.

—Detesto que nuestra velada terminara de esta manera. Mañana, prometo que te lo compensaré —dijo Kazan.

Mi estómago se contrajo. Finalmente me di cuenta de que, durante el viaje a casa, había decidido que no iría a su casa ni modelaría para él. Una parte de mí quería, la otra parte estaba gritando con fuerza que esto había sido una señal para terminar ahora, antes de que se volviera aún más complicado.

—Todavía *vienes*, ¿verdad? —Kazan preguntó cuando el silencio se alargó.

—Yo… hmmm…

—No hagas esto, Jade —susurró, su voz herida y suplicante—. Lamento que las cosas hayan salido mal esta noche, pero no dejes que esos matones sigan arruinando nuestros planes.

El dolor en su voz derritió mi corazón.

—Kazan…

—Por favor, di que sí. ¡Por favor!

Inhalé profundamente, sabiendo que estaba perdida.

—Está bien.

—¡Promételo! —insistió con voz demandante.

—Lo prometo.

—Me aseguraré de que lo cumplas, Jade. Si no estás aquí a las 9:00 a.m., montaré un campamento en tu patio delantero y armaré un alboroto hasta que salgas.

—¿Nueve de la mañana? ¿Un sábado? —exclamé, preguntándome si había perdido su encantadora cabeza.

—Normalmente se espera que las modelos se presenten a las siete de la mañana —dijo, inexpresivo—. Agradece mi indulgencia.

—Pero…

—A las nueve, Jade. O prepárate para explicarle a tus vecinos quién es el loco fuera de tu casa.

—Bien, maldito brabucón.

Se rio.

—Duerme bien, Jade. Realmente disfruté pasar tiempo contigo esta noche y no puedo esperar a verte mañana.

Se me revolvió el estómago y no pude evitar que una sonrisa se extendiera por mi rostro. Maldito sea este hombre y su habilidad para calmarme tan fácilmente.

—Buenas noches, Kazan.

CAPÍTULO 4
KAZAN

Hirviendo de rabia, luché por permanecer dentro de mi recipiente humano. Un solo deseo primario dominaba mis pensamientos: rastrear y matar a aquellos que habían amenazado a mi pareja. No solo habían arruinado la tranquila felicidad de Jade y la habían asustado, sino que también me habían obligado a mostrarme a mí mismo y a mi poder ante ella en el Plano Mortal, antes de que estuviera lista.

Mi mujer me temía a mí y a lo que yo representaba. Cada minuto antes de la próxima Niebla contaba para hacerle entender que ningún otro ser, en este plano o en cualquier otro, podría hacerla más feliz que yo. Estaba destinado a ser suyo, y ella era la única mujer que podía tomar mi corazón. Este recipiente humano serviría para que Jade se diera cuenta de que ella pertenecía a mi lado. Necesitaba que cruzara voluntariamente el Velo hacia el Plano de Niebla.

Pero esos dos bastardos casi lo arruinaron todo.

El olor de su miedo todavía picaba mi nariz y alimentaba mi ira. Viajar por el Plano Mortal, sin la Niebla para sostenerme, agotó mis reservas de energía, al igual que este recipiente. Nueve años había esperado para hacer contacto con mi pareja, y finalmente sucedió, gracias al descuido de su hermana. Consumí toda la fuerza vital de las Mistbeast que me fue posible durante la Niebla para tener suficientes reservas de energía para rehacer esta forma con el objetivo de permanecer a su lado y atraerla hacia mí. Esta batalla con los matones casi consumió todo. Si no me reponía pronto, me vería forzado a cruzar el Velo y no podría volver a mi Jade hasta la próxima Niebla.

Eso no funcionaría.

Cuando mi recipiente humano estuvo cerca de los matones inconscientes, cambié los fragmentos de mi esencia, plantados dentro de sus cuerpos cuando los golpeé, que les impedía despertar. A pesar de sus graves heridas, no me arriesgaría a tener que perseguirlos por las calles del Plano Mortal, ni a que otros humanos los encontraran antes de poder lidiar con ellos. Tomé el control de sus cuerdas vocales cuando volvieron en sí, evitando que gritaran pidiendo ayuda.

El olor repugnante de su miedo y dolor llenó mis fosas nasales. Odiaba alimentarme de emociones negativas, o de la fuerza vital de los enfermos o malvados, pero disfrutaría devorando a esas alimañas. Su terror se elevó como un maremoto cuando me mostré en toda mi gloria etérea y me atiborré de sus emociones. Incapaces de gritar, sus ojos suplicantes miraron más allá de mí, hacia mi recipiente humano. Pero nadie vendría a ayudarlos esta noche. Al pasar sobre cada uno de ellos, drené su fuerza vital, dejando solo lo suficiente para que permanecieran en un estado semi-vegetativo. Con el tiempo, meses, si no años, tendrían una pequeña posibilidad de recuperarse. Aunque matarlos me hubiera gustado más, absorber más de su fuerza vital dejaría un cascarón vacío que no podría explicarse de manera racional.

Pero, más importante aún, molestaría a Jade.

Mi hermosa Jade... Su felicidad, la sensación de su cuerpo contra mi recipiente humano, el aroma embriagador de su excitación y el delicioso sabor de su esencia constituían el néctar más divino. Quería ahogarme en él. Pronto, ella sería completamente mía.

El sonido distante de las sirenas me incitó a regresar a mi recipiente humano, regresar rápidamente a la parada de taxis y alejarme de ese lugar. Mi Jade me llamaría en cualquier momento.

~

A pesar de sentir su presencia incluso antes de que entrara al edificio, el timbre de la puerta me sobresaltó. Me obligué a caminar a paso mesurado hacia la puerta antes de abrirla. Jade se veía impresionante con un sencillo vestido de verano beige hasta la rodilla con un estampado de mariposas alrededor del dobladillo. Hasta este momento, había temido que no viniera.

—Cinco minutos antes —dije a modo de saludo, sonriendo y haciéndole un gesto para que entrara—. ¡Supongo que la amenaza de armar un alboroto en tu vecindario funcionó! Tendré eso en cuenta.

La ligera tensión que atiesaba sus hombros disminuyó al momento que comenzó a reír.

—No tienes idea de lo entrometidos que pueden ser algunos de ellos. Esa fue una amenaza muy cruel —dijo con falso disgusto mientras se quitaba el chal negro de los hombros.

El pronóstico del clima era de otro día cálido y soleado, pero la mañana permanecía un poco fría.

—Te ves hermosa —dije, tomando su chal e inclinándome para besarla.

Volvió a tensarse, esta vez no por miedo, sino por emoción y anticipación. Si bien nuestra relación claramente se estaba convirtiendo en una relación romántica, el fiasco de último minuto de la noche anterior nos había impedido concluirla de manera formal. Necesitaba borrar cualquier duda que ella pudiera tener respecto a dónde estábamos.

Envolviendo mi brazo libre alrededor de su cintura, la acerqué a mí y rocé mis labios contra los suyos. Me detuve para mirarla a los ojos. Le estaba dando la oportunidad de alejarse, aunque sabía que no lo haría. Leer sus emociones en el Plano Mortal era un desafío constante, excepto cuando se trataba de su atracción por mí o su estado de excitación. Sin embargo, ella necesitaba saber que me movería a su ritmo y no presionaría más de lo que ella pudiera manejar. Su tímida sonrisa en respuesta fue suficiente para dejarme en blanco por unos segundos. Esta vez, la besé con convicción, mi mano subiendo por su espalda para sostener su nuca.

Cuando sus labios se separaron, incliné la cabeza hacia un lado para profundizar el beso. Cuando nuestras lenguas se encontraron por primera vez, me deleité con su sabor naturalmente dulce, mejorado aún más por el sabor a menta de algo que había comido, probablemente de camino aquí. Jade se inclinó hacia mí y dio un suave gemido, apenas un suspiro, el más hermoso de los sonidos. Sentí cómo cierta parte de mí se endurecía, un hambre terrible surgiendo de lo más profundo.

Ahora no. Aun no.

Con mucha reticencia, terminé el beso, complacido de que su decepción fuera un reflejo de la mía.

—Vamos, déjame darte un recorrido —le dije, dando un paso atrás. Entrelazando nuestros dedos, la jalé conmigo.

Mi apartamento era la única cosa que no involucraba directamente a Jade que me causaba gran alegría. Me había tomado años acumular suficiente riqueza en el Plano Mortal para adquirirlo. Ubicada en el duodécimo piso de un antiguo edificio industrial renovado, contaba con pisos de madera de color arena, paredes blancas y techos adornados con vigas descubiertas. A falta de vecinos en el frente, ninguna cortina cubría las grandes ventanas francesas. Ni una sola pintura o imagen decoraba mis paredes, pero varias esculturas descansaban contra ellas o se postraban en algunos estantes de madera. Sofás de madera oscura con lujosos cojines de color caqui rodeaban una mesa de café del mismo estilo y todos miraban hacia una enorme chimenea de piedra. Las ventanas de la cocina profesional daban a una vista impresionante de la bahía.

La mirada de asombro en el rostro de Jade me llenó de un sentimiento reconfortante. Ella acarició distraídamente los ladrillos marrones claro expuestos de la pared izquierda con las yemas de los dedos, su mirada demorándose en la puerta ubicada más allá del rincón del desayuno. Miró alrededor del desván a las otras tres puertas en la parte trasera de la sala de estar.

Deseoso de mostrarle mi estudio, la llevé de la mano a la habitación que se encontraba más allá de la cocina. Los ojos de Jade se abrieron como platos y sus labios se abrieron con asombro cuando entramos. Dio unos pasos hacia la esquina izquierda de la habitación, donde una mesa de trabajo y varios estantes mostraban una gran variedad de parafernalia de pintura, desde lápices hasta pinceles, acrílicos y óleos, acuarelas y tintas, y todo lo demás. Sus ojos se detuvieron en una pila de cuadernos de bocetos.

—Están vacíos —dije, adivinando la razón detrás de la repentina chispa de curiosidad en sus ojos.

Frunció los labios en el más adorable puchero y miró hacia el rincón derecho de la habitación donde guardaba montones de lienzos de varios tamaños, algunos comprados prefabricados; los lienzos que había fabricado yo mismo, colocados en una pila separada. Su mirada se posó sobre una serie de bocetos pegados en la pared antes de arrastrarse a los paneles de exhibición independientes alineados en cuatro filas de tres frente a ellos. Una pintura colgaba de ambas caras de los paneles, pero debido a que estaban de lado, ella se acercó para echarles un vistazo.

—Mi serie Demoniaca —dije, repentinamente nervioso por su reacción—. Está pensada para ser mi próxima exposición. Nadie más lo ha visto, ni siquiera mi agente.

La brusca inhalación de Jade cuando vio la primer pintura me dijo que había tenido éxito. Se mordió el labio inferior, sus ojos absorbiendo la imagen del enorme demonio gris oscuro con la cabeza echada hacia atrás en éxtasis y la ingle presionando la parte trasera de una hermosa mujer humana, casi desnuda, con los labios separados en medio de la agonía de pasión. El siguiente cuadro mostraba a la misma pareja, esta vez con la mujer sentada en un trono de calaveras, con las piernas abiertas, una de ellas apoyada sobre el brazo del trono. Con una mano acariciando su seno izquierdo debajo de su bustier desgarrado y, con la otra, sosteniendo el cuerno derecho del demonio arrodillado ante ella, con la cara enterrada entre sus muslos. La tercera imagen, bastante menos intensa que las dos anteriores, mostraba a la mujer dormida, completamente desnuda, sentada en el regazo del demonio, acunada en su brazo, una de sus alas de murciélago protegiéndola parcialmente mientras él miraba amorosamente su rostro pacífico.

—Guau —susurró Jade—. Esto es increíble.

Caminó hacia el otro lado de la primera fila de paneles para mirar las pinturas en la parte posterior. Este segundo set presentaba una nueva pareja en tres escenarios diferentes, siempre dos encuentros apasionados y un momento tierno. Con cada pintura, el aroma de la excitación de Jade crecía de manera constante, volviéndome loco de deseo. Su reacción cuando llegó al quinto set con la súcubo y la pareja masculina humana casi me hizo perder el control. De todas sus fantasías nocturnas, las cuales habían inspirado cada una de estas pinturas, Jade encarnando a una súcubo había sido uno de sus sueños más intensos y recurrentes. Aunque en las pinturas anteriores había optado por modelos que no se parecían a ella, en esta había elegido deliberadamente a una pelirroja feroz.

Mis pinturas la afectaban tanto porque eran una réplica física de sus fantasías más profundas y oscuras, los apasionados sueños húmedos que se adentraban profundamente en su subconsciente y se desvanecían con la luz de la mañana.

Cuando terminó de examinar el vigésimo cuarto y último cuadro de la serie, el olor de su excitación impregnaba la habitación. Las mejillas sonrojadas, los ojos ardiendo, su cuerpo latía con energía sexual insatisfecha. Necesité toda mi fuerza de voluntad para no arrastrarla a mi dormitorio y tomarla a la fuerza. Las olas aplastantes de su necesidad lo hacían aún más difícil. No podía leer su mente, pero sus emociones y deseos pasaron a través de los míos como un collage. Justo en este instante, ella quería que la levantara, azotara su espalda contra la pared y la follara sin pensarlo.

Justo como quería...

Pero aun cuando ella se rendiría, incluso es posible que lo recibiese con gusto en ese momento, hacerlo rompería las cosas entre nosotros, o nos haría retroceder en gran medida, una vez que recuperara sus sentidos. Quería ser cortejada y deseada adecuadamente por algo más que su maravilloso cuerpo.

—Simplemente no tengo palabras. Creo que esta es tu mejor colección hasta ahora. Los harás enloquecer.

Sonreí, mi pecho estallando de orgullo. La verdad, me importaba una mierda lo que pensara el público más allá del hecho de proporcionarme los medios para cortejar a Jade en el Plano Mortal y darle la vida cómoda que se merecía, si era que ella decidía permanecer en este reino en lugar de cruzar el Velo conmigo.

—Me alegra mucho que te gusten—dije, tomando su rostro entre mis manos—, porque quiero agregar seis piezas más que te muestren a ti.

—¿Seis? —preguntó, sus ojos abriéndose con sorpresa—. Pero todas las otras parejas son solo tres.

—Tú serás la pieza central —le dije antes de capturar su boca en un beso hambriento.

Abriendo sus labios para dar la bienvenida a mi lengua invasora, ella respondió de inmediato, sus delicadas manos agarrando mi cintura. Sin darse cuenta de que lo estaba haciendo, Jade transmitió imágenes intermitentes de mí arrancándole la ropa, lanzándola al suelo de madera barnizada y tomándola con un abandono salvaje.

Rompí el beso que había avivado el infierno que quemaba en mi ingle y, en lugar de apaciguarlo, acaricié suavemente sus mejillas con mis pulgares.

—Mi hermosa Jade —susurré.

Ella se estremeció, sus ojos, que habían estado mirando mis labios, se abrieron más y se posaron en los míos, con una pizca de preocupación ardiendo en su interior. Sabía exactamente qué pensamientos cruzaron por su mente; ¿Era Kazan, el pintor humano del que se había estado enamorando o el Mistwalker que lo controlaba? Sostuve su mirada, dejándola reflexionar sobre su pregunta no formulada. Durante las próximas tres semanas, antes del inicio de la próxima Niebla, estaría dejando más y más indicios de este tipo hasta que ya no pudiera negar la verdad que instintivamente sabía, pero de la que se escondía deliberadamente.

—Ven —le dije, llevándola hacia el área de trabajo—. No puedo esperar para empezar a pintarte.

El ligero temblor de su mano reveló el alcance de sus nervios y excitación, los cuales hicieron eco de los míos. Ya había preparado las herramientas para nuestra primera escena. Su mirada se detuvo en las tres cámaras instaladas en trípodes que apuntaban a la cama romana de color rojo oscuro con patas beige con intrincados estampados y cojines del mismo color, con borlas doradas en cada esquina. No tenía respaldo, pero tenía una ligera curva hacia arriba en un extremo. Delante había un pequeño taburete con el mismo cojín beige encima, que también podía servir como banco bajo. A un lado, junto a un biombo en blanco y negro, había dispuesto sobre una mesa cuatro conjuntos diáfanos, de negligé y de tanga diferentes; negro, azul, blanco y rojo.

—Me gustaría que te pruebes cada uno de estos y luego

trabajaremos en una pose y tomaremos algunas fotos para elegir el mejor atuendo y ángulo.

Asintió, pero no me perdí su mirada aprensiva hacia las cámaras. No sentí ninguna desconfianza de ella hacia mí, pero su preocupación tenía sentido. En esta época digital, uno nunca sabía dónde podrían terminar las imágenes, especialmente las sugerentes o comprometedoras, y más aún cuando las toma un extraño o alguien que apenas conoce.

—La forma en que normalmente trabajo con mis otras modelos es que elijo de una a tres tomas desde un ángulo determinado que imprimo en un formato grande y luego borro todas las imágenes. Las fotos que, en raras ocasiones, conservo son siempre con el consentimiento de la modelo —expliqué, ansioso por tranquilizarla—. Si no te sientes cómoda con las fotos, simplemente puedo dibujarte. Quiero que estés…

Jade colocó dos dedos en mis labios para silenciarme.

—Está bien. Estoy un poco paranoica sobre el hecho de que me tomen una foto con ropa diminuta, pero confío en ti. Además, llevas bastante tiempo en el ámbito y no has tenido ningún escándalo con tus modelos anteriores, que eran mucho más atractivas que yo. Así que… —dijo encogiéndose de hombros.

—A mis ojos, nadie es más sexy que tú, mi Jade.

Un hermoso tono rosa subió a sus mejillas. No creo que estuviera esperando un cumplido, pero me encantó verla sonrojarse.

—Olvidé mostrarte el baño u ofrecerte algo de beber —dije, sintiéndome avergonzado—. ¿Desayunaste algo?

—No te preocupes —dijo con una sonrisa indulgente—. Comí bien. Sin embargo, agradecería un poco de agua y un breve descanso antes de comenzar.

—De inmediato, milady —dije con una exagerada reverencia.

Le mostré el baño ubicado al fondo de la sala, entre los dos dormitorios. Dejándola sola, fui a la cocina a buscar un poco de agua.

Jade salió unos momentos después, habiéndose tomado un minuto para arreglarse el cabello. Ajena a mi intención de estropearlo muy pronto.

—Puedes cambiarte detrás de la pantalla —dije, señalándola con mi dedo índice—. Al otro lado, los paneles son todos espejos. También hay un banco detrás para poner tu ropa, pero puedo traer un perchero si lo prefieres.

—No, no, está bien —dijo, sus nervios regresando con fuerza.

Caminó apresuradamente hacia la mesa y agarró el conjunto negro antes de desaparecer detrás de la pantalla plegable. No podía decir si la necesidad de esconderse o el miedo a perder la cordura habían llevado a Jade a moverse tan rápido.

Mientras mi pareja se cambiaba, fui a buscar un cuaderno de bocetos y un lápiz, luego fui por un taburete alto para sentarme mientras dibujaba. Mi corazón casi dejó de latir cuando ella salió de detrás de la pantalla. El encaje negro transparente sobre sus senos redondos y alegres dejaba poco a la imaginación, pero escondía lo suficiente como para que quisieras arrancarlo. El diáfano vestido apenas velaba su deliciosa figura de reloj de arena, o el delgado triángulo de la tanga negra. El dobladillo de encaje del camisón acariciaba sus muslos con cada paso vacilante, la abertura en el medio dejaba pequeños espacios de piel desnuda.

Tragué saliva y me obligué a salir de mi lujurioso aturdimiento.

—Eres perfecta —dije, mi voz grave por el deseo.

—¿Dónde me quieres? —preguntó Jade, acomodando un mechón de su brillante cabello rojo detrás de su oreja en un gesto tímido.

En mi cama, retorciéndote debajo de mí y gritando mi nombre.

—Aquí, déjame mostrarte —dije, aplacando mi hambre furiosa y los pensamientos depravados que corrían por mi mente.

Colocando mi mano en la parte baja de su espalda, la empujé suavemente hacia la cama romana. Sostuve su mano mientras se subía al pequeño banco para subirse a la cama, dándome una maravillosa vista de su trasero. Desde atrás, la tanga de hilo daba la impresión de que no tenía ropa interior. Se sentó, frente a mí, con los ojos muy abiertos y el pulso acelerado en el cuello.

—Acuéstate, amor —le dije, ayudándola a subir las piernas mientras ella obedecía.

Se deslizó un poco hacia arriba para que su cabeza descansara más cómodamente en el extremo elevado de la estrecha cama. Hice que se girara ligeramente de lado para que su cuerpo mirara parcialmente hacia mí.

—Coloca tu brazo derecho sobre tu cabeza y deja que tu brazo izquierdo descanse relajadamente sobre tu estómago.

Jade obedeció, dejándome ajustar la pose. Mi mano se arrastró a lo largo de sus bien formadas piernas antes de que las separara, doblándolas un poco por la rodilla. Sonreí, mirando sus pies descalzos, el esmalte de uñas en sus dedos combinaba casi perfectamente con el rojo oscuro de la cama. Separando la falda de su negligé, dejé que uno de lados colgara sobre el borde de la cama y el otro cayera detrás de su espalda, dejando al descubierto la radiante piel de su vientre plano y su adorable ombligo. Con el dorso de mi mano, acaricié la piel desnuda de su estómago, que se estremeció bajo mi toque. El aliento de Jade quedó atrapado en su garganta cuando bajé el hilo de su tanga a un lado de su cadera. Retrocedí un paso para admirar su pose, luego me acerqué de nuevo para hacer algunos ajustes. El toque final consistió en extender su cabello sobre el reposacabezas, permitiendo de forma artística que parte de él cayera en cascada sobre la cama o sobre su hombro y hacia su pecho.

La miré a los ojos mientras mi mano se deslizaba con cuidado por debajo del cordón en su hombro, deslizándolo hacia abajo para dejar al descubierto su seno izquierdo, lo suficiente como para mostrar un pezón. Sus impresionantes ojos verdes se oscurecieron y sus pupilas se dilataron cuando mi mano cubrió su pecho. Lo acaricié suavemente antes de tocar su pequeño botón hasta que se endureció. Levanté mi mano y reprimí una sonrisa ante su mirada decepcionada y arreglé su cabello alrededor de su pezón, haciéndolo resaltar aún más.

Inclinándome sobre Jade, con una mano a cada lado de su cabeza, rocé mis labios contra los de ella.

—No te muevas—le dije antes de besarla de nuevo, profundamente.

Mi polla palpitaba de deseo y apreté el cojín con el puño, saboreándola durante unos segundos más antes de romper el beso

—Piensa cosas traviesas —dije contra sus labios, luego la besé de nuevo—. Concéntrate en tu fantasía más salvaje, tu sueño húmedo más pervertido. Quiero ver el rostro de una mujer consumida por la pasión. Para cuando empiece a dibujar, quiero que estés completamente mojada. No seas tímida. Gime si lo necesitas, pero muéstrame tu fuego.

La besé por última vez y luego me enderecé para admirar la belleza de mi mujer. Cuando me volví para irme, susurró mi nombre.

—Kazan… ¿Quién es él? ¿Quién es mi demonio? —preguntó Jade, su voz sensual por la excitación.

Dudé por un segundo. Forzando una expresión neutral en mi rostro, dije:

—Creo que ya lo sabes, Jade. Creo que ya estás pensando en él y en las cosas indecentes que te encanta que te haga.

Una expresión preocupada cruzó sus hermosos rasgos mientras un ligero rubor se extendía por su rostro y pecho. Me pregunté cuánto tiempo pasaría antes de que cayera en cuenta de sus crecientes sospechas.

—Déjalo que se salga con la suya contigo —susurré antes de agacharme y mordisquear su pezón expuesto, lo suficientemente fuerte como para provocarle un siseo de placer y dolor.

Me enderecé, di la vuelta y salí del alcance de las cámaras sin darle la oportunidad de responder. Usando el control remoto vinculado con las tres cámaras en los trípodes, tomé algunas fotos, luego me acerqué a ella con una cuarta cámara de mano para tomar algunas fotos de arriba hacia abajo y algunas más en ángulos extraños. Agarré mi cuaderno de bocetos, me senté en el taburete y me apresuré a bosquejar una docena de páginas, deteniéndome ocasionalmente para modificar su pose, permitir que Jade cambiara su atuendo, tomar más fotos y dibujar un poco más.

Jade gimió un par de veces; el aroma embriagador de su excitación me mareaba a veces. Si hubiera estado en mi forma etérea, me habría vuelto loco. Afortunadamente, el sentido del olfato limitado del recipiente humano solo percibió una fracción de él, atenuando su potencia y, por lo tanto, su poder sobre mí.

El tiempo pasó volando. Habían transcurrido poco más de tres horas desde que empezamos. Jade no se había quejado, pero en la última hora, transmitía cada vez más sentimientos de sueño y hambre. Hice una pausa para almorzar, lo cual ella agradeció mucho. Le había ofrecido descansos de vez en cuando, a los cuales ella había rechazado, no queriendo arruinar la pose.

—Pidamos algo a domicilio —propuse mientras la ayudaba a levantarse de la cama. La imagen de un plato de dumplings que pasó por mi mente, vino de ella—. ¿Qué quieres comer? pregunté—. Hay un lugar de comida china muy agradable cerca de aquí que tiene servicio a domicilio. Podría estar aquí en menos de veinte minutos.

Jade me sonrió.

—¡Justo estaba pensando en unos dumplings!

—Las grandes mentes piensan igual —dije, sin sentirme como un mentiroso en lo más mínimo. Era mi deber complacer a mi mujer por cualquier medio necesario—. Ven —dije, envolviendo mi brazo alrededor de sus hombros. —Revisemos el menú.

Ella instintivamente envolvió su brazo alrededor de mi cintura, pero frenó cuando la conduje hacia la puerta de la cocina.

—¿No debería cambiarme primero? —preguntó, mirando su cuerpo apenas cubierto por un velo.

—Preferiría que no lo hicieras. La vista es demasiado hermosa —dije descaradamente—. No te preocupes, el repartidor no te verá.

Resopló y me sacudió la cabeza, incrédula. —Eso es realmente injusto. ¿Dónde está mi placer visual?

Solté una carcajada, no esperaba esa respuesta.

—Tienes razón —dije, soltando sus hombros. Tomando el dobladillo de mi camisa blanca, la levanté por encima de mi cabeza antes de enredarla en mi puño. Con el pecho y los pies descalzos, mis pantalones cortos color carbón constituían la única prenda que me quedaba—. ¿Mejor? —pregunté.

Jade se quedó boquiabierta y me miró con los ojos muy abiertos. Su mirada recorrió mi pecho musculoso, deteniéndose en mis abdominales. Se humedeció los labios con nerviosismo y luego asintió con la cabeza.

—Sí —dijo con voz fina.

—¡Bien! Ahora, vamos a alimentarte —dije, colocándola bajo mi brazo de nuevo.

Entramos en la cocina y tomé el menú de uno de los cajones para entregárselo. Saqué una de las sillas de madera acolchadas de alrededor de la mesa y le hice un gesto para que tomara asiento.

—Elige lo que quieras, y pediremos suficiente para dos. Estoy bien con cualquier cosa, así que pide lo que más te apetezca. Vuelvo enseguida con las cámaras.

—Está bien —dijo antes de hojear el menú; su hambre crecía constantemente.

Cuando regresé, ella ya había elegido una impresionante lista.

Una llamada rápida más tarde, nuestra comida estaba en camino. Después de colocar las cuatro cámaras en la mesa de café de la sala de estar, atraje a Jade al sofá y la senté en mi regazo. Protestó un poco, sin realmente desearlo, antes de ceder. El impulso de arrastrarla a mi dormitorio volvió con fuerza, pero lo contuve.

—Toma una de las cámaras, amor —le dije mientras encendía la pantalla gigante.

Cuando me la entregó, proyecté las imágenes en mi Smart TV, a través de la conexión Wi-Fi, antes de devolvérsela para que se desplazara por las fotos que había tomado. Con los brazos envueltos alrededor de su abdomen, llevé mi rostro a su nuca y distraídamente acaricié su estómago con mis pulgares a través de los espacios abiertos de su negligé.

Demasiado pronto para mí, pero por fin para ella, llegó el repartidor. Dejé la comida en la mesa de café y fui a buscar los platos. Jade se zambulló, gimiendo de placer mientras probaba bocados de los distintos platos.

Envidiaba su entusiasmo.

A pesar de que mi recipiente humano requería alimento, la comida mortal representaba un problema para mí. En el Plano de la Niebla, siempre había disfrutado cualquier comida que Jade hubiera querido, pero aquí las cosas eran diferentes. Las papilas gustativas humanas no dejaban lugar a la imaginación ni al más mínimo margen de error. O te gustaba o lo odiabas.

Mi mujer tenía un gusto particular por las cosas dulces.

Todas las cosas que le encantaban contenían azúcar en exceso. Esa sangría de anoche contenía al menos un kilogramo de azúcar, las costillas contenían el doble y lo mismo con las alitas de pollo. La mantequilla en las palomitas de maíz, ugh... Bien podría haber bebido una botella de aceite. Y esta comida china... Además de la grasa de toda la comida frita, también estaban empapados en salsas, demasiado dulces, de algún tipo. Los dumplings, sin la salsa de soja en extremo salada, la carne y el brócoli con arroz al vapor, y las verduras salteadas me salvaron.

Al menos, en cuanto al arte, estábamos en la misma página.

Si bien no le permití mirar mis bocetos, demasiado reveladores en cuanto a quién era su "demonio", rápidamente acordamos tres imágenes como nuestras favoritas, descartando las demás. Cuando volvimos al trabajo, algo había cambiado entre nosotros. Dudaba que Jade se diera cuenta, pero su subconsciente estaba sumando dos y dos y haciendo las paces con ese pensamiento.

Pronto, mi Jade. Pronto.

CAPÍTULO 5
JADE

Después de la dolorosa ruptura con Patrick hacía tres años, si alguien me hubiera dicho que volvería al mundo de las citas involucrándome con el fabuloso Kazan Dale, quien también, posiblemente, estaba por momentos poseído por el Mistwalker que estaba obsesionado conmigo, los habría hecho internar. Durante el último par de semanas desde nuestro primer encuentro, mi novio había dejado caer una serie de pistas, algunas no tan sutiles, que implicaban que estaba al tanto de la presencia del Mistwalker.

No entendía cómo mi "monstruo" podía cruzar a nuestro mundo sin la Niebla y sospechaba que requería mucha energía. Eso explicaría por qué rara vez se manifestaba físicamente, excepto esa vez, innegable, en que lo hizo para defendernos de los matones en mi primera cita con Kazan. Pero la mayoría de los incidentes habían sido solo la sensación de hormigueo y ocasionalmente el pinchazo de dolor. Afortunadamente, no podía recordar que esto último ocurriera más de un par de veces. Al principio, pensé que era un ataque de celos del Mistwalker para separarme de Kazan. Pero, ahora, creía que había estado absorbiendo energía de mí para mantenerse en nuestro mundo.

Kazan me tenía a sus pies. Él era todo lo que había soñado. Tan perfecto... Demasiado perfecto. Uno pensaría que alguien tomó mi lista del hombre ideal y marcó cada casilla mientras lo creaba a él. Y, sin embargo, algo se sentía extraño. Obviamente, tener un ser de otro mundo tomando el control de él ya era bastante complicado, pero su aceptación de eso era lo que me inquietaba. Era demasiado cobarde y no lo había confrontado todavía, pero necesitábamos hablar del tema.

Una parte de mí esperaba que fuera mi paranoia la que me estaba haciendo ver cosas que no estaban allí y otra quería que fuera verdad. Para mi vergüenza, la idea de tener un monstruo como compañero de vida me tenía más que emocionada. Cuando Kazan me mostró su colección por primera vez, agradecí la oportunidad de ir al baño antes de usar el atuendo sexy que me había preparado porque estaba completamente mojada. Cada cuadro había reflejado una de mis fantasías más profundas. Una parte de mí quería ser la belleza de la bestia de Kazan, pero solo si ÉL era la bestia. No quería que una ninguna otra entidad tomara posesión de su cuerpo y acabara con Kazan, no solo porque me estaba enamorando fuerte y rápidamente de él, sino también porque ningún ser humano merecía tal destino.

El teléfono sonó, sacándome de mis sombríos pensamientos. Lo recogí de la mesa del patio, me puse de pie y volví a entrar mientras respondía. Laura había bombardeado a sus amigos con más preguntas mías, y no quería que oídos indiscretos escucharan esa delicada conversación.

—¡Hola, hermana! —dije, dirigiéndome a la sala de estar y dejándome caer en mi sillón reclinable.

—Hola, Jade —dijo Laura con su habitual entusiasmo burbujeante. —¿Cómo estás? Y, lo que es más importante, ¿cómo le está yendo a "Se cae de bueno" y misterioso?

Me reí de su tonto comentario.

—Kazan está bastante bien. Por la tarde, iremos de compras.

Quiere ropa nueva para él y muchos más babydolls, ligueros y otros atuendos sexys para mí.

Evité mencionar cadenas, collares y grilletes para una escena específica.

—¡¿Más?! —exclamó, incrédula—. ¿No te consiguió ya un guardarropa completo de ese estilo?

Mi rostro enrojeció.

—Sí, pero pasaron a mejor vida. Tuvo que romperlos para que pareciera que había sido atacada salvajemente.

—Demonios, no puedo esperar para ver esas pinturas —dijo Laura con asombro.

—Ya somos dos. No me dejará ver nada hasta que sea el momento adecuado —dije, haciendo un puchero.

—Artistas, todos son iguales —dijo burlonamente—. Te lo mereces, una cucharada de tu propia medicina.

Gruñí con molestia. Era cierto que no me gustaba mostrarle a la gente mi trabajo en progreso, pero había ido mejorando. No había otra opción en mi campo laboral. A pesar de ser la artista líder de mi juego, si el director creativo o el director de arte exigían ver en qué había estado trabajando, no tolerarían que me comportara como una diva.

—¿Entonces? Dame detalles —dijo en un tono conspirativo—. ¿Es tan bestial como sus pinturas?

Jadeé y puse los ojos en blanco ante la típica e inapropiada indiscreción de Laura. De acuerdo, ella no tenía ningún problema en proporcionar todos los detalles sobre la destreza sexual del atleta en turno con el que estuviera involucrada, pero yo nunca había sido del tipo que "besa y cuenta". Eso no le impidió intentar obtener información.

—En primer lugar, no es asunto tuyo, y segundo, no hay nada que contar —dije en un tono cortante.

—¿Sin comentarios? ¿Te refieres a que eres una egoísta que se guardará todo para sí misma o a que todavía no lo han hecho?

Mi vacilación al tratar de dar una respuesta evasiva me delató.

—¡Oh, Dios mío, todavía no lo han hecho! —exclamó—. ¿Qué demonios? ¿Por qué?

—¡Solo hemos estado saliendo dos semanas! —dije a la defensiva.

—Dos semanas es tiempo más que suficiente, sin mencionar que has pasado la mayor parte de ese tiempo semidesnuda, en poses lascivas, con él felizmente tocándote y acariciándote a la izquierda, a la derecha y al *centro*—respondió con su característico tono de "No me salgas con eso"—. ¿Cuál es el problema? ¿Tengo que recetarle unas pastillas azules?

Resoplé ante su ridícula pregunta. Kazan y yo nos habíamos estado acariciando intensamente durante las últimas dos semanas. Más de una vez, durante nuestras sesiones de modelaje, su miembro había estado tan duro, presionando fuertemente sus pantalones, que casi creí que la cremallera se abriría por su cuenta. Por la forma en que me miraba, como un hombre hambriento, no entendía por qué aún no me había tomado salvajemente, cuando era evidente que también lo deseaba.

—En primer lugar, todavía no puedes prescribir recetas. Y segundo, créeme, ese hombre no necesita ningún tipo de ayuda en ese asunto. Su equipo no tiene ningún problema para estar listo —dije, incapaz de resistirme a defender la virilidad de mi hombre.

—Entonces, ¿cuál es el problema? Te estás tardando en reinaugurar ahí abajo. ¿Cuánto tiempo ha pasado? ¿Tres años?

Negué con la cabeza hacia el teléfono, sin palabras.

—Jesucristo, Laura. ¿Se puede ser más vulgar? No se trata de solo hacerlo. Realmente me gusta este tipo, quiero decir, EN SERIO me gusta, y el asunto del Mistwalker me lo está arruinando —De un momento a otro, mis ojos se llenaron de lágrimas, ahogando mis últimas palabras—. No quiero que lastime a Kazan, y necesito saber cuál de los dos estará en la cama conmigo. Cada vez que Kazan y yo nos acercamos, el Mistwalker acecha de cerca. Y, a veces, incluso puedo sentir que me toca, no físicamente, sino a nivel psíquico, si es que eso tiene algún sentido. Y me avergüenza porque realmente me gusta. Pero eso cuenta como una infidelidad, ¿no? No puedo hacer que se vaya. Cada día que pasa, su presencia se siente más fuerte. Me temo que se está apoderando de Kazan.

—Lo siento —dijo Laura, finalmente comprendiendo la profundidad de mi angustia—. No me había dado cuenta de que se había vuelto tan complicado. Le pregunté a Richard sobre todo el asunto de la posesión y dijo que toda su investigación, y las personas con las que ha hablado, llegaron a la misma conclusión, no existe tal cosa.

—Pero lo vi envuelto alrededor de Kazan, prestándole su fuerza durante esa pelea —argumenté—. A veces, podría jurar que estoy viendo al Mistwalker casi como un aura a su alrededor.

—Tú misma lo dijiste, cariño, el Mistwalker estaba *envuelto alrededor de él* y *prestándole* su fuerza. Pero no era él. Tal vez solo lo está siguiendo, como una sombra. Honestamente, la única forma de resolver esto es preguntárselo directamente. Tú siempre has sido la que me dice que tome al toro por los cuernos.

Quitándome las pantuflas, levanté mis pies, abrazando mis rodillas contra mi pecho.

—Si me equivoco, pensará que estoy loca —dije en voz baja—. "Oye, Kazan, ¿estás poseído por el Mistwalker que me está acechando y me ha estado dando locos sueños húmedos?" —resoplé de nuevo—. Me echará de su casa, cerrará las puertas y conseguirá una orden de restricción contra mí.

Laura se rio.

—Está la manera directa y la manera indirecta, tontita. Quieres hacerlo más fácil. Busca otro ángulo. Encuentra alguna analogía y pídele que exprese sus puntos de vista al respecto. Eres la nerd. Seguramente hay alguna película de ciencia ficción o paranormal donde tienes a algún humano poseído por otra criatura o compartiendo su conciencia con algún ser parásito. Pregúntale cómo se sentiría en los zapatos de ese humano. Si está "poseído" por el Mistwalker, sabrá exactamente a lo que quieres llegar. Si no es así, guardas las apariencias pues simplemente estarían teniendo una conversación hipotética.

Me quedé sin palabras por un momento, asombrada por lo simple de la solución. No solo era perfecto, incluso sabía a qué serie de televisión y personaje hacer referencia.

—¿Cuándo te volviste tan inteligente? —pregunté, gratamente sorprendida y particularmente agradecida.

—Los interminables discursos de mi hermana mayor sobre poner en orden mi vida finalmente están dando frutos —dijo en un tono burlón, pero afectuoso.

—Te amo, pequeña malcriada.

—Yo también te amo, vieja bruja.

Kazan apareció en mi casa cinco minutos antes. Había pasado demasiado tiempo hablando con Laura, quien me ponía al día respecto a las fiestas salvajes en el campus, a la vez que me aseguraba que sus estudios aún eran su prioridad. Luego, pasé otra ridícula cantidad de tiempo arreglándome las uñas de los pies y de las manos. Como resultado, todavía estaba luchando por terminar de prepararme. Afortunadamente, Kazan había elegido alquilar un automóvil por un mes para ver si resultaba más conveniente que un taxi en vista de nuestras numerosas actividades. También tenía más sentido, económicamente hablando, lo que me hacía sentir aún más culpable de que él pagara por todo cada vez que salíamos. Aunque no vivía al día, mi ajustado presupuesto solo me permitía un puñado de salidas cada mes. Según Kazan, no era una carga para él, pero no quería que pensara que era una cazafortunas o una escaladora social. Quería un novio, no un sugar daddy.

Como de costumbre, se paró afuera, junto al auto, esperándome. Le hice señas para que entrara, mi cabello todavía no estaba completamente arreglado. Volvió a subirse al coche, un elegante Jaguar de un color plateado reluciente, para apagar el motor y, luego, se dirigió al porche. Kazan se detuvo frente a la puerta, dándome una mirada intensa como si necesitara que confirmara que realmente quería que él entrara.

—Adelante, cariño—le dije, indicándole, nuevamente, que entrara—. Siento la demora. Dame dos minutos para terminar de secarme el cabello y ponerme unos zapatos.

Entró, me abrazó y me dio un beso abrasador que me hizo reconsiderar nuestros planes de ir de compras. Liberándome, su mirada recorrió la decoración. Me hizo sentir cohibida. A pesar de los colores tenues de las paredes blanquecinas, con muebles de color marrón más oscuro y algunos detalles en rojo y azul en las almohadas y las pinturas en las paredes, algunas mías, mi casa se sentía cálida y acogedora, no lucía barata pero tampoco lujosa.

—Por favor, siéntete como en casa —dije colocando un mechón de cabello mojado detrás de mi oreja—. Siéntete libre de echar un vistazo. La cocina está justo ahí si quieres algo de beber. Mi oficina-estudio está en la parte de atrás. No tardaré.

Asintió con una sonrisa y subí corriendo las escaleras hasta el baño, donde me sequé rápidamente el cabello y lo dejé caer en cascada sobre mi blusa blanca. Me apliqué un poco de brillo nude en los labios y me puse unas cómodas zapatillas blancas. Por lo general, usaba tacones medianos con las mallas negras que tenía puestas, pero no sería buena idea usarlos para la larga caminata que implicaba el salir de compras.

Bajé las escaleras y encontré a Kazan caminando lentamente hacia mi oficina. Examinaba cada rincón y grieta de la casa como si tratara de memorizar cada centímetro o buscara la respuesta a un misterio de toda la vida. Había algo solemne en la forma en que miraba todo.

Es como si acabara de entrar en un santuario sagrado.

Lo cual no tenía absolutamente ningún sentido. Muchas cosas sobre Kazan no tenían mucho sentido, pero consideraba adorables estas pequeñas peculiaridades. Lo observé en silencio mientras completaba su recorrido. Debajo de su apariencia de clase y elegancia, todo en él gritaba virilidad, fuerza e incluso una ligera sensación de peligro. Sin embargo, proyectaba una fuerte aura de inocencia. Incluso ahora, mientras se giraba para mirarme, sus ojos brillaban con el asombro de un niño al que se le presenta el mejor juguete con el que jamás había soñado. Mi pecho se apretó con una emoción que no podía expresar con palabras.

—Tu casa es el reflejo perfecto de ti. Compleja en su simplicidad, hermosa, cálida, acogedora con un tesoro de historias emocionantes para contar. Me encanta.

—Me alegra que te guste —dije, profundamente conmovida—. Tengo la sensación de que pasarás mucho tiempo aquí en el futuro. Eres bienvenido siempre que quieras venir.

Atrayéndome una vez más a sus brazos, me besó, esta vez sin la pasión lujuriosa de cuando recién llegó. Era tierno, amoroso y casi reverente. Hizo que las lágrimas se acumularan en mis ojos. Después de que rompió el beso, me abrazó fuerte. Enterré mi rostro en su cuello, disfrutando de la cercanía e intimidad del momento. Algo se instaló en mi pecho, incluso cuando el hormigueo del Mistwalker se manifestó tímidamente en la parte posterior de mi nuca.

Kazan me soltó, solo para tomar mi mano y sacarme de la casa. Tan caballeroso como siempre, me sostuvo la puerta mientras entraba en el Jaguar y la cerró antes de ir al asiento del conductor. Se abrochó el cinturón de seguridad, encendió el auto, revisó su punto ciego y luego arrancó. Reprimí una sonrisa. Por mucho que su arte empujara los límites del erotismo de monstruos, manejaba todo lo demás en su vida según el manual.

Apartó una mano del volante para tomar la mía y ponerla en

su regazo. Me encantaba cuando ponía su propia mano en mi muslo. Algo sobre la posesividad del gesto, esta reafirmación de su reclamo sobre mí, me causaba un delicioso cosquilleo. Pero me encantó aún más que hubiera puesto mi mano en su muslo, lo cual traduje como un recordatorio de que se había entregado libremente a mí. Él era mío.

Kazan no encendió la radio. No podía recordar haberlo escuchado poner música nunca. En realidad, no me molestaba, pero sumaba otra capa de misterio a mi hombre. Aunque intercambiamos pedazos de conversación, permanecimos en un cómodo silencio la mayor parte del tiempo, cada uno de nosotros perdido en sus pensamientos. El viaje casi se sintió demasiado corto cuando nos detuvimos en el centro comercial. Como era de esperar en un viernes por la noche temprano, el lugar estaba lleno. Siempre un caballero, Kazan me dejó frente a la puerta mientras buscaba un lugar para estacionar. Me alcanzaría en la tienda de lencería.

Cuando su auto entró en una de las filas de estacionamiento, noté que un auto negro sospechosamente familiar lo seguía. Sonaba paranoica, pero podría jurar que había estado viendo ese mismo auto con bastante frecuencia últimamente mientras iba o venía del trabajo, mientras hacía las compras e, incluso, merodeando por mi vecindario. Sin embargo, no tenía ningún sentido. ¿Quién podría querer acecharme y con qué propósito?

Descartando los pensamientos sombríos, entré al centro comercial y me dirigí directamente a Victoria's Secret. Laura tenía razón en su comentario sobre la "reinauguración". No había actualizado mi colección de ropa sexy en más de tres años. Las cosas, con suerte, pronto pasarían a la siguiente etapa con Kazan. No quería que me atrapara usando bragas de abuela cuando finalmente saltáramos a lo bueno.

Mientras echaba un vistazo a las piezas traviesamente divinas, la persistente sensación de ser observada volvió con fuerza. Levantando la cabeza, miré a mi alrededor, pero no encontré a nadie mirando. Sin embargo, incluso cuando me encogí de hombros, la sensación no se desvaneció. La tercera vez que miré hacia arriba, vi a un hombre de aspecto familiar que se alejaba. No podría jurar que era la misma persona, pero había notado a alguien inquietantemente similar en diferentes multitudes a mi alrededor mientras me ocupaba de mis asuntos en las últimas dos semanas. Siempre estaba vestido con ropa oscura, por lo general con algún tipo de sombrero, desde una gorra de béisbol hasta un gorro, a menudo con gafas de sol. Este hombre usaba una gorra plana y anteojos comunes.

¡Dios santísimo! Estoy enloqueciendo.

Entre los veintitantos y los treinta, con un estilo un poco hipster, probablemente estaba buscando algún regalo para su esposa o novia. Descartándolo de mis pensamientos, me obligué a ignorar mi inquietud y tomé algunas piezas antes de apresurarme a la caja registradora. No quería que Kazan las viera hasta que las modelara para él. Habiendo comprado ya de las mismas líneas anteriormente, no dudaba que me quedarían bien.

La cajera rápidamente envolvió los conjuntos, incluido un traje de sirvienta muy travieso. El sostén no tenía tela sobre los senos, solo volantes de encaje rodeándolos, con una gargantilla de encaje blanco y una minifalda transparente, blanca y negra, apenas visible. En los últimos días de mi relación con Patrick, en un último y desesperado esfuerzo por reavivar la llama entre nosotros, había considerado comprar un conjunto similar con temática BDSM, pero lo pensé mejor. No se podía conservar a un hombre solo con sexo, menos si su corazón ya pertenecía a otra.

Kazan caminó hacia mí y deslizó su brazo alrededor de mi cintura, su pulgar acariciando la piel expuesta debajo de mi top corto.

—¿Qué conseguiste? —preguntó, tratando de mirar dentro de la bolsa después de que la cajera me la entregara.

La escondí detrás de mi espalda, dándole una mirada falsamente severa.

—Todo a su debido tiempo... Suponiendo que te deje verlos.

—¿Qué? —exclamó, mirándome como si acabara de robar su juguete favorito.

—Si eres un buen chico, podría considerarlo.

—Siempre soy bueno —murmuró, guiándome fuera de la tienda.

Nos dirigimos al sótano del centro comercial que daba acceso a un minúsculo estacionamiento donde solo había dos tiendas: una zapatería y, en el lado opuesto, en su mayoría oculta por las escaleras mecánicas, la boutique erótica Dungeon Mistress. Antes de conocer a Kazan, nunca había puesto un pie dentro de ese lugar, siendo demasiado tímida y cohibida. Pero ahora, entré sin trapujos. Tener a Kazan a mi lado me hacía más audaz y confiada. No podría explicar por qué, pero me encantaba.

Era mi tercer viaje aquí y mis ojos todavía se desorbitaban por toda la parafernalia pervertida, desde trajes de cuero de dominatriz hasta ropa interior comestible, floggers, látigos, bastones, remos, cuerdas y cadenas. La propietaria dedicó una pared completa a grilletes y dispositivos de amarre, otra con la colección más loca de consoladores y vibradores, y numerosos estantes y exhibiciones cerca de la caja registradora ofrecían todo lo demás, incluidos aceites para masajes, lubricantes, baterías y literatura y películas eróticas. Una habitación trasera contenía aparatos más grandes y muebles de bondage como una cruz de San Andrés, bancos de bondage, caballos de azotes e incluso una silla ginecológica.

Kazan me informó que la propietaria, una señora mayor, regordeta, que parecía la tía excéntrica de cualquiera, le había dicho que podía ir cuando quisiese con una modelo para tomar fotografías o dibujar usando los muebles eróticos. La mirada en sus ojos cuando lo dijo insinuaba que tenía esos planes para mí en un futuro no muy lejano. Eso me puso instantáneamente caliente e incómoda.

Sin dudarlo, Kazan se dirigió directamente a las cadenas y eligió una de color gris oscuro con eslabones gruesos. Miró diferentes collares de metal, colocándolos alrededor de mi cuello para encontrar el perfecto, luego hizo lo mismo con grilletes para las muñecas y los tobillos. Para mi sorpresa, me encontré montando un espectáculo para los otros clientes cada vez que los sorprendía espiándonos, algunos de ellos con un interés no disimulado en Kazan.

Él es solo mío, perras. Sigan babeando.

Eligió una cadena más pequeña, unos cuantos corpiños y tangas de cuero, y un par de conjuntos de lencería erótica que calificaban más como hilos que como ropa. La propietaria, Lorna, exclamó "ooh" y "aah" ante los artículos que Kazan colocó sobre el mostrador. Ella le dirigió una mirada muy sugerente, sin ocultar su aprecio en lo más mínimo. En lugar de ofenderme, me hizo reír. Lorna me guiñó un ojo antes de escanear nuestros artículos. Mientras colocaba el último en la bolsa, tomó una pequeña caja colorida de al lado de la caja registradora.

—¿Quieren llevar algunos condones con sabor a cereza? —preguntó, agitando la caja ante nosotros—. Están en oferta.

La miré, boquiabierta, antes de lanzar una mirada de reojo a Kazan. Una vez más tenía esa mirada en blanco que a menudo ponía cuando le hacían preguntas para las que no tenía respuestas claras. Me preocupaba. A veces me preguntaba si padecía alguna forma leve de alguna condición como Asperger, o si su mirada era causada por otra cosa.

Volviendo a mirar la caja, dudé. Todavía no habíamos tenido relaciones sexuales, pero creía firmemente que eso se corregiría en los próximos días. A mi implante anticonceptivo le quedaban otros seis meses más o menos, pero había estado considerando reemplazarlo antes de tiempo para evitar sorpresas. Yo estaba sana y, seguramente, Kazan también lo estaba. Pero ser precavida no estaba de más.

—Son magnum —agregó Lorna, moviendo las cejas hacia Kazan.

Resoplé, agarré la caja de su mano y la arrojé a nuestra bolsa. Ella se rio entre dientes, agarró una segunda caja, la escaneó y luego la arrojó a la bolsa también.

—Son dos por el precio de uno en compras con costo final de más de cincuenta dólares —dijo con una sonrisa—. La ropa interior comestible estará en oferta la próxima semana. Puedes aprovechar y comprar algunas prendas cuando regreses para reabastecerte de condones.

Me eché a reír y agarré la bolsa que nos estaba extendiendo.

—Gracias, Lorna —dije, arrastrando a Kazan detrás de mí.

Dos cajas de doce... Veinticuatro condones en una semana... Cómo crees...

Y, sin embargo, eso sería tres veces al día durante ocho días. La primera vez que tuviéramos sexo, esperaría que fueran al menos cinco rondas.

¡Quizás los necesitemos después de todo!

Me reí para mis adentros de mis traviesos pensamientos mientras subíamos a la escalera eléctrica. Girándome hacia él, la intensidad de su mirada me atrapó. Sus ojos tormentosos se habían oscurecido, y su expresión me recordaba a la de un depredador... un depredador hambriento.

—Estaban en oferta —dije encogiéndome de hombros para aliviar la tensión.

Kazan no respondió. En cambio, deslizó su mano detrás de mi nuca y atrajo mi cara hacia la suya antes de besarme con una posesividad y pasión que me dejó las piernas temblando.

Oh, sí, los usaremos pronto.

Parecía tan frustrado como yo me sentía por el hecho de que todavía teníamos que hacer otras compras, nuestras mentes llenas de perversiones. Con sus caballerosos modales habituales,

Kazan cargó todas nuestras bolsas mientras caminábamos por el centro comercial de camino a Shay & Vincent, una elegante boutique de ropa para hombres con mercancía extremadamente variada. Una vez más, Kazan se dirigió directamente a una sección específica de la tienda que contenía la versión elegante de la ropa de motociclista, pero no se me escapó el cómo sus ojos se detuvieron en secciones completamente diferentes de la tienda que contenían el mismo tipo de ropa que otras tiendas que habían llamado su atención mientras estábamos de camino aquí.

Kazan ojeó la ropa con una indiferencia que me desconcertaba. Ante cualquier cosa que yo dijera que lucía bien, él inmediatamente la buscaba en su talla a pesar de que él, personalmente, no parecía particularmente entusiasmado con esa pieza ni con ninguna otra. Para mi consternación, me di cuenta de que el delicioso cuerpo de mi hombre resultaba ser una pesadilla cuando se trataba de comprar en tiendas. Sus anchos hombros y sus musculosos brazos hacían casi imposible encontrar algo que no pareciera a punto de estallar. Claro, la forma en que la ropa moldeaba su cuerpo esculpido lo hacía lucir ridículamente sexy, pero debía ser incómodo.

Cuando lo arrastré a la sección gitana, retro punk, su rostro se iluminó. Trató de ocultar su repentino entusiasmo, pero fracasó miserablemente. Sin embargo, resultó ser un proceso laborioso, encontrar algunas piezas que le quedaran bien y luciera sexy. Lo más difícil fue no reírme a carcajadas cuando algunas camisas, demasiado cortas en el dobladillo o en las mangas, lo hacían parecer un gorila vestido. Empezó a bromear con eso, eligiendo deliberadamente cosas que lo harían verse ridículo y actuando falsamente indignado cuando no pude ocultar lo gracioso que me parecía. De hecho, me hizo reír a carcajadas y suplicar piedad antes de dejar de ser tan tonto. Salí de la tienda con un nuevo respeto por la difícil situación de los hombres musculosos, a la altura de las mujeres de grandes pechos, que no podían usar una sola blusa sin que los botones se abrieran.

Si bien me gustaba el estilo de motociclista/chico malo que solía usar Kazan, tenía que admitir que el estilo bohemio le quedaba muy bien. Los cuellos bajos o las camisas abiertas y los collares de cuero con el colgante descansando sobre su musculoso pecho eran más que sexys. Pero, sobre todo, lo hacían sentir bien.

En nuestro camino de regreso al auto, la sensación de ser observada me golpeó con renovado vigor. Deteniéndome en seco, me di la vuelta abruptamente para mirar detrás de nosotros. Kazan, con ambas manos cargadas con nuestras compras, también se detuvo y me miró, inquisitivamente, antes de seguir mi mirada. El mismo hombre con la gorra plana se alejaba apresuradamente. Sabía que nos había estado observando.

—¿Quién es él? —preguntó Kazan, con un toque de tensión en su voz

—No lo sé —dije, honestamente—. Pero creo que me ha estado siguiendo. Me estaba observando en la tienda de lencería y, cuando te fuiste a estacionar el auto, vi que te seguía un auto negro que se parece a uno que he estado viendo con bastante frecuencia últimamente. Supongo que el conductor lo dejó para que pudiera espiarme mientras buscaba un lugar para estacionar también —La expresión de Kazan se endureció con cada una de mis palabras—. ¿Sabes quién es?

—No lo conozco —dijo después de un segundo—. La próxima vez que los veas siguiéndote, quiero que vayas al lugar más público que encuentres cerca y me llames de inmediato.

Asentí, sintiéndome, repentinamente, agotada. Cambiando todas las bolsas a una mano, lo que tenía que ser doloroso viendo cuánto pesaban, Kazan envolvió su brazo libre alrededor de mí, acurrucándome contra él.

—No tengas miedo, mi Jade. Nadie te hará daño.

Me estremecí ante la espeluznante similitud de sus palabras con las del Mistwalker. Sin embargo, no sentí la presencia del ser etéreo ni sentí el hormigueo generalmente asociado con él. Kazan apretó su abrazo y nos apresuró hacia el auto.

Aunque trató de aligerar el ambiente con una conversación casual en el camino de regreso a mi casa, no se me pasó por alto la forma cuidadosa y frecuente en que miraba el retrovisor y los espejos laterales mientras conducía, sin duda al acecho de cualquier persecutor. Hice mi parte al revisar el espejo del lado del pasajero en busca de signos del auto negro, sin éxito. Cuando llegamos a mi casa, ambos estábamos mucho más relajados.

El señor y la señora Palmer, una vez más pasando el rato en su porche delantero, miraron a mi compañero con evidente curiosidad. La mirada de la señora Palmer se fijó en las bolsas en las manos de Kazan. A pesar de las brillantes luces de la calle, ya había caído la noche, por lo que a la entrometida le resultaba más difícil ver bien las etiquetas. Afortunadamente, la bolsa de Dungeon Mistress estaba mayormente oculta por la de Victoria's Secret. Ojalá hubiera sacado sus bolsas de Shay & Vincent en su lugar, pero podía lidiar con que descubrieran que usaba lencería sexy en lugar de indumentaria pervertida.

Les saludamos con la cabeza de camino a mi casa. La sonrisa apenas reprimida de ella me dijo que no solo me interrogaría sin piedad la próxima vez que habláramos, sino que también estaría cuchicheando especulaciones salvajes con su pobre esposo.

Cerré la puerta detrás de nosotros y Kazan depositó las bolsas en la mesa del comedor, luciendo divertido.

—¿Arruiné tu reputación? —preguntó burlonamente.

—Eso creo. Será mejor que te prepares para la batalla para restaurar mi honor, oh valiente guerrero —dije envolviendo mis brazos alrededor de su cuello.

—Lucharé contra los dioses y los mismos titanes para defender tu honor, mi amada —dijo contra mis labios antes de besarme.

Me derretí contra él, pero él se separó, demasiado pronto.

—¿Tienes hambre? —pregunté mientras se alejaba de mí—.

Tengo algunos bistecs en la nevera. Podría hacer una ensalada o arroz con verduras al vapor, si quieres. O podríamos ordenar a domicilio.

Kazan vaciló. Había comenzado a asentir, aceptando una de mis propuestas, como de costumbre, pero se contuvo. Eso me sorprendió gratamente.

—En realidad, no tengo hambre, pero estaré encantado de robar un par de bocados de tu plato.

Sonreí.

—Honestamente, tampoco tengo hambre. Comí antes de que me recogieras.

—Estamos bien, entonces —dijo, sonriendo también.

—Está bien. Déjame ir a poner esto arriba, y podrás tomar todas las fotos que quieras en la escalera de la habitación del pánico —dije, emocionándome ante la idea de posar para él nuevamente.

Agarré la bolsa de Victoria's Secret y, rápidamente, rebusqué en la bolsa de Dungeon Mistress para sacar una de las cajas de condones.

—¿Adónde llevas eso? —preguntó Kazan antes de que pudiera meterlo, discretamente, en la bolsa de lencería.

Mi cara enrojeció, y lamí mis labios nerviosamente.

—¿Arriba?

—¿Por qué? —preguntó, su mirada intensa.

—Para que tengamos uno aquí y el otro en tu casa para... ya sabes... cuando lo necesitemos.

Kazan dio unos pasos hacia mí, eliminando la distancia entre nosotros. El aire se atoró en mi garganta cuando sus ojos se oscurecieron.

—¿Cuándo lo necesitaremos? —susurró.

Tragué saliva, mi mirada se posó en sus sensuales labios.

—Técnicamente, no los necesitamos ya que tengo un implante anticonceptivo —dije, distraídamente tocando la piel de mi brazo en donde se encontraba—. Estoy sana, ¿y asumo que tú también lo estás?

—Lo estoy.

—Pero tienen sabor a cereza, así que... ¿supongo que podría ser divertido?

Dios, me sentía tan torpe y juvenil. Uno pensaría que tenía dieciocho años, no veintiocho.

—¿Me dejarías hacerte el amor, Jade?

Mi corazón dio un vuelco y parecía que no podía inhalar suficiente oxígeno. Sin voz, asentí con la cabeza.

—¿Aquí mismo? ¿Ahora mismo? —insistió, acercándose aún más a mí.

Asentí de nuevo, incapaz de hablar, hipnotizada por sus ojos tormentosos.

—¿Me deseas tanto como yo te deseo a ti, Jade?

—Sí, Kazan. Te deseo.

Me atrajo hacia él. Juntando mis manos detrás de su cuello, la caja lo hacía algo incómodo, ronroneé mientras sus manos recorrían mi espalda antes de posarse en mi trasero y luego levantarme. Instintivamente, envolví mis piernas alrededor de él. Su mirada se clavó en la mía y subió las escaleras en dirección a mi dormitorio.

Mi pulso se aceleró mientras me acostaba con cuidado en la cama. Mirándome directamente a los ojos, lentamente se quitó la ropa. Sin ver, coloqué la caja de condones en la mesita de noche, casi dejándola caer al suelo mientras deleitaba mis ojos con la impresionante perfección de mi hombre. Con alrededor de dos metros de altura y la masa muscular de un personaje sacado directamente de una novela épica de guerreros semidioses, un rostro de ensueño y ojos fascinantes, Kazan encarnaba todas las fantasías que había tenido sobre el hombre ideal. Mi mirada nunca se desvió de él mientras me quitaba los zapatos y las mallas. A la mitad de quitarme las mallas, lo vi bajar sus pantalones, exponiendo su miembro erecto. Me quedé boquiabierta y mi mente quedó en blanco. Largo, grueso, con venas palpitando a lo largo de su longitud, calificaba más como un garrote que como un pene.

Tragué saliva con una mezcla de miedo y emoción, mi ropa interior se empapó instantáneamente con mi excitación. Cuando se quitó los pantalones, tiré mis mallas a un lado y sujeté el dobladillo de mi top corto. Levantándolo por encima de mi cabeza, chillé de sorpresa cuando las manos de Kazan se cerraron alrededor de mis tobillos, arrastrando mi trasero hasta el borde de la cama. Luchando para salir del top, que todavía cubría mi rostro, me lo quité solo para que se enredara en mi cabello.

Mi gemido de frustración se convirtió en un suspiro de sorpresa cuando Kazan rozó con sus labios la parte interior de mi muslo mientras se arrodillaba frente a mí y luego enterró su rostro entre mis piernas. Una llama ardiente explotó en la boca de mi estómago. Me acarició sobre el diminuto triángulo de mi tanga azul medianoche, sus manos vagaron arriba y abajo por mis muslos, sobre mi estómago, luego de regreso por mis piernas.

Con la respiración agitada por la anticipación y la emoción, distraídamente me deshice de la molesta blusa. Levantando la cabeza, miré a Kazan, su hermosa cara mayormente oculta por su sedoso cabello negro ondulado. Me quedé sin aliento cuando agarró el costado de mi tanga con los dientes y la apartó para exponerme a él. Levantando mis piernas sobre sus hombros, cubrió mi montículo con suaves besos antes de jugar con mis pliegues con su lengua caliente y húmeda. Susurré su nombre mientras un rayo de placer me atravesaba. Con movimientos lentos y deliberados, Kazan me exploró con la boca, saboreando, tentando y chupando. Me retorcí bajo sus sensuales atenciones, mis caderas girando con voluntad propia.

Mi espalda se arqueó, separándose de la cama, cuando deslizó dos dedos dentro de mí y sus labios se engancharon en mi clítoris. Agarrando su sedoso cabello con una mano, deslicé la otra debajo de mi sostén, pellizcando mi pezón dolorosamente duro. Con la piel en llamas, me entregué al furioso infierno que se formaba dentro de mí cuando Kazan aceleró el movimiento de su mano. A medida que me acercaba al borde, el cosquilleo familiar del Mistwalker se manifestó, extendiéndose por todo mi cuerpo, ardiendo en llamas, en lugar de enfocarse alrededor de mi nuca como de costumbre.

Una luz cegadora explotó ante mis ojos cuando exploté. Grité el nombre de Kazan, mi cabeza girando de lado a lado en medio de la pasión. La sensación de hormigueo se intensificó, aumentando la sensibilidad de mi piel.

A través la nebulosa en mi mente, escuché el crujido del envoltorio de un condón siendo rasgado. Abrí los ojos para ver a Kazan de pie ante mí en su gloriosa desnudez, una mirada salvaje en su rostro, la intensidad en sus ojos oscuros inmovilizándome en el lugar. No rompió el contacto visual mientras se colocaba el condón, aparentemente ajeno a los látigos negros y fantasmales que se cernían a su alrededor como llamas sombrías.

El miedo familiar, la emoción y la culpa me atravesaron. Me arrastré hacia atrás, instintivamente queriendo alejarme de mi 'monstruo' y, sin embargo, también queriendo ser capturada.

—Kazan —susurré, sin saber qué quería decir, pero sintiendo que necesitaba advertirle.

Mis palabras murieron en mi garganta cuando agarró mi tobillo de nuevo, impidiendo que me alejara, y se subió encima de la cama.

—Quédate quieta —dijo, con una voz autoritaria que me dejó paralizada—. Eres mía, Jade.

Aunque escuché las palabras a través de mis oídos, podría haber jurado que la última oración también resonó dentro de mi cabeza en la voz incorpórea del Mistwalker.

Kazan se arrodilló entre mis piernas, su mirada hambrienta vagando sobre mí con una posesividad que me dejó sin aliento. Sus manos trazaron un camino por mis muslos antes de agarrar la cintura de mi tanga. En un poderoso movimiento, rompió las cuerdas y me arrancó la ropa interior. Jadeé, mi pulso y mi respiración se aceleraron aún más.

—Toda mía —gruñó antes de presionar su boca contra mi centro de nuevo y mordisquear mi clítoris.

Emití un grito estrangulado cuando otro rayo de placer estalló dentro de mí. Sus manos y labios trazaron un camino desde mi estómago hasta mi pecho. Levantando mi sostén para liberar mis senos, frotó su cara en el valle entre ellos antes de besar a cada uno por turnos. Mis manos agarraron el edredón mientras las suyas alcanzaban mi sostén, que tuvo el mismo destino que mi tanga. Me estremecí cuando sus labios se detuvieron sobre la marca del Mistwalker, su lengua trazó lentamente el patrón con una reverencia inquietante. Mientras su boca continuaba explorándome, lamió mi clavícula, besó la curva de mis hombros y succionó sobre el pulso en mi cuello.

—Tócame —me ordenó.

Quería obedecer, pero mis ojos se posaron en el aura oscura del Mistwalker a su alrededor.

—Mírame —dijo Kazan, con una voz severa que no admitía discusión. Mis ojos inmediatamente se dirigieron hacia los suyos —. Todo está bien, mi Jade. Soy yo, tu Kazan. Quédate conmigo. Concéntrate en mí —sus rodillas abrieron más mis piernas y presionó su miembro, duro como una roca, contra mi centro—. Tócame, mi Jade. Necesito tus manos sobre mí, mi amor.

Esas últimas palabras rompieron la bruma de mi miedo. A pesar de la fuerte sensación de la presencia del Mistwalker, me ahogué en el cielo turbulento de los ojos de Kazan. Soltando el edredón, coloqué mis manos en su cintura estrecha, acariciando un camino lento a lo largo de sus costados y subiendo por su espalda fuerte y musculosa.

—¡Sí, sí! —siseó, con el rostro tenso de placer.

Se inclinó y capturó mis labios mientras se presionaba dentro de mí. Su enorme miembro se deslizó dentro de mí, centímetro a centímetro, con movimientos lentos mientras nuestras manos exploraban y nuestras bocas devoraban.

—Dime que eres mía, Jade —susurró Kazan contra mis labios mientras aceleraba el paso—. Dime que me perteneces.

Perdida en un mar de placer, cada estocada avivando otro fuego que se extendía como un reguero de pólvora dentro de mí, apenas podía concentrarme en otra cosa que no fuera la sensación de su piel ardiente contra la mía, los brazos poderosos sosteniéndome, la plenitud de su longitud atravesándome, y su cálido aliento mezclándose con el mío.

—Soy tuya, Kazan —balbuceé, entre gemidos—. Soy toda tuya. Toma todo de mí.

—Mi Jade…

Las palabras salieron como un gruñido apenas comprensible cuando algo pareció romperse dentro de él. Deslizando ambos brazos detrás de mis rodillas, me abrió aún más y golpeó dentro de mí. Con las uñas clavadas en su espalda, grité su nombre cuando llegué al clímax por segunda vez. Antes de que pudiera recuperarme por completo, nos dio la vuelta y me volvió a bajar sobre su miembro rígido. Demasiado aturdida para montarlo, presioné mis manos contra su pecho para apoyarme, mientras Kazan me sostenía por encima de él con ambas manos debajo de mi trasero y empujaba hacia mí.

Las llamas sombrías del aura del Mistwalker alrededor de Kazan mientras me tomaba hacían que la cama pareciera estar cubierta por un mar aceitoso y turbulento. Pero lo ignoré, hipnotizada por el rostro de Kazan, contorsionándose de placer. Me entregué a mi amante mientras otra ola de éxtasis se acumulaba lentamente dentro de mí.

—Me voy a correr, Jade. Voy a venirme. Hazlo conmigo, mi amor.

La urgencia y el tono dominante en su voz me deshicieron. Eché mi cabeza hacia atrás con un grito gutural cuando mi orgasmo me derribó, mis paredes internas se cerraron sobre él.

Kazan me golpeó contra su miembro mientras gritaba su propia liberación. Su cuerpo se estremeció mientras cabalgaba las últimas olas de su clímax, frotando su pelvis contra la mía.

Me derrumbé encima de él, devastada. Kazan envolvió sus brazos alrededor de mí en un fuerte agarre y presionó un beso apasionado en mi frente antes de colocar mi cabeza en el hueco de su cuello.

—Eres mi dueña, Jade. Soy todo tuyo y nunca te dejaré ir.

Mi estómago dio un vuelco al ser reclamada así. Besé su cuello y me aferré a él con fuerza. El último hombre al que me había permitido amar, al que me había entregado, al final no había querido ser mío y mucho menos conservarme.

Quédate conmigo, Kazan. Y déjame conservarte.

CAPÍTULO 6
KAZAN

Mi Jade... Se veía tan tranquila mientras dormía. Me maravillaba su hermoso cuerpo desnudo, envuelto en una cortina de pelo rojo, extendido sobre la cama. Cómo ansiaba despertarla y profanarla de nuevo, pero necesitaba descansar. Apenas reprimí un resoplido, pensando que ya habíamos usado cuatro condones en una sola noche. Teniendo en cuenta lo completa y apasionadamente que la había agotado, no me sorprendía que durmiera hasta tarde. Para empezar, mi mujer no era madrugadora. Menos mal que era sábado por la mañana.

Recogiendo mis pantalones, me arrepentía de no haber traído mi bolsa de ropa nueva de Shay & Vincent. No había planeado que tuviéramos sexo, y mucho menos pasar la noche. Todavía no podía creer el atrevimiento con el que Jade simplemente tomó los condones que Lorna le ofreció. Tendría que agradecerle a la mujer la próxima vez que visitara Dungeon Mistress.

Deslizando un par de condones en los bolsillos de los pantalones que tenía en mi mano, traté de ignorar mi pene endurecido al pensar en todas las otras formas en que quería tomar a mi mujer. En silencio, salí al pasillo y me dirigí al baño para darme una ducha rápida. Presintiendo que Jade se despertaría pronto, bajé a la cocina y rebusqué en el refrigerador los ingredientes para hacer panqueques. Mientras volteaba el primero, el sonido de los pasos de Jade llegó a mí. Sonreí, mi vientre se contrajo con una sensación agradable ante la idea de ver a mi mujer de nuevo. Vibrando con impaciencia, traté de silenciar el miedo de que ella pudiera haber decidido que había sido un error.

Eso me destrozaría.

Mientras ella se duchaba, cociné un poco de jamón y tocino, ya que no encontré salchichas. Luego, procedí a hacer una gran pila de panqueques y corté algunas naranjas. Escuché los pasos rápidos de Jade bajando las escaleras y caminando por el corto pasillo antes de entrar a la cocina. Descalza, vestía solo una camiseta deportiva de gran tamaño que le llegaba a la mitad del muslo, su sedoso cabello aún estaba ligeramente húmedo.

—Hmmm, huele bien —exclamó, con los ojos brillantes.

El alivio me inundó cuando caminó hacia mí, envolvió sus brazos alrededor de mi cintura y levantó su rostro, expectante. Con mucho gusto, me incliné hacia delante y la besé, abrazándola con fuerza contra mí.

—Buenos días, dormilona —dije, soltándola.

—Por culpa tuya —dijo, sin la menor vergüenza, antes de darme una palmada en el trasero—. ¡Muero de hambre! —dijo, mirando la comida puesta sobre la mesa—. Usted, señor, es todo un amo de casa.

Un sentimiento cálido llenó mi pecho.

—Bien —dije, acercando una silla para ella—. Tengo toda la intención de serlo.

Su rostro se derritió con una expresión de profunda ternura que tiró de mi corazón. Quería que siempre me mirara de esa manera, y haría todo lo que estuviera a mi alcance para asegurarme de que así fuera.

Terminé de colocar la comida y me acomodé junto a ella para comenzar a comer. Me gustaban el jamón y el tocino, aunque este último a veces podía ser demasiado salado. Los panqueques no me disgustaron por completo; tenían una textura interesante. Un poco de jarabe de arce en ellos en verdad sabía bien, pero cubiertos con mantequilla y bañados en jarabe, como le gustaban a mi mujer, hacían que mi estómago protestara. La vi untar un enorme trozo de mantequilla en sus panqueques y luego mirar mi plato, lista para hacer lo mismo con los míos. Normalmente, le habría permitido hacerlo y pondría una sonrisa de agradecimiento en mi rostro, pero, como pasaríamos el resto del día juntos, no quería luchar contra las náuseas mientras mantenía mi poder bajo control.

Preparándome para la reacción de Jade, le hice un gesto para que no me diera nada, sonriendo levemente para suavizar el rechazo. Para mi sorpresa y deleite, no la molestó. De hecho, parecía atónita y...complacida. Mi pareja había estado observando de cerca mi reacción a cada situación, lo que me desconcertaba. Supuse que estaba probando cuán compatibles éramos en nuestros gustos y disgustos. Pero ahora, estaba empezando a cuestionar esa suposición.

Terminamos de desayunar mientras charlábamos agradablemente, aunque noté que Jade probaba mis gustos a lo largo de la comida, ofreciéndome diferentes combinaciones de cosas, desde café con azúcar y leche—cuando ella sabía que, por lo general, me limitaba a jugo de fruta recién exprimido o agua, ya que el café me parecía demasiado amargo—hasta crema batida en mis rodajas de naranja. Me hizo ceder a tomar una pequeña cantidad de café con un montón de leche caliente, con un toque de azúcar y canela. Aunque un poco extraño al gusto, fue bastante agradable.

Me llamó un *chico de Latte*. Podría vivir con eso.

Faltaban apenas diez días para la próxima Niebla y todavía teníamos bastante trabajo por hacer para completar la colección, o, mejor dicho, una última pieza que me modelaría en la escalera de su habitación del pánico. Pero, antes de llegar a eso, Jade insistió en que viéramos uno de sus programas de televisión favoritos de la vieja escuela. Recostados en su sofá, terminamos viendo dos episodios consecutivos de Star Trek: Deep Space Nine. Aunque trató de ocultarlo, cada vez que la teniente comandante Jadzia Dax aparecía en la pantalla, Jade estudiaba mi reacción hacia ella. Tuve que reprimir una sonrisa, adivinando qué pensamientos cruzaron por su mente, preguntándome cómo formularía sus preguntas.

Cuando los créditos aparecieron, Jade se dio la vuelta para mirarme, sus delicados dedos trazaron círculos en mi pecho y alrededor de la areola de mi pezón. Obligándome a ignorar cómo su toque resonaba en mi ingle, me concentré en ella, preparándome para la pregunta que sabía que vendría.

—Amo a Jadzia. Es hermosa e inteligente —dijo Jade, tratando de sonar casual—. Pero, por mucho que amo a Dax y la idea de un simbionte, no creo que yo podría hacerlo.

—¿Hacer qué? —pregunté, fingiendo no entender.

—Hacer de anfitriona de otro ser consciente. Que controlen parte de mi cuerpo y de mis pensamientos. Sabiendo que nunca volvería a ser un solo individuo. ¿Eso no te molestaría?

—Depende —respondí con sinceridad, un poco desconcertado por su intensa mirada—. Me opondría a ser poseído por un demonio, o algún tipo de parásito, para ser raptado en contra de mi voluntad. Pero, en el caso de Jadzia, ella no solo eligió convertirse en anfitriona, sino que estudió y trabajó duro durante años por ese honor y para ser considerada digna de Dax.

—¿Pero no temerías perderte a ti mismo, a tu identidad, dentro de ese otro ser? —Jade insistió.

—Una vez más, depende. En el caso de Jadzia, si bien dar la bienvenida a Dax alteró parte de su personalidad, no borró quién era ella. Ella siempre supo que eso sucedería y lo aceptó. Puedo ver el atractivo de compartir la mente y la experiencia de un ser mucho mayor y más sabio que yo —dije, apartando suavemente el cabello de su cara y luego acariciando su mejilla con mi pulgar —. No me opondría a albergar a un ser que es, fundamentalmente, bueno y sabio, que podría convertirme en una versión más ilustrada de mí mismo, sin dejar de ser yo y poder perseguir mis propias aspiraciones.

Jade parecía preocupada mientras reflexionaba sobre mis palabras, luego se mordió el labio inferior, dudando en hacer su próxima pregunta. Me mordí el interior de las mejillas para no sonreír.

—¿Qué pasa con las relaciones? —preguntó ella, después de un segundo—. ¿No te molestaría tener esta otra entidad masculina dentro de ti mientras estás teniendo intimidad con tu mujer?

Allí estaba la pregunta, por fin.

—Mientras fuera mi cuerpo tocándola, que yo mantuviera el control de mis pensamientos, de mis emociones y de mis acciones hacia ella, y que ella supiera, sin lugar a dudas, que era yo quien le estaba haciendo el amor, entonces no, no me importaría —Mi mano, que acariciaba su mejilla, se deslizó hasta su pecho, deteniéndose lo suficiente para que mi pulgar diera un ligero toque en el pezón, y luego descendió hasta su estómago donde se detuvo—. Y, si nuestros roles fueran a la inversa, me sentiría de la misma manera. Mientras fueran tus manos sobre mí y siguieras siendo una participante consciente y dispuesta de todo lo que te hiciese, sin la influencia de ese otro ser, no me importaría.

Los ojos de Jade indagaron en los míos, buscando. Soporté su escrutinio sin pestañear.

—Pero, si estuvieras alojando a un ser así, y yo fuera consciente de ello, ¿no sería como si te estuviera engañando?

Me reí y besé sus labios.

—No, porque seríamos uno. Sería una parte intrínseca de mí a la que, deliberadamente, le di la bienvenida. No podrías amarlo sin amarme a mí—. Mi mano se elevó de nuevo a su pecho que amasé lentamente—. Que ame este seno tuyo y le preste atención en este momento no hace que ame menos tu otro seno, o cualquier otra parte tuya.

No era una comparación muy apropiada, pero entendió la esencia, aunque solo fuera por la forma no tan sutil en que mi mirada la recorría.

Ella se estremeció, un tipo diferente de tensión crecía dentro de ella. Me encantaba cómo todavía podía leer fácilmente sus emociones y, en ese instante, sus deseos. Deslizando mi mano hacia abajo, levanté el dobladillo de su camisa de gran tamaño, yendo directamente hacia el tesoro que escondía. Para mi sorpresa, y felicidad, Jade no estaba usando ropa interior, como solía hacer yo.

—Buena chica —susurré contra sus labios, mientras mis dedos exploraban sus pliegues, ya empapados para mí.

Sus labios se abrieron con una inhalación aguda, sus ojos verdes ardiendo lentamente.

—No te voy a dar otra excusa para destrozar mi ropa interior —dijo, arqueándose hacia mí.

—Oh, querida, solo estoy calentando —dije, rozando su mandíbula con mis dientes, mis dedos sumergiéndome dentro de ella—. Te compraré un baúl lleno de ropa interior con volantes solo para poder arrancarla de ese delicioso cuerpo tuyo antes de tomarte.

Jade se estremeció de nuevo, su respiración se aceleró mientras sus caderas se movían junto con mi mano, atormentándola.

—Necesito más —gimió para mí, mientras le succionaba el lóbulo de la oreja—. Te necesito dentro de mí. Tómame, Kazan. Fóllame, duro.

La sangre se acumuló en mi ingle y la necesidad primaria que siempre sentía en su presencia, pero mantenía bajo control, salió a la luz. Alejándome de ella, a regañadientes, saqué un condón de mi bolsillo y me deshice de mis pantalones. Estaba tendida frente a mí, con las piernas abiertas y la enorme camisa levantada sobre sus pechos. La vista de sus uñas pintadas de rojo, rozando su clítoris, mientras su otra mano se estiraba para que yo me acercara a ella, casi me enloquecieron.

Forcejé con el paquete, luchando contra el impulso de arrojarme sobre ella y follarla hasta desfallecer.

—¡Kazan, ahora! —ella suplicó—. Está bien. Tengo un implante.

Si tan solo supieras cuánto deseo hacerlo.

Pero no era correcto. No hasta que ella reconociera mi verdadera naturaleza y entendiera las consecuencias.

Concentrándome en la tarea que tenía entre manos, finalmente me puse el condón. Inclinándome, deslicé mis brazos debajo de las piernas de Jade. En lugar de acostarme encima de ella, la levanté en mis brazos. Chilló, sorprendida, y unió sus manos detrás de mi cuello para estabilizarse. Gracias al cuerpo ridículamente fuerte que me había otorgado, y la fuerza de otro mundo, heredada de mi forma etérea, Jade no pesaba nada en mis brazos. Empalándola en mi rígida longitud, devoré sus labios mientras me empujaba más y más dentro de mi mujer.

Una vez completamente dentro, me mecí lentamente de adelante hacia atrás, dándole la oportunidad de adaptarse a mi tamaño, mientras me deleitaba con el calor de ella apretándome por todos lados. A pesar de los problemas y desafíos que este recipiente humano representaba, su sensible respuesta a los momentos íntimos con mi pareja nunca dejaría de encantarme.

Aumenté gradualmente la velocidad de mis embestidas, extasiado por los estímulos de mi mujer, pidiéndome que la tomara más profundo, más fuerte. Obedeciendo, me empujé contra ella con una furia desenfrenada. El sonido de nuestra carne encontrándose y de sus gritos estrangulados resonaba en mis oídos como la más melodiosa de las sinfonías. Nueve largos años anhelé hacerla mía, que me viera, me deseara y me tocara. Quería arrancar ese condón y llenarla tanto con mi semilla mortal como con mi esencia etérea, uniéndome a ella en el Plano Mortal.

Sus ojos se abrieron cuando mi aura etérea se expandió. Lo que no daría por envolverla, por estar completamente alrededor y dentro de ella. Las piernas de Jade temblaban, sus ojos se nublaban y sus uñas se clavaban en mis hombros mientras cabalgaba al borde de su inminente clímax. Doblándola hacia atrás, arremetí dentro de ella con un ligero cambio en el ángulo hasta que asesté a su punto dulce con cada golpe.

Jade se deshizo en mis brazos, casi cayendo hacia atrás. La atraje hacia mí, presionándola contra mi pecho sin ralentizar mis movimientos dentro y fuera de ella. Se sentía tan malditamente bien. Un fuego líquido rugió en mi región inferior y bajó por mis piernas. Los espasmos de sus paredes internas, que me aplastaban en su agonía de éxtasis, exigían que me corriera, pero aún no estaba listo. Todavía la deseaba demasiado.

Poniéndola sobre el sofá, todavía profundamente enterrado dentro de ella, levanté una de sus piernas sobre mi hombro, sin darle tiempo a salir de la bruma de éxtasis que la aprisionaba. Casi le arranqué la camisa, pero, con mi propio clímax inminente, deslicé una mano entre nosotros y froté su clítoris mientras empujaba dentro de ella a un ritmo tortuoso.

—De nuevo, mi Jade —dije con los dientes apretados—. Córrete para mí una vez más.

El cuerpo entero de Jade se estremeció mientras volvía a perderse lentamente. Entonces echó la cabeza hacia atrás, con el cuerpo agarrotado, la boca abierta en una silenciosa O. Un relámpago golpeó la base de mi columna, la cual parecía que se rompería por la violencia de mi orgasmo. Destrocé mis cuerdas vocales gritando el nombre de mi pareja mientras mi semilla salía disparada hacia el condón.

Pronto... Pronto no habría más barreras entre nosotros.

Continué bombeando, lentamente, dentro y fuera de mi mujer mientras nuestros corazones y respiraciones se calmaban. Cubriendo su rostro con suaves besos, nos abrazamos, saboreando la intimidad post-coital.

Levantando la cabeza, fijé mi mirada en la de ella.

—Soy tuyo, Jade. Nunca dudes que soy yo, tu Kazan, quien

te hace el amor. Tu cuerpo y todo tu placer son míos. Y pronto, espero, también lo será tu corazón.

No esperaba pasar dos noches en la casa de Jade, o que ella pasara la última noche conmigo en mi propio apartamento. A pesar de todo nuestro retozo y pasar tiempo de calidad juntos, redescubriéndonos, logramos hacer los bocetos para la pieza final e, incluso, logré terminar algunas pinturas en el apartamento.

Las cosas estaban encajando mucho mejor de lo que esperaba. Aunque se había convencido a sí misma de que llevaba algún tipo de entidad mística dentro de mí, Jade aceptaría tener una pareja que no fuera completamente humana. En seis días más, la Niebla comenzaría y, entonces, todo se aclararía. Pero aún necesitaba terminar la colección. Por mucho que odiara separarme de Jade, su trabajo diario me daría el tiempo que necesitaba para tener todo listo. Todavía necesitaba presentarle a Mónica, mi agente, que estaba trabajando duro montando la exhibición y respirando sobre mi nuca, fastidiándome por mi habitual secretismo.

La exhibición tendría lugar exactamente cinco días después de la Niebla. Mónica solo vería las piezas terminadas el martes, tres días antes del evento. A pesar de su molestia, demostró ser una profesional, realizando milagros de marketing con el poco material que yo había consentido en compartirle. Ella, naturalmente, sabía acerca de Jade y estaba ansiosa por conocerla. Le dije que lo haría tras la Niebla. Mónica no necesitaba que entrara en más detalles para saber que esperaba que me ayudara a aliviar cualquier temor persistente que Jade pudiera tener sobre mi naturaleza.

Deteniéndome en un semáforo en rojo mientras llevaba a Jade al trabajo, giré la cabeza para mirar a mi pareja y, una vez más, agradecí a lo que fuera que finalmente me había permitido vencer las escasas probabilidades de estar con la mujer para la que había sido creado.

Cuando el semáforo se puso en verde y volví a conducir, algo en mi espejo retrovisor me llamó la atención. No pude entender qué me había molestado en un inicio, hasta que un camión, girando en una intersección, reveló el auto negro que había notado ya demasiadas veces. Una ira cegadora surgió dentro de mí, pero obligué a mi expresión a permanecer neutral para no alertar a Jade. Tomando su mano, la llevé a mis labios y besé su dorso. Ella me dio una tierna sonrisa.

—Llámame cuando estés lista para que venga a buscarte —le dije mientras nos deteníamos en el estacionamiento de su estudio —. Te conseguiré una llave de mi apartamento de camino a casa —con los ojos muy abiertos, los labios entreabiertos, Jade me miró en estado de shock. Inclinándome hacia adelante, tomé su mejilla con una mano y acaricié su labio inferior con mi pulgar —. Me encantaría que te quedaras a pasar la noche otra vez.

Los ojos de Jade destellaron y se apretó contra mi mano.

—No tengo nada que ponerme mañana —argumentó, débilmente.

—Podemos pasar por tu casa para que tomes algunos cambios de ropa cuando te recoja esta noche.

—¿*Algunos* cambios? —preguntó.

Sonreí, dejando en claro que mis palabras en verdad significaban lo que implicaban.

—Está bien —susurró.

Me incliné y la besé, profundamente, sin ocultar ninguno de los sentimientos que me inspiraba.

—Hasta pronto, mi amor.

—Nos vemos —dijo Jade, con una extraña sonrisa tímida antes de salir del auto.

La vi caminar hacia el gran edificio de alta tecnología con altas ventanas de vidrio, su falda corta balanceándose alrededor de sus hermosas piernas. Solo una vez que Jade había entrado en el edificio di la vuelta al coche y dejé que mi furia latente se mostrara. El auto negro se había detenido en la acera, estacionando tres autos más allá de la entrada al estacionamiento. Aunque intentaron ser discretos, no podían escapar de mi atención ahora que me había dado cuenta de ellos.

Sabía quiénes eran, pero no pude evitar preguntarme qué querían y por qué diablos acosaban a mi pareja. Saliendo de la autopista hacia las afueras de la ciudad, me detuve en el estacionamiento de una vieja fábrica abandonada. Aparqué en pleno centro, salí del coche y me quedé con las manos entrelazadas a la espalda, esperando. El automóvil negro redujo la velocidad a medida que se acercaba al edificio, el conductor pareció dudar antes de acceder a poner fin a esta ridiculez y girar hacia el estacionamiento. El auto se detuvo a diez metros de mí y dos hombres salieron del vehículo.

Inmediatamente, reconocí al más joven de los dos hombres; el mismo que había usado la gorra plana en el centro comercial. Se me pusieron los pelos de punta ante la energía malévola que vibraba a su alrededor. Tenía un alma oscura. Las emociones y los deseos que transmitía, aunque poco claros para mí, tenían una sensación viscosa. En contraste directo, el conductor, un hombre de cuarenta y tantos años, o principios de los cincuenta, exudaba un aura de calma, fuerza y honorabilidad que, de no ser por la presencia tóxica de su acompañante, me habría tranquilizado. De aproximadamente un metro y noventa y cinco centímetros, en buena forma física, cabello castaño oscuro con una pizca de gris y una mandíbula cuadrada bien afeitada, personificaba al agente secreto perfecto o, en este caso, al Hombre de Negro.

—Saludos, Mistwalker —dijo el hombre mayor, quitándose las gafas de sol, revelando unos ojos azul profundo enmarcados por arrugas de sonrisa inesperadas—. Soy el Agente Thomson y este es mi compañero, el Agente Wilkins —agregó, señalando al joven.

Wilkins se burló, el desprecio, no, más bien disgusto, inconfundible en su rostro. Reprimiendo mi ira y los sentimientos violentos que despertaba dentro de mí, enfoqué mi atención en el Agente Thomson.

—Kazan Dale —dije como introducción—. Pero estoy seguro de que ya lo sabían.

—Por supuesto que sí, demonio —escupió Wilkins.

—Wilkins —dijo el Agente Thomson, la advertencia inconfundible a pesar de su tono calmado.

Wilkins resopló, pero se quedó callado.

—¿Por qué me están acechando? Más importante aún, ¿por qué están acechando a mi pareja?

Wilkins volvió a resoplar, luego bajó la mirada y apretó la mandíbula bajo la dura mirada de su compañero superior.

—Estamos tratando de entender por qué se queda aquí.

La honestidad brutal de Thomson me complació. Temía que se anduviera con rodeos y jugara los juegos mentales que las autoridades parecían disfrutar demasiado a menudo cuando trataban con sospechosos.

—Usted encarnó en esta forma dos días después de la última Niebla —dijo Thomson, señalando mi recipiente humano—, y se puso en contacto con su mujer al día siguiente. Eso fue hace casi un mes. Los de su especie suelen llevar a sus elegidos de vuelta al Plano de Niebla en un plazo de setenta y dos horas. Pero usted no. ¿Cuáles son sus intenciones?

Me crucé de brazos y levanté la barbilla, en señal de desafío.

—¿Por qué es eso de su incumbencia? No he hecho nada malo.

—¡Nada malo, mi trasero! —intervino el agente Wilkins—. Hay dos hombres humanos en estado vegetativo que refutarían esa declaración, si pudieran, demonio.

—No soy un demonio —dije con desdén—. ¿Qué les hace pensar que tengo algo que ver con la condición de esos hombres?

—Tenemos cámaras en prácticamente cada rincón de la

ciudad desde la Niebla —dijo Thomson con total naturalidad—. Reconocemos el primer ataque como defensa propia, pero, que volviera a drenarlos cuando ya estaban caídos no califica como tal.

Me encogí de hombros.

—Me habían agotado. Necesitaba reponer mis reservas para no ser forzado a regresar a la Niebla.

—Donde perteneces —dijo Wilkins.

Ambos lo ignoramos.

—Sea como fuere —dijo Thomson en un tono razonable—, no puede andar drenando humanos cada vez que se quede sin energía.

—No lo he hecho —dije, cansándome de esta discusión—. Solo me importa una cosa; mi Jade. Si nos han estado acechando tanto como creo que lo han hecho, entonces sabrán que no hemos quebrantado ninguna ley ni causado problemas. Solo queremos que nos dejen en paz y llevar una vida normal.

—Entonces llévela a su mundo —dijo Thomson, su tono a medio camino entre la orden y la súplica.

—Jade no querrá dejar a su hermana —dije, pasándome la mano por el pelo—. Nada me gustaría más que llevarla a mi reino, pero su felicidad está por encima de cualquier otra cosa. Si desea pasar su vida humana en el Plano Mortal, me adaptaré a este mundo para estar a su lado. Y, cuando llegue el momento de su muerte, la llevaré a través del Velo hacia la Niebla.

El agente Thomson asintió lentamente con la cabeza, un destello de respeto en sus ojos.

—La ama.

No era una pregunta.

—Con todo mi ser —dije.

Wilkins resopló y puso los ojos en blanco.

—Vuelva al auto, Wilkins— dijo Thomson con voz gélida.

—¿Qué? —Wilkins preguntó, indignado.

—Suba al maldito auto —espetó Thomson.

Reprimí una sonrisa y el impulso de lanzar mi puño contra la garganta del odioso idiota. Con un resoplido y lanzando una mirada venenosa en mi dirección, el agente Wilkins giró sobre sus talones y volvió al auto, cerrando la puerta con demasiada fuerza.

—Perdónelo —dijo Thomson—. Es un novato y expolicía que se unió recientemente al equipo. Su hermanita 'murió' hace seis años en uno de esos Pactos de la Niebla. Se niega a admitir que ella se fue por su propia voluntad, que eligió a un 'demonio' sobre su familia.

—¿Es así como nos ve? — pregunté—. ¿Demonios?

—Algunos de ustedes definitivamente lo son —dijo el agente Thomson sin agresión ni culpa en su voz—. Y cuando están libres entre la población, causan graves estragos y traen tragedia a muchos humanos inocentes.

No dudé de sus palabras. Algunos de los Mistwalkers nacieron de Pesadillas, impulsados por la necesidad inquebrantable de herir y alimentarse del terror de sus víctimas, dejando atrás cáscaras vacías.

—Para ese idiota y para mí —dijo señalando con la cabeza a Wilkins dentro del auto—, es nuestro trabajo enviar a esos monstruos a través del Velo y limpiar su desorden para evitar crear pánico entre los ciudadanos. La ignorancia es un privilegio.

Asentí lentamente.

—No soy uno de ellos. Sabe que sigo sus leyes humanas, pago mis impuestos y no provoco disturbios entre su pueblo.

—Le creo, por eso estamos hablando, para empezar, en lugar de pelear —dijo con una leve sonrisa—. Tenga en cuenta que, si elige permanecer en nuestro mundo, sus identificaciones falsas solo lo llevarán hasta cierto punto. Cualquiera que indague un poco se dará cuenta de que vino a este mundo, como un adulto, hace nueve años.

Resoplé y negué con la cabeza.

—Una situación que usted podría remediar por mí, si quisiera hacerlo —dije con una pizca de sarcasmo.

—Si quisiera hacerlo —confirmó, con total naturalidad.

—¿Sus condiciones? —pregunté, enganchando mis pulgares en los bolsillos traseros de mis pantalones.

—Manténgase limpio. Mantenga a su mujer feliz. Y, sobre todo, no más humanos drenados —el agente Thomson lanzó una mirada distraída al agente Wilkins, que se movía con visible impaciencia dentro del auto—. No sea un problema para mí, y yo tampoco lo seré para usted.

—Bastante fácil —dije, manteniendo mi rostro neutral para ocultar el alcance de mi alivio—. Pero manténgase alejado de mi mujer —continué con un tono más severo—. Jade no es una amenaza para nadie. Usted y su gente no la acecharán, acosarán ni intimidarán de ninguna forma. Si cualquiera de ustedes tiene un problema, usted viene a mí. Deben dejarla en paz, o tendremos un problema.

El agente Thomson me miró fijamente por un momento y luego resopló.

—Tiene un trato, Mistwalker.

—Quiero su palabra —insistí.

Entrecerró sus ojos azules hacia mí, una mirada especulativa en su rostro.

—Tiene mi palabra —agregó después de un segundo—. Pero, rompa la suya, y verá un lado muy diferente de mí.

Reconocí su amenaza apenas velada con un movimiento de cabeza. Me devolvió el gesto y volvió a ponerse las gafas de sol.

—Adiós, Sr. Dale —dijo el agente Thomson.

—Buen viaje, agente Thomson —dije, observándolo darse la vuelta y subirse a su auto.

CAPÍTULO 7
JADE

Tres años después de creer que toda mi vida se había derrumbado y perdido todo significado, finalmente me di cuenta de que nunca había conocido la verdadera felicidad hasta ahora. Kazan era más que un sueño hecho realidad. Claro, todavía teníamos nuestros pequeños problemas que resolver y, por supuesto, durante la fase de luna de miel de una nueva relación, las cosas siempre parecían perfectas. Pero esto era diferente. Ningún hombre me había hecho sentir tan amada y adorada.

En nuestro primer par de semanas juntos, temía que no fuera lo suficientemente alfa con su forma casi servil de tratar de complacerme. No me consideraba particularmente sumisa y, ciertamente, no quería que nadie se considerara mi dueño. Tampoco tenía ningún interés en el BDSM aparte de algún juego pervertido ocasional, pero me gustaban los hombres dominantes. Kazan ciertamente había demostrado que poseía ese rasgo en la cama. La ridícula cantidad de orgasmos explosivos que me había dado la semana pasada todavía me hacía temblar... y deseaba más.

Aunque no quería insultar a Patrick ahora que había seguido con su vida con otra persona, no podía negar que, a menudo, había sido un poco egoísta en nuestra intimidad. Kazan nunca llegaba al clímax sin asegurarse de que yo lo hubiera hecho, y, por lo general, al menos dos veces. Pero el sexo era solo la increíble guinda del pastel. Con excepción de la comida, Kazan y yo teníamos gustos muy similares. Amaba el arte y se destacaba en él. No me reclamaba el tiempo que pasaba dibujando y pintando, perdida en "mi zona" (como lo llamaba). En cambio, disfrutaba conmigo mientras pintábamos uno al lado del otro, en armonioso silencio, contentos con la presencia del otro. Le encantaba jugar videojuegos y perdía amablemente conmigo o ganaba con clase contra mí. Ambos disfrutamos leer, ver programas de televisión nerds, principalmente del tipo de ciencia ficción y paranormales, y pasar el rato en casa con ropa holgada o casi desnudos.

Con la exhibición planeada para finales de la próxima semana, no pudimos salir mucho, lo que, francamente, no nos molestó a ninguno de los dos. Me encantaba posar para Kazan, y la espera para ver su trabajo terminado me tenía trepando por las paredes. Desde que tuvimos intimidad por primera vez, ya no me pidió más que tuviera pensamientos traviesos para ponerme en el ánimo correcto y mostrarle una expresión lasciva. Me devoraba o me hacía el amor allí mismo en el set, luego se apresuraba a dibujarme o pintarme mientras los espasmos de éxtasis continuaban atravesándome.

Desde su primera noche en mi casa, las cosas habían cambiado... para mejor. Aun cuando Kazan seguía esforzándose al máximo para complacerme, después de ese primer desayuno, cuando lo obligué a probar múltiples variantes de café, se volvió más elocuente al expresar sus preferencias cuando diferían de las mías. Me encantaba ver las pequeñas peculiaridades que lo hacían único, no el espeluznante reflejo de mí misma que había mostrado al principio.

Aunque no era un obstáculo para nuestra felicidad, estaba más convencida que nunca de que Kazan padecía algún tipo de condición. Como no quería que se sintiera incómodo, no mencioné el tema y esperaba a que se sintiera lo suficientemente cómodo para confiar en mí, lo cual confiaba en que sería tarde o temprano. Ya no estaba segura de que fuera Asperger, pero no fui capaz de encontrar nada buscando en Internet que coincidiera con sus "síntomas", si se les pudiera llamar así.

Kazan era una obra maestra incompleta, como si alguien lo hubiera esbozado, hecho el contorno con gradación y luego dejado de colorear, faltando menos del quince por ciento por hacer. Tantas cosas, cosas cotidianas, parecían ser experiencias nuevas o completamente desconocidas para él. Siendo alguien a quien le gustan los juegos, ¿cómo podía ser tan ignorante sobre cualquier tipo de juegos de mesa? Incluso las personas que no les interesaban realmente los juegos sabían cómo jugar a las damas o al ta-te-tí. Su conocimiento de la geografía, el estado político del mundo y las tendencias gastronómicas o de moda eran menos que superficiales. De acuerdo, ninguno de los dos veía realmente las noticias o los documentales, siendo felices de permanecer en nuestra pequeña burbuja, pero algo de información se filtraba entre la sociedad, incluso a través de conversaciones escuchadas o portadas de revistas en los quioscos.

Eso me hizo preguntarme si, tal vez, padecía algún tipo de trastorno de la memoria, pero ni siquiera eso encajaba porque, aparte de las cosas generales que la gente normalmente sabía, no mostraba ninguna incapacidad para recordar nada de lo que discutíamos o hacíamos; todo lo contrario. Habría sido genial preguntarle a Laura sobre esto, pero no quería que mi hermana pensara que mi novio tenía una discapacidad mental antes de que tuvieran la oportunidad de conocerse.

Me confundía, pero, en realidad, no me preocupaba.

Mi teléfono se iluminó con el sonido de una notificación. Mirarlo me hizo sonreír.

—*Te extraño*.

Mi Kazan...

Le respondí que yo también lo extrañaba. Mi pecho se comprimió cuando mi mirada se dirigió hacia las cortinas cerradas de mi sala de estar. En unos minutos, la sirena de emergencia de la ciudad sonaría. Por centésima vez, me pateé a mí misma por rechazar la oferta de Kazan de pasar la próxima Niebla en su casa, o que él la pasara en la mía. Mi insistencia en quedarme sola en casa durante estos tres días lo había confundido muchísimo. Encontrar una excusa válida había sido difícil, y había fallado miserablemente.

Cuando le dije a Kazan que necesitaba un momento de tranquilidad para terminar la colección, argumentó que mi presencia no le impediría trabajar, como lo demostró la semana pasada. Le respondí que habría avanzado aún más sin nuestras innumerables distracciones traviesas, lo cual no podía discutir. Cuando eso no lo convenció, dije que tenía mucho trabajo, lo que también requería concentración. Eso no era realmente una mentira. A lo largo de los años, siempre había aprovechado los tres días de la Niebla como una oportunidad para ponerme al día con mi trabajo, ya fuera profesional o personal.

Pero el trabajo no tenía nada que ver con eso.

Esta sería mi primera Niebla desde que el Mistwalker había entrado en mi vida. Necesitaba dejar las cosas claras con él y no quería arriesgarme a que Kazan fuera testigo de nada de eso. Desde que se disipó la Niebla, el Mistwalker no me había visitado por la noche, aunque había estado presente cada vez que Kazan y yo hacíamos el amor. Si mis instintos eran correctos, él había llegado a algún tipo de trato con mi novio, y necesitaba entender lo que eso significaba para nosotros como pareja.

Seguí la directiva de Kazan de concentrarme en él, pensar solo en él durante nuestros momentos íntimos. Había sido un poco desafiante la primera vez, pero ahora, aunque no podía simplemente bloquear al Mistwalker, ya que sentía su presencia con demasiada fuerza, se había convertido en una especie de extensión de mi amante, una parte intrínseca de él. Aun así, un poco de culpa persistía. A pesar de la aparente bendición de Kazan, todavía no me sentía cómoda en lo que percibía como un trío. No importaba cuánto me excitara la pornografía de monstruos, quería pertenecer a un solo hombre y que él me perteneciera a mí.

Unos minutos después de las 8:00 PM, afuera se elevó el aullido de la sirena. Siendo una criatura de costumbres, instintivamente me puse de pie y realicé una nueva ronda para asegurarme de que todos los accesos a la casa estuvieran cerrados. Como una verdadera criatura nocturna, rara vez me acostaba antes de la medianoche, aunque la 1:00 AM era realmente mi hora estándar. Esta noche, sin embargo, tenía una cita con un monstruo. Después de apagar todas las luces, subí las escaleras a mi dormitorio, mi pulso aumentaba con cada paso. Quitándome una de mis muchas camisas de gran tamaño, rebusqué en el cajón de mi ropa de dormir, sorprendida de encontrarlo casi vacío.

Sin embargo, no debería haberme sorprendido. Durante la última semana, más y más de mi ropa y artículos personales habían terminado en el apartamento de Kazan, mientras que una cantidad no despreciable de su propio guardarropa había llegado mi casa. Cuando me dio un juego de llaves de su casa, Kazan había insinuado, de manera poco sutil, que le gustaría que me mudara con él. Aunque mi cabeza decía que era demasiado pronto, demasiado rápido, la idea sonaba bastante bien. Pero no hasta que todo este lío con el Mistwalker se hubiera resuelto. Si todo salía bien, lo sorprendería aceptando en la noche de su exhibición.

Ignorando los dos negligés con volantes que quedaban en mi cajón, me puse un camisón de algodón negro liso. No habría tentación para mi demonio de la Niebla.

Metiéndome debajo de las sábanas, envié un último mensaje de texto a Kazan haciéndole saber que lo llamaría temprano para que no se preocupara si intentaba enviarme un mensaje de texto nuevamente y no respondía. Quién sabía cuánto tiempo llevaría arreglar las cosas con el Mistwalker.

—*Buenas noches, mi Jade.*

—*Voy a soñar contigo.*

Yo también lo haría, tan pronto como hubiera terminado con esto.

—*Te veo en tus sueños.*

Respondí a su último mensaje con un emoji de corazón y puse el teléfono en la mesita de noche. Una sensación incómoda se instaló en la boca de mi estómago. Cerrando los ojos, comencé la siempre molesta maratón de dar vueltas y vueltas, esperando el siempre esquivo sueño.

El tiempo pasaba. Minutos, horas, solo Dios sabía. Cuando comencé a girar por enésima vez, el hormigueo más poderoso que jamás había sentido descendió sobre mi piel. Antes de que mis ojos se abrieran, ya sabía que estaba dentro de mi habitación. Al rodar sobre mi espalda, el aire quedó atrapado en mi garganta mientras la ominosa y sombría forma fantasmal del Mistwalker se cernía al pie de mi cama.

—Mi pareja —dijo su voz incorpórea en mi cabeza.

Sobresaltada, mi mirada se dirigió a mi ventana, perfectamente asegurada como la había dejado. Ninguna niebla se arremolinaba por el suelo, lo que indicaba que ninguna otra puerta o ventana había sido abierta.

—No puedes estar dentro de mi casa —susurré, horrorizada, aunque sin temer por mi vida. Independientemente de cómo entró, no quería hacerme daño y tampoco permitiría que ninguna de las Mistbeast lo hiciera—. Es imposible que entraras.

Traté de sentarme, pero una ola de energía me inmovilizó. Látigos oscuros y humeantes fluían de su aura sombría, deslizándose debajo de la manta y envolviéndose como enredaderas alrededor de mi cuerpo. Su forma etérea se deslizó sobre el pie de la cama mientras se cernía sobre mí, su rostro se detuvo a centímetros del mío.

—Puedo ir y venir cuando quiera, mi Jade. Me invitaste a entrar.

—¡No! ¡No lo hice! —dije, negándome a reconocer la pequeña voz en mi cabeza que me llamaba una mentirosa.

No estoy lista.

Una parte en el fondo de mí sabía para lo que no estaba preparada. Incluso cuando el pensamiento cruzó por mi mente, no podía expresar con palabras lo que temía, de lo que me había protegido bajo una gruesa capa de negación. Pero sabía que enfrentar esa realidad destruiría la felicidad que había encontrado. Si cerrar los ojos y envolverme en una racionalización endeble me permitía aferrarme a eso, no quería que nadie se entrometiera.

—Es hora de enfrentar la realidad, mi amor —dijo el Mistwalker, como si acabara de leer mi mente.

Bajó hacia mí, su forma etérea atravesó mi cuerpo mientras un millón de pequeños fragmentos de hielo lo apuñalaban. Grité ante la sensación desagradable, pero no dolorosa, y luego lo hice de nuevo, aún más fuerte, cuando parecía salir de mi propio cuerpo a una velocidad increíblemente alta hacia un vacío sin fin.

—No temas, mi Jade. Mientras esté a tu lado, nunca te pasará nada malo.

Mi estómago dio un vuelco cuando la velocidad de mi descenso se desaceleró rápidamente, luego se detuvo, con la misma sensación de náuseas que se siente en una montaña rusa. Todavía paralizada, observé con impotencia cómo mi cuerpo se enderezaba en posición vertical antes de aterrizar, ligero como una pluma, sobre una superficie gris oscuro. Mis pies se hundieron ligeramente en el terreno desconocido, similar a un cojín. Delimitado por un muro de Niebla, un área circular amplia y vacía nos rodeaba, recordándome a una pista de circo.

El Mistwalker se deslizó fuera de mi cuerpo, dejándome con

una extraña sensación de pérdida. Se dio la vuelta para mirarme, sus brillantes ojos amarillos me hipnotizaron.

—¿Por qué me trajiste aquí? —solté sin pensar.

—Porque tú querías que lo hiciera —dijo con calma.

—¡No, no es cierto!

—¿Preferirías que tuviéramos esta conversación en tu casa?

Aunque sin rasgos, sus ojos, combinados con el tono burlón de su voz, hicieron que mi rostro se ruborizara. Odiaba a las personas estúpidas, pero aún peor eran aquellas que simplemente fingían estupidez. Había estado haciendo mucho de eso en las últimas semanas como mecanismo de supervivencia.

—¿Qué es este lugar? —intenté cambiar de tema—. ¿Quién eres? ¿Qué deseas?

El Mistwalker se deslizó a mi alrededor, como un depredador rodeando a su presa. Podía moverme, pero permanecí clavada en mi lugar, solo girando mi cabeza para mantener un ojo sobre él por encima de mi hombro.

—Este es el Plano de Niebla, donde los sueños nacen y mueren —su tono melancólico despertó algo extraño dentro de mí—. El lugar donde todo es posible si lo deseas lo suficiente.

Dio la vuelta y se detuvo frente a mí, apenas un metro entre nosotros.

—Sabes perfectamente bien quién soy, Jade. Soy tu mayor Deseo y quiero que seas mi compañera por toda la eternidad.

Sus palabras, su proximidad y la intensidad de su mirada me desconcertaron. Me alejé un paso de él.

—¿Cuál es mi nombre, Jade?

El brillo amarillo en sus ojos se intensificó cuando dio un paso adelante.

—Yo... no lo sé —dije, repentinamente sin aliento, luego retrocedí un par de pasos más.

—Sí, lo sabes. Di mi nombre, Jade. ¡Dilo!

—No sé. No lo sé —repetí, alejándome mientras él continuaba avanzando hacia mí.

Por el rabillo del ojo, pude ver la pared de Niebla que se cernía cerca. Lanzando una mirada de pánico sobre mi hombro, me di cuenta de que tres pasos más me llevarían dentro de la Niebla; una perspectiva más terrible que enfrentarme a *él*.

—¿Cuál es mi maldito nombre? —gritó el Mistwalker, sus manos sujetándome por los hombros.

Mi corazón saltó a mi garganta con el miedo irracional de que me empujara hacia la Niebla.

—¡Kazan! —grité, aferrándome a él, sorprendida de que mis manos no atravesaran su cuerpo—. Kazan...Tu nombre es Kazan —dije con la voz entrecortada cuando algo muy dentro de mí se hizo añicos.

Me atrajo hacia sus brazos, su cuerpo etéreo tomando la apariencia humana de Kazan. Enterrando mi cara en el hueco de su cuello, lloré con fuerza. A través de mis sollozos entrecortados, sentí su confusión y angustia mientras acariciaba mi cabello con un movimiento relajante.

—¿Por qué la tristeza, mi Jade? Lo supiste desde la primera vez que nos vimos en ese supermercado. Y, sin embargo, te envolviste en un grueso escudo de negación, llegando incluso a imaginar que me estabas engañando con algún demonio. ¿Por qué? Tú me deseaste.

¿Qué significa eso?

—No entiendo —sollocé mientras más lágrimas caían por mis mejillas.

Me levantó en sus brazos y me llevó de regreso al centro del círculo. El paisaje a nuestro alrededor cambió. Se me hizo un nudo en la garganta cuando reconocí el vestuario de la escuela secundaria Pine Hill a donde me había enviado la tía Clara después de que mis padres murieran. Había sido tan miserable allí, no solo por el duelo por la pérdida aún reciente de mis padres, sino también por el acoso que sufrí por ser tan inadaptada. Acababa de cumplir trece. Entrar a una nueva escuela, a la mitad del semestre, ya había sido bastante malo, pero lo peor fue hacerlo mientras atravesaba esa terrible fase de la adolescencia en la que mis brazos y piernas parecían demasiado largos para mi cuerpo, mi cara seguía cubierta de granos y mi mejor ropa era heredada de mi primo. Ser una nerd tampoco había ayudado a mi causa. Al menos nunca había necesitado aparatos ortopédicos.

Kazan se sentó en uno de los bancos del vestuario y me acunó en su regazo.

—Este es el momento de mi verdadero nacimiento —dijo Kazan, mirando alrededor de la habitación con asombro—. Es posible que me hayas deseado antes de ese día, pero, si lo hiciste, todo había sido superficial y pasajero, lo que no me habría convertido en más que una chispa en el fondo de tu mente —secó las lágrimas de mi mejilla derecha con una suave caricia—. Pero, ese día, estabas terriblemente herida y me deseaste más de lo que nunca habías deseado nada antes; lo suficientemente fuerte como para volverme consciente de mí mismo. Querías a alguien que te amara incondicionalmente, tal como eres, con todos tus defectos y peculiaridades percibidas; alguien que nunca se burlaría o te ridiculizaría, lastimaría o mentiría. Alguien que estaría orgulloso de decirle al mundo entero que tú eras suya, y él era tuyo. Me deseaste.

Un escalofrío me recorrió la espalda al recordar ese día. Nicolas Merryl había sido uno de los rompecorazones de la escuela. Cuando comenzó a mostrarme un poco de atención, lo empujé, pensando que estaba tratando de burlarse de mí. Pero él no cedió. Durante semanas, me persiguió, aumentando la intensidad de sus esfuerzos para influir en mí hasta que finalmente comencé a creerlo. La primera vez que dejé que me besara, me arrastró al vestuario de chicas durante la hora del almuerzo cuando todos los demás estaban en la cafetería. Ese beso comenzó como algo mágico. Nunca me habían besado antes y nunca imaginé que el primero vendría de un chico tan guapo y popular.

Las cosas rápidamente se fueron al sur, literalmente, cuando

Nicolás trató de manosearme. Cuando me resistí, perdió la calma y me gritó que estaba harto de esa maldita apuesta, que lo dejara llegar a la tercera base. Le di un puñetazo y grité lo suficientemente fuerte como para hacerlo huir por miedo a que lo atraparan. Después de que se fue, me senté en el banco, en el mismo lugar donde Kazan y yo estábamos sentados actualmente, y lloré con el corazón roto, deseando a alguien como él.

—Después de eso, pasamos mucho tiempo juntos —dijo Kazan con nostalgia—. Soñaste conmigo todas las noches. Eran sueños bonitos, dulces sueños, llenos de inocencia y risas. Querías un compañero apuesto que disfrutara simplemente estar contigo, jugar a Dungeon & Dragons, que tomara tu mano, te robara besos (inocentes) y te llevara al cine, al parque, a la playa, etc. Fue un tiempo encantador.

No recordaba esos sueños, nunca recordaba ninguno de ellos por la mañana, pero sí, había deseado todo lo que él había descrito.

La escena cambió a nuestro alrededor, convirtiéndose en mi pequeña habitación en la casa del tío William después de que la tía Clara considerara que había hecho su parte justa en el cuidado de las huérfanas. Habiendo cumplido dieciséis años, le supliqué que me dejara convertir el viejo armario del sótano en mi dormitorio personal. Compartir habitación con mi hermana Laura, que entonces tenía diez años, había dejado de ser genial hacía mucho tiempo.

—En los dieciséis meses previos a ese día, habías estado soñando cada vez menos conmigo. Habiendo superado esa fase incómoda, te habías convertido en una mujer joven y hermosa y tuviste tu primer novio —dijo Kazan—. Fue un tiempo difícil y solitario para mí. Me sentaba en el vestuario de tu escuela secundaria para soñar contigo y esperar a que me recuerdes. Y, luego, viste esa imagen subida de tono de la Bella y la Bestia en un foro de arte. A partir de ese día, soñaste a menudo conmigo. En lugar del lindo adolescente como el que solías imaginarme antes, soñabas conmigo como la Bestia que te cautiva como Bella, o como un hombre lobo que se sale con la suya usando nada más que tu capa roja con capucha, o, con escalada frecuencia, como un extraterrestre que te secuestraba antes de convertirte en su esclava sexual totalmente dispuesta.

Mis mejillas ardían. La gente me habría considerado retorcida por todas las fantasías que había tenido en aquel entonces. Aunque había estado saliendo con chicos de manera regular, conservé mi virginidad hasta los veintiún años, y se la entregué a Patrick. Claro, antes había tenido algunas caricias intensas con novios anteriores, e incluso había hecho algunos orales, pero, en ese entonces, había estado buscando mi verdadera liberación en mis sueños. Si bien nunca recordaba los detalles por la mañana, habían sido lo suficientemente vívidos como para saber que había sido traviesa en mis sueños con algo no precisamente humano.

Dando una mirada rápida a Kazan, la ternura en sus ojos me causó un vuelco en el corazón.

—No, Jade. Patrick no tomó tu virginidad; Yo lo hice. Durante años, fui tu único amante. Aprendimos juntos. Aquellas noches que te traje aquí durante la última Niebla, tu cabeza trató de negarnos, pero tu cuerpo me conocía, nos reconoció y reconoció lo acertado de nuestro apareamiento.

¡Oh, Dios! Él está leyendo mi mente.

Kazan sonrió.

Sacudí la cabeza con incredulidad. Técnicamente, Patrick había sido mi primero, pero esto explicaba por qué ambos descubrimos que era inusualmente hábil en nuestra primera noche juntos. De no ser por mi sangre virginal en las sábanas, no habría creído que había sido el primero, no que hubiera sido tan significativo para él como lo había sido para mí. A pesar de la tristeza que me destrozaba por dentro, me complacía saber que Kazan había reclamado mi primera noche, aunque hubiera tenido lugar en un mundo ilusorio.

—Cuando cumpliste dieciocho años, comenzaste a tener Pesadillas sobre todas las cosas que podrían salir mal si seguías adelante y te ibas de la casa de tu tío y exigías la custodia de tu hermanita. Yo los alejé de ti y te llevé a lugares más felices, ayudándote a reunir el coraje para que pudieras seguir tus sueños.

Lo miré fijamente, sin palabras. Había sido un momento aterrador y, sin embargo, me sentí invencible al aceptar ese desafío. ¿Podría un producto de mi imaginación haber construido mi confianza en mis sueños?

—Un año después, hace nueve años, tu gente rasgó la tela del Velo, abriendo un portal entre nuestros mundos. Tu aura brillaba como el faro más brillante, llamándome. Corrí a través del portal más cercano y directo a ti. Pero ya estabas encerrada —dijo Kazan, su rostro adquiriendo una expresión abrumada—. Durante tres días, aceché tus sueños, rogándote que salieras a la Niebla, que vinieras a mí. Te negaste, diciendo que no podías dejar a tu hermana. Entonces supe que, si alguna vez íbamos a estar juntos, tendría que entrar en tu mundo.

Me estremecí, sintiendo la repentina necesidad de alejarme de él. Poniéndome de pie, di unos pasos hacia adelante, pero mi pequeña habitación no ofrecía mucho espacio para moverme. La habitación se desvaneció y nos encontramos de nuevo en el círculo, rodeados por una pared de Niebla.

—¿Entonces que hiciste? —pregunté, en un tono acusador. Sacudí mi mano frente a él, también de pie— ¿Robaste el cuerpo de ese pobre hombre para poder llegar a mí?

—¿Qué? —preguntó Kazan, con una expresión de incredulidad en su rostro—. Yo no robé nada. Este es tu Deseo—, dijo, señalando su cuerpo con un movimiento de sus manos—. Me has dado muchas apariencias a lo largo de los años, pero, después de que comenzaste a tener tus fantasías de guerreros alienígenas, esta es a la que siempre volvías.

La camisa oscura y los pantalones que había estado usando

desaparecieron mientras permanecía completamente desnudo frente a mí. Me abracé a mí misma, tragando dolorosamente a pesar de tener mi garganta seca.

—Esto es lo que tú querías. Un gigante, con grandes músculos, cara de ángel y una polla enorme —Kazan abrió los brazos —. Soy como tú me deseabas.

El guerrero perfecto soñado por una adolescente hormonal que no pensaría en los inconvenientes que un cuerpo así podría representar para un hombre en el mundo real. No habría importado porque él no era sido real.

Negué con la cabeza, frunciendo el ceño.

—No es posible. Mi Kazan, el hombre con el que he estado durmiendo, que me ha estado pintando, llevándome al trabajo y saliendo conmigo es real. Eres... eres...

—YO SOY real —gritó Kazan, golpeándose el pecho con ambas manos—. En ambos planos, YO. SOY. REAL.

Las lágrimas picaron mis ojos de nuevo. Por supuesto, mi hombre perfecto solo era una ilusión.

—He visto lo que les sucede a los Mistwalkers cuando la Niebla desaparece. ¡Se convierten en cenizas! —dije, enojada, limpiando las lágrimas de mi rostro—. Entonces, ¿cómo podrías ser mi Kazan?

Se pasó los dedos por el pelo, apretándolos en la nuca.

—El crear un recipiente humano es algo extenuante. Requiere una enorme cantidad de energía y, sin un vínculo directo con nuestro creador, es difícil permanecer anclado a él. Después de la primera Niebla, hace nueve años, pasé cada minuto de cada día cazando Mistbeasts, Pesadillas y otros de tus Deseos, absorbiendo su energía para generar reservas, con la esperanza de que el Velo se rasgara nuevamente para permitirme llegar a tu reino…Y lo hizo.

Mis ojos se abrieron.

—¿Has estado cazado mis otros Deseos? —

Kazan me devolvió la mirada, imperturbable.

—Sí, Deseos y Pesadillas por igual. Asimilé los buenos para seguir siendo tu mayor Deseo, y me alimenté de los demás.

Tragué saliva, sin saber cómo sentirme acerca de esto y desconcertada por el brillo depredador en los ojos de Kazan.

La escena cambió a nuestro alrededor y se convirtió en un callejón, rodeado de edificios en avanzado estado de deterioro y claramente inadecuados para ser habitados.

—Aquí es donde vine a tomar mi forma humana, lejos de los humanos y las criaturas de la Niebla por igual. Me tomó el primer día de la Niebla para encontrar este lugar y casi todo el segundo día para tomar mi forma humana —Kazan se miró a sí mismo, frunciendo el ceño, y luego volvió a mirarme—. El recipiente humano es tan frágil y estrecho. Pasé el día siguiente aprendiendo a lidiar con la gravedad, encontrando ropa para proteger mi recipiente del frío y zapatos para proteger mis pies del dolor y las lesiones.

—Pero ¿dónde dormiste? ¿Qué comiste? —pregunté, dándome cuenta de lo extraño que debió haber sido para él.

—Me mudé a áreas pobladas una vez que se disipó la Niebla. Fue difícil ya que la Niebla es para nosotros lo que el oxígeno es para los humanos. Pero me adapté al recipiente y mendigué por comida y dinero.

La escena cambió de nuevo, mostrando un viejo cobertizo.

—Sabiendo que no duraría mucho, busqué un lugar seguro para guardar mi dinero y la ropa y otros artículos que había logrado adquirir. Temía que, cuando mi recipiente humano muriera, yo también me convertiría en cenizas. Pero la mente humana es una puerta natural hacia el Velo. Mi recipiente se durmió y entré en la Niebla donde permanecí mientras volvía a reunir el doble de energía.

Presioné una mano contra mi pecho, mi mente daba vueltas cuando me di cuenta de lo lejos que él había llegado para encontrarme.

—Pero... ¿Qué le pasó a tu cuerpo? —pregunté.

—Murió —dijo Kazan, encogiéndose de hombros—. Las personas sin hogar mueren todo el tiempo en la calle debido a las terribles condiciones en las que viven. Nadie cuestionaría encontrar el cadáver de otra persona sin nombre. Por esa razón, tomé una apariencia diferente cada vez. Encontrar al mismo hombre muerto cada dos meses habría levantado demasiadas sospechas. Pero, con mi creciente riqueza en bienes materiales y dinero, cada vez era más fácil. Me tomó tres años, pero, eventualmente, reuní lo suficiente para hacerme algunas identificaciones. A partir de ese momento, me convertí oficialmente en Kazan Dale, el dibujante que hacía retratos de personas en el parque, en la feria o en cualquier otro lugar público que me permitieran.

—Hasta que te hiciste notar y te volviste famoso —completé—. Pero ¿por qué seguiste desapareciendo durante largos períodos de tiempo si podías volver todos los meses?

—Un mes de caza en mi reino solo me daba suficiente energía para permanecer alrededor de una semana en el Plano Mortal ya que la construcción del cuerpo agotaba la mitad de mis reservas. Cada mes adicional de caza me da una semana extra en tu mundo. Entonces, cazaba de cuatro a seis meses, a veces incluso más, para poder quedarme mucho más tiempo. También simplificó las cosas para mí, ya que no podía permitir que Kazan Dale muriera. Desechar su recipiente sin alertar a la gente requería mucho más esfuerzo e ingenio.

Sintiéndome mareada, busqué un lugar para sentarme. Al sentir mi necesidad, Kazan cambió nuestro entorno a Keating Park, donde él y yo a menudo paseábamos o nos sentábamos junto al estanque para charlar o dibujar. Me dejé caer en el banco, levanté mis pies descalzos y abracé mis rodillas contra mi pecho. En lugar de sentarse a mi lado, Kazan volvió a ponerse una camisa y unos pantalones cortos en su cuerpo desnudo y luego se arrodilló en el césped frente a mí antes de sentarse de nuevo en cuclillas. Un sol de primera hora de la tarde brillaba sobre él, reflejándose en las ondas oscuras de su cabello y dándole a su deslumbrante rostro una cualidad angelical.

Un pensamiento terrible cruzó mi mente.

—¿Qué has hecho con tu cuerpo actual? —pregunté.

Kazan sonrió.

—No te preocupes, mi Jade. Mi recipiente está a salvo. Puedo mantenerlo en un estado suspendido durante unos días, como he hecho con tu cuerpo.

Mis hombros se relajaron con alivio. A pesar de las emociones conflictivas que me atravesaban, no quería que le pasara nada malo, sin importar el resultado.

—¿Así que has estado preparando esto durante los últimos nueve años? —pregunté.

Dudó por un momento. Estúpidamente, eso dolió.

—La mayor parte, sí. Para cuando me establecí lo suficiente como para querer acercarme a ti en tu mundo, conociste a Patrick. Seguí esperando, en vano, que ustedes terminaran. Cuanto más te acercabas a él, menos soñabas conmigo —Al decir esas palabras, Kazan se frotó el pecho como si le doliera el corazón—. Durante meses, te llamé en tus sueños, sin respuesta. Y luego, un día, me dejaste entrar solo para despedirte, porque tú y Patrick estaban hablando de matrimonio. Eso casi me destruyó, pero te deseé lo mejor y te dejé ir.

Eso dolió aún más.

—¿Simplemente me dejaste ir? ¿No luchaste por mí?

Fue estúpido dejar que eso me molestara, pero lo hizo. Patrick no había luchado por nosotros, demasiado ansioso por volver con su ex. Mis tías y mi tío, que nos cuidaron tampoco habían luchado por retenerme cuando hablé por primera vez de irme. Ninguno de mis novios anteriores o amigos hizo ningún esfuerzo adicional para mantener nuestras relaciones cuando la vida nos obligaba a vernos cada vez menos. ¿No valía la pena luchar por mí?

—Quería hacerlo —dijo Kazan, juntando las manos sobre su

regazo, sus nudillos palideciendo rápidamente—. En verdad, quería matarlo por tocar lo que era mío, por alejarte de mí. Por usurpar mi lugar a tu lado…

Sus ojos se posaron en los míos, el dolor y la ira ardían en su interior. En lugar de asustarme, calmó mi sensación de rechazo.

—¿Por qué no lo hiciste? —susurré.

—Porque él te hacía feliz. El único propósito de mi existencia ha sido asegurar tu felicidad, y la habías encontrado con él. Interferir por mis propias necesidades egoístas habría puesto en peligro eso.

—Fue entonces cuando tu agente dijo que te estabas tomando un descanso indefinido —dije, cuando fui capaz de unir las piezas.

Kazan asintió lentamente.

—Regresé a la Niebla y entré en una especie de hibernación, esperando el día en que me necesitaras de nuevo, o el día en que terminara tu vida mortal, para ofrecerte unirte a mí para una segunda vida en la Niebla.

Mis ojos picaron de nuevo, y mi pecho se apretó.

—¿Habrías esperado por mí toda mi vida?

—Por supuesto —dijo Kazan, como si fuera obvio—. Mientras tu luz brille, estaré allí para ayudar a asegurar tu felicidad por cualquier medio necesario —su rostro adquirió una expresión avergonzada—. Lamento que me haya tomado tanto tiempo darme cuenta de que eras miserable. Después de que Patrick se fue, tu dolor tardó un tiempo en llegar a mí a través de mi estasis. También me tomó tiempo reunir fuerza, un nuevo recipiente, y comenzar la colección. Solo podía hacer cuatro pinturas por mes antes de tener que regresar a la Niebla durante cinco meses para recuperar mi fuerza.

Me quedé boquiabierta.

—Tres años… —susurré—. Has estado preparando esta colección durante los últimos tres años desde que Patrick me dejó.

Kazan sonrió.

—Cada cuadro representa una de tus fantasías que experimentamos juntos. Terminé el último cuadro hace dos meses. Había planeado pasar cinco meses llenándome de energía para poder acercarme a ti, por fin, en tu mundo como lo hice en el supermercado el mes pasado. Que tu hermana dejara la ventana abierta lo cambió todo.

—¿Cómo? —pregunté, impresionada por esas revelaciones —. ¿La parte de ti que entró en mí?

—Sí. Me ancló a ti, permitiéndome alimentarme de tus emociones. Un día a tu lado es el equivalente a un mes de caza —sus ojos ardían mientras vagaban sobre mí. Instintivamente, apreté mis brazos alrededor de mis piernas aún presionadas contra mi pecho—. Puedo alimentarme de tus emociones tanto aquí como en el Plano Mortal. Durante esas tres noches de la última Niebla, tu placer me dio energía más que suficiente para crear un nuevo recipiente. Sin embargo, mi impaciencia casi lo arruinó todo. Estaba demasiado débil y tuve que absorber tus emociones para no ser forzado a regresar a la Niebla. Debería haberme alimentado un poco más antes de venir a ti, pero ya no podía esperar.

Más conflictuada que nunca, me levanté y me acerqué a la barandilla que rodeaba el pequeño estanque del jardín. Por el rabillo del ojo, vi a Kazan ponerse de pie y acercarse. Se detuvo detrás de mí, el calor de su cuerpo se filtraba a través del camisón de algodón que aún llevaba puesto o, más bien, la versión etérea del mismo. Con sumo cuidado, Kazan me envolvió con sus brazos, como si temiera que me resistiera, y apretó su pecho contra mi espalda.

Las lágrimas se acumularon en mis ojos, de nuevo, mientras me relajaba contra él. ¿Cuántas veces habíamos estado exactamente de esta misma forma en este mismo lugar en el Plano Mortal en el último mes? Mi vida había sido tan perfecta entonces.

—¿Por qué la tristeza? —preguntó de nuevo, con confusión en su voz. Me dio la vuelta para mirarlo—. No hay más obstáculos entre nosotros. Podemos estar juntos para siempre —sus ojos se movieron entre los míos, buscando algo—. Me deseaste. Nos deseaste. ¿Ya no soy lo que deseas?

—Oh, Kazan—dije, las lágrimas cayeron por mis mejillas nuevamente mientras mi corazón se rompía por él y por nosotros —. Eres tan perfecto, más que perfecto. Siempre creí que eras demasiado bueno para ser verdad, pero ahora…

—YO SOY de verdad —dijo con fuerza—. Tu Deseo puede haber sido mi chispa de vida, pero he prosperado, he crecido. ¡Soy real en nuestros dos mundos!

Asentí y miré su hermoso rostro con la visión borrosa. Tomando su rostro entre mis manos, dejé que mi palma acariciara un camino por sus mejillas, su cuello grueso y sus anchos hombros antes de descansar sobre su musculoso pecho. Kazan cerró los ojos bajo mi toque, la expresión de su rostro era una mezcla de placer y desesperación. Podía sentir mis emociones al igual que yo podía sentir las suyas, y las mías le decían adiós.

—Sí, Kazan. Eres real en todas las formas que importan. Y sí, eres perfecto, exactamente todo lo que siempre he deseado en un hombre, excepto por una cosa muy importante; no me elegiste. Puede que te hayas vuelto real, pero esta relación no lo es.

—¿Cómo puedes decir eso? —preguntó Kazan, con el rostro tenso de ira. Su brazo izquierdo apretó su agarre detrás de mi espalda mientras su mano derecha sostenía mi nuca con firmeza, pero sin dolor—. ¡Te amo! Te he amado desde el momento en que me volví consciente de mí mismo. He viajado por dos mundos solo para estar contigo, y viajaré mil más si es necesario. ¿No te he hecho feliz en el último mes? ¿No he mostrado la profundidad de mis sentimientos por ti?

—Sí, lo has hecho, pero no tenías otra opción. Eres mi

Deseo. Te *programé* para que no ames a nadie más que a mí, pase lo que pase.

—No soy una máquina —espetó Kazan, soltándome como si lo hubiera quemado.

Pero bien podrías serlo.

Lancé un suspiro, tratando de averiguar cómo hacerle entender.

—El amor debe darse libremente, Kazan, no imponerse. ¿Cómo puedes amarme de verdad si nunca me elegiste?

Inclinó la cabeza hacia un lado y entrecerró los ojos.

—De la misma manera que los mortales aman a sus padres y hermanos. No elegiste a Laura, ¿verdad? Si tuvieras la oportunidad, ¿la cambiarías por otra?

Por supuesto que no.

—Aun así, no es lo mismo. La familia…

—El amor es amor —interrumpió Kazan—. Un cachorro no elige a su amo, pero eso no impedirá que desarrolle un amor verdadero y duradero por él, y viceversa.

—Tú no eres un animal —dije, empezando a sentirme irritada.

—No, pero soy un ser que siente, como los animales o los humanos, capaz de tener sentimientos y emociones. El amor puede florecer de varias maneras. No hay reglas sobre cómo debe llegar a ser. Que el mío para ti haya venido de una manera no tradicional no lo hace menos cierto.

Apreté los labios, ligeramente molesta.

—¿Te gusta tu cuerpo? —pregunté.

Parpadeó, confundido por el repentino cambio de tema.

—Es un cuerpo muy bonito —dijo, mirándose a sí mismo—. Cualquier hombre estaría orgulloso de tener uno como este.

—Está bien, pero eso no es lo que te pregunté —dije—. ¿Te *gusta*?

—Sí —dijo, cada vez más confundido.

—¿De verdad? —desafié—. ¿Te gusta luchar para encontrar

ropa de tu agrado que te quede bien, o tener que agachar la cabeza en el metro porque eres demasiado alto y sentirte apretado en la mayoría de los autos porque no están adaptados a tu altura?

Se estremeció, su rostro adquirió una expresión preocupada.

—Es un leve inconveniente en el Plano Mortal.

—Uno que mi Deseo te impuso.

Se encogió de hombros.

—¿Y eso qué? Los humanos tampoco pueden elegir sus cuerpos. La genética de sus padres decide y ellos aprenden a lidiar con eso.

Buen punto.

—Está bien, te doy la razón en eso. Entonces hablemos de comida. Apuesto a que tú y yo, a menudo, comíamos costillas, alitas, sangría y panqueques en nuestro tiempo juntos mientras yo soñaba, y te encantaban. Pero en mi mundo, los odias.

Cruzó los brazos sobre el pecho, luciendo un poco molesto.

—No los odio, pero ¿y qué si lo hiciera? Puedo comer algo más mientras sigues disfrutándolos. Las papilas gustativas del cuerpo humano arruinan muchas cosas, pero elevan otras. Con el tiempo, simplemente me adaptaré a la forma en que este recipiente cambia mis percepciones y gustos, de la misma manera que me ajusté a la gravedad.

—Y *ese* es exactamente mi punto —dije, pasando una mano nerviosa por mi cabello—. Mi mundo está plagado de reglas físicas y biológicas que nos limitan y nos definen —agité mi mano, señalando el parque ilusorio en el que estábamos—. Aquí, tu tamaño no importa. Solo necesitas desear algo que te guste para que las cosas cambien, y sucederá. Por lo que sé, en este mundo, la sangría te sabía a salmón ahumado y queso crema. Y eso está bien. Pero, en mi mundo, no puedes desear que las cosas desagradables cambien a algo más agradable o apetecible. Tienes que aceptarlas como son o seguir adelante.

Tomé sus manos y las sostuve en las mías.

—Te amo, Kazan, pero, en mi mundo, estás incompleto. La mayoría de esas cosas son superficiales, como la comida, que me encantaría ayudarte a explorar y descubrir. Otros son mucho más profundos y, a medida que los descubras, te darás cuenta de que no soy el amor de tu vida.

Kazan abrió la boca para discutir, pero solté una de sus manos para colocar mis dedos en sus labios.

—Quiero que me ames por lo que soy, con todas mis peculiaridades, especialmente las que no se puede desear que desaparezcan. Y quiero amarte por lo que eres, no por lo que crees que debes ser para hacerme feliz. Pero, sobre todo, quiero que seas feliz con lo que eres y que seas tú mismo, por elección. ¿De verdad quieres ser un artista? ¿De verdad quieres ser un fanático nerd de Star Trek y D&D? ¿Quién es el verdadero Kazan?

Kazan me miró fijamente. El dolor y la desesperación que emanaban de él desde el comienzo de esta conversación se desvanecieron abruptamente. Un aire de fuerza y determinación descendió sobre él mientras echaba los hombros hacia atrás. Se me hizo un nudo en el estómago cuando su mirada sobre mí perdió toda calidez. Algo había cambiado, y yo lo había causado.

—Ya que te niegas a abandonar a tu hermana, si vamos a estar juntos, debo ir a vivir al Plano Mortal. Sin embargo, crees que cuanto más me quede en tu mundo, más cambiarán mi personalidad y mis sentimientos por ti. Piensas que es inevitable que, tarde o temprano, te deje por otra a medida que me vuelva más 'completo' y vea todas las opciones 'más adecuadas' que están disponibles para mí.

Con la garganta demasiado cerrada para hablar, asentí ante su resumen perfecto de mis miedos más profundos.

—Hmmm —dijo antes de apartar la mirada, perdido en sus pensamientos.

Me moví sobre mis pies, mi sensación de inquietud creció exponencialmente. Hasta hacía unos momentos, no me había dado cuenta de cómo había estado disfrutando de las constantes oleadas de amor y ternura de Kazan. Pero, ahora que se había apartado de mí, me sentía fría, privada de su afecto que me había cubierto. ¿Había deseado que sus sentimientos por mí murieran?

Sus ojos grises se volvieron hacia mí, fríos y siniestros. Tragué dolorosamente, esperando sus próximas palabras, las cuales sabía que me lastimarían de alguna manera.

—Me has abierto los ojos, Jade. Te lo agradezco —con un gesto desdeñoso de su mano, Kazan alejó el paisaje del parque, dejándonos de vuelta en el anillo vacío rodeado de Niebla—.Te devolveré a tu mundo ahora y reflexionaré sobre tus palabras. Tienes razón. Había sido tan obstinado en mi obsesión por hacerte feliz que nunca consideré mis propios deseos y aspiraciones, ni siquiera me di cuenta de que tenía opciones.

Se me cayó el alma a los pies.

Lo alejé, y ahora realmente lo estoy perdiendo.

—Antes de que te vayas —agregó Kazan—, me gustaría que pensaras sobre algunas cosas por tu cuenta.

Levanté una ceja inquisitiva.

—Cuando me conociste por primera vez y me creíste humano, te arriesgaste con un apuesto extraño, cuya relativa fama garantizaba que tenía muchas mujeres sexys, admiradoras de su trabajo, que podrían intentar robártelo. Un hombre que, como Patrick, probablemente tenía un historial de exnovias que podrían reaparecer. Pero conmigo, un hombre creado para ti, *por ti*, estás dispuesta a desecharme por la diminuta posibilidad de que mis sentimientos por ti cambien en un hipotético futuro. Quieres un hombre que luche para mantenerte. ¿No deberías estar dispuesta a hacer lo mismo por él?

Lo miré fijamente, las palabras me fallaban. Kazan no me dio la oportunidad de responder, no es que yo supiera qué decir. Se dio la vuelta y caminó hacia la Niebla.

El suelo desapareció. Mientras el vacío me tragaba, mi estómago se revolvió con la nauseabunda sensación de caer. Aterricé de nuevo en mi cuerpo, sintiéndome mareada y desorientada.

Pero mi malestar físico representaba la menor de mis preocupaciones. Me dolía el corazón, lacerado por mil garras. En mi miedo de perder a Kazan, había sido el arquitecto de mi propia destrucción. ¿Por qué, de hecho, no luché por él? ¿Por qué había estado tan empeñada en convencerlo de que nuestra relación estaba condenada al fracaso?

—¿Qué he hecho? —susurré.

CAPÍTULO 8
KAZAN

La niebla se abrió ante mí, revelando la casa de ensueño que había construido para Jade a lo largo de los años, esperando el momento en que finalmente estaríamos juntos. No había vuelto a poner un pie aquí desde que Jade y Patrick habían comenzado a hablar sobre matrimonio. Había dolido demasiado. Y, cuando se separaron, había estado demasiado ocupado construyendo una vida en el Plano Mortal para preocuparme por esto.

Las palabras de Jade me habían herido profundamente. Entendía sus miedos e incluso admitía que tenían cierto mérito. Pero ella me había deseado durante tantos años, nunca se me pasó por la cabeza que sus sentimientos podrían ser tan superficiales que ni siquiera trataría de luchar por nosotros.

Los últimos nueve años habían estado llenos de retos. Sin embargo, ni una sola vez había vacilado en seguir mi curso de acción, envuelto en mi moralista convicción de que ella me necesitaba y que solo yo podía hacerla verdaderamente feliz. Toda mi autopercepción se había fortalecido con la creencia de que yo era su mayor Deseo. A lo largo de los años, aceché cada nuevo Deseo que ella había formado, viendo su vida parpadear y morir. Si eran buenos, los pocos que resistieron y prosperaron, los absorbí dentro de mí, antes de que pudieran volverse conscientes de sí mismos, para seguir siendo su mayor Deseo. Si eran malos, los destruía para evitar que se enconaran, y contaminaran su pozo de los Deseos, y absorbía su fuerza vital para alimentar mi propia fuerza.

Pero, mientras estaba de pie ante la enorme mansión, mi pecho quemaba como si la sangre que bombeaba a través de mi corazón se hubiera convertido en ácido. La casa era llamativa y mal diseñada; la caprichosa creación de una niña, que calificaría más como una quimera. Tenía catorce años cuando empezó a hablar de la casa de sus sueños. Reflejaba cada fase de sus desafiantes años de adolescencia, desde el ala gótica de la mansión con su torre de piedra oscura y chapiteles, hasta el ala futurista y asimétrica, toda hecha de vidrio con una cúpula de paneles solares. En la parte de atrás, una piscina enorme ostentaba una réplica de la Fuente Apolo de Versalles justo en el medio, ocupando la mayor parte del espacio para nadar. Habría tenido más sentido colocarlo contra uno de los bordes.

El interior resultaba igual de extravagante, con una mezcolanza de estilos y colores, como si alguien no pudiera decidirse y simplemente hubiera puesto un poco de todo. La Jade de hoy en día odiaría este lugar. Por mucho que me rompiera el corazón, ella tenía razón. Todos estos años había luchado por tener con ella la vida utópica del mundo de los sueños. Pero, con cada hora, día, semana y mes que pasaba, mi compañera de vida había pasado de ser una adolescente torpe a una mujer hermosa y fuerte. A través de sus deseos y sueños, recibí destellos de esa evolución, pero realmente no la conocía... a la verdadera Jade.

Mi visita a su casa en el Plano Mortal me había abierto los ojos, poniendo de cabeza muchas de mis creencias sobre ella y lo que la motivaba. Tranquilo y acogedor, tenía una elegancia discreta, de ninguna manera presuntuosa y con un toque peculiar que lo hacía alegre y acogedor.

Me encantó su hogar.

Pero también amaba mi propio hogar. Caí en la cuenta de que mi apartamento había sido lo primero que realmente había creado para mí, según mis propios gustos y deseos, sin ninguna influencia externa, al menos consciente. El haber obtenido la bendición de Jade para explorar la ropa de estilo bohemio en Shay & Vincent, en lugar de la moda motera que ella prefería, había sido muy emocionante.

En el Plano Mortal, había descubierto el significado de los gustos y disgustos personales. Yo no era un clon de Jade. Yo era Kazan Dale, un individuo con sus propias preferencias y aspiraciones. En el Plano Mortal, se me presentaron infinitas posibilidades con toda una vida para explorarlas. Aunque aterradora, la perspectiva de embarcarme en ese viaje de autodescubrimiento me regocijaba. De haber tenido opción, ¿habría elegido a Jade como compañera de vida?

Solo el tiempo diría si terminaría con ella a mi lado o en un camino completamente diferente.

CAPÍTULO 9
JADE

Ten cuidado con lo que deseas.

Ese desagradable pensamiento se repitió sin cesar en mi mente durante lo que resultó ser la Niebla más larga y miserable de mi vida. Llamé a Kazan, deseando que regresara o que me llevara a su mundo nuevamente, pero solo me encontré con un completo silencio. Incluso saturé su teléfono, llamándolo y enviándole mensajes de texto con la tonta esperanza de que hubiera regresado a su cuerpo humano.

Nada.

Los tres días interminables de la Niebla me dieron mucho más tiempo del que quería para reflexionar, no solo sobre la pregunta final que me había hecho Kazan antes de despedirme, sino también sobre por qué había manejado nuestra relación de la forma en que lo había hecho desde el primer día.

El que Patrick me dejase había dolido terriblemente, pero el último mes me había mostrado cómo se sentía el verdadero amor con la pareja adecuada. Aunque había sido un buen hombre, Patrick no había sido el indicado para mí. Había sido el primero, en el mundo físico, lo cual, seguramente, jugó un papel importante en esto. Después de casi cinco años juntos, la costumbre, la comodidad de la familiaridad y la necesidad de estabilidad me convencieron de ver cosas que simplemente no estaban allí. La verdad es que no teníamos mucho en común, aparte de una cómoda amistad, repudio por los infieles y respeto mutuo. A Patrick le encantaban las fiestas, a mí me gustaba quedarme en casa. Él necesitaba su dosis habitual de deportes, yo necesitaba arte. Le gustaban las películas de acción y guerra con una historia poco profunda, pero efectos visuales asombrosos, a mí me encantaban los thrillers psicológicos complejos y la ciencia ficción.

Debido a la profunda confianza entre nosotros, no me importaba que saliera con sus amigos mientras yo hacía mis cosas de introvertida. En retrospectiva, no habíamos sido realmente una pareja, sino amigos con beneficios.

Con Kazan, ambos habíamos estado en la misma frecuencia. Sí, lo había deseado de esa manera, pero las cosas que no funcionaban para él fueron rápidamente evidentes, y habían sido triviales. Kazan no había elegido ser artista, pero no se podía negar su pasión por ello. Lo hubiera amado incluso si él hubiera preferido una carrera diferente. Simplemente nos acercó aún más. Entendía y vivía el arte como yo, pero con mucha más habilidad.

Su inocencia y su incompletitud me ayudaron a ver el mundo que me rodeaba con nuevos ojos. Quería acompañarlo en ese viaje, aunque terminara alejándolo de mí. Pensando en cuando recordó cómo llegó a existir, los eventos de mi pasado que lo habían traído a la vida, me di cuenta de que quería formar nuevos recuerdos con él, esta vez anclados en la realidad, y recuerdos que permanecerían con él, para siempre, en lugar de desvanecerse con la luz de la mañana.

Voy a luchar por ti, Kazan. Lucharé por nosotros. Solo, por favor, déjame hacerlo.

Sacando fuerza de esa nueva resolución, intenté llamar a Kazan nuevamente, pero sin éxito. No dejaría que me ignorara. Aunque solía dormir hasta tarde en el feriado posterior a la

Niebla, salté de la cama a las 7:00 a.m. La sirena de emergencia de la ciudad había sonado hacía media hora. Después de una ducha rápida, me vestí y realicé el proceso de abrir la casa. Como de costumbre, abrí las cortinas de tela y las cortinas metálicas de todas las habitaciones de arriba antes de bajar, comenzando con mi oficina en la parte de atrás, luego la cocina, dejando la sala de estar y el vestíbulo para el final.

Después de abrir el par de ventanas en el lado derecho de la cocina, dando la bienvenida a los brillantes rayos del sol, fui a la puerta del patio. Cuando las cortinas comenzaron a subir, mi corazón saltó de mi pecho cuando reveló la forma boca abajo de un hombre desnudo, apoyado contra la puerta de cristal.

—¡Oh, Dios!

No esperé a que las cortinas eléctricas terminaran de elevarse. Tan pronto como despejaron la manija de la puerta, la desbloqueé y la abrí. Al principio, creí que era Kazan en vista de que el hombre, alto y musculoso, también tenía una larga cabellera negra cubriendo su rostro. Sin embargo, en el momento en que se abrió la puerta, el cosquilleo que me inundó, indicando la presencia de un Mistwalker, no pertenecía a mi novio. La sensación me golpeó fuerte, haciendo que mis rodillas temblaran y mi estómago se revolviera.

El hombre levantó la cabeza, una cara hermosa y extrañamente familiar con llamativos ojos azules que me miraban fijamente. Una chispa de reconocimiento iluminó sus facciones y sus labios carnosos se estiraron en una sonrisa victoriosa.

—Mi Jade —susurró, su voz ronca, sin duda por la exposición al aire frío durante la noche y la mañana.

Retrocedí, una sensación de inquietud exaltándome un poco. De la misma manera que había percibido al instante una atracción por Kazan, este hombre exhumaba peligro y muchas más complicaciones de las que podía manejar en este momento. Pero necesitaba ayuda. Moriría si permanecía afuera mucho más tiempo. Su piel estaba de un color alarmantemente pálido, sus labios habían adquirido un tinte ligeramente azul.

—¿Puede levantarse? —pregunté, sabiendo que nunca sería capaz de cargar a alguien tan alto y fornido como él.

Por supuesto, también lo habría soñado como un gigante musculoso.

El Mistwalker gruñó para dar un asentimiento y se apoyó pesadamente en el marco de la puerta para ponerse de pie. Aparté la mirada ante el primer vistazo del enorme miembro colgando sin fuerzas entre sus musculosos muslos.

—Adelante —le dije—. Vuelvo enseguida.

Corrí a la sala de estar para tomar la manta del sofá y corrí de regreso a la cocina para encontrar al hombre caminando pesadamente hacia la mesa del comedor. Aceptó, agradecido, la manta que le había extendido, envolviéndola alrededor de su imponente cuerpo antes de colapsar en una silla.

—Debe tener hambre y sed —dije, cerrando la puerta del patio y luego trepando hacia el mostrador de la cocina—. Déjeme prepararle algo de comer.

—Sí —murmuró el hombre, asintiendo con la cabeza lentamente, con una mirada hambrienta en sus ojos.

Pensando en las cosas que le gustaban a Kazan, y esperando que al extraño también le gustaran, abrí un paquete completo de tocino y lo arrojé en una sartén y luego metí un poco de pan en la tostadora. Agotada, mi mente corría en todas direcciones. Afortunadamente, mi capacidad de entrar en piloto automático, cuando la vida me lanzaba diferentes retos, entró en acción.

El extraño bebió el vaso de agua que le había servido de las reservas de agua embotellada que ahora guardaba para Kazan. El hombre ni siquiera se detuvo a respirar. Pensé en decirle que bebiera más despacio para no enfermarse, pero lo miré fijamente, con la lengua trabada. El sonido de la tostadora me recordó mi tarea actual.

—¿Y cómo se llama? —le pregunté al extraño mientras le

daba vueltas al tocino en la sartén y ponía a hervir un poco de agua para hacerle un té. Kazan lo prefería al café, y preparar un café con leche para el desconocido llevaría demasiado tiempo.

—Morgan —dijo, sin más.

—¿Cuánto tiempo estuvo ahí afuera? —pregunté, preparándole rápidamente un sándwich con tocino, lechuga y tomate, con muy poca mayonesa, recordando cómo a Kazan le resultaba repugnante cuando le ponía demasiada.

En lugar de un té, vertí un poco de caldo de pollo en el agua hirviendo, pensando que una "sopa" ligera le sentaría mejor.

—Dos días —respondió Morgan, antes de llevar tímidamente la taza de caldo a sus labios.

—Cuidado, está caliente —dije, instintivamente, todavía digiriendo su respuesta.

Tomó un sorbo, arrugó la nariz y luego miró la taza con el ceño fruncido.

No le gustó.

Aun así, envolvió sus manos alrededor de la taza caliente y se obligó a beber todo. A diferencia de Kazan, que a menudo se obligaba a sí mismo a consumir cosas que no le gustaban para complacerme, mi instinto me decía que Morgan solo lo bebía para entrar en calor. Después de dos noches desnudo en mi patio, debía estado helado hasta los huesos.

—¿Cómo sobrevivió dos días sin comida ni ropa? —pregunté, desconcertada.

Morgan clavó sus ojos azul acero en mí, un destello duro brillando en su interior.

—Me alimenté de los Mistwalkers y Mistbeast lo suficientemente estúpidos como para ponerse a mi alcance.

Y lo había disfrutado también.

Un escalofrío me recorrió la espalda. Incapaz de sostener su mirada, le di la bienvenida bajando la mirada hacia su sándwich mientras tomaba la primera mitad y le daba un pequeño mordisco. Sus ojos se agrandaron mientras masticaba lentamente, explorando el complejo sabor en sus papilas gustativas.

—No está mal —dijo en un tono agradablemente sorprendido.

Aliviada, me volví hacia la barra de la cocina para preparar uno para mí y un segundo sándwich para él en caso de que quisiera más. Devoró el primero en un abrir y cerrar de ojos, lo que me obligó a apresurarme a terminar el siguiente.

—Sí— dijo Morgan con un ronroneo satisfecho—. Funcionará muy bien para alimentar este recipiente cuando tú no puedas.

Mi mano se congeló a la mitad de cortar el sándwich y mis ojos se movieron hacia él.

—¿Disculpe? —pregunté, queriendo creer que lo había oído mal.

—Esto está bueno, pero no es tan sabroso y llenador como tú.

Mi mente corría a mil por hora, con la mano hecha un puño alrededor del cuchillo para cortar, lo miré fijamente, sin palabras. Una repentina sensación de tirón me mareó. Lo reconocí como el mismo drene de energía que había experimentado con Kazan antes de que hiciera una salida rápida en el supermercado.

—Te estás alimentando de mí —susurré, horrorizada—. ¡Te estás alimentando de mis emociones!

—Sí— dijo, su rostro adquiriendo una mirada depredadora —. Agradece que me conforme con eso en lugar de tomar tu fuerza vital.

Mi nivel de ansiedad se disparó. Aferrándome al cuchillo, me alejé un paso de él. Se puso de pie, los extremos de la manta colgando abiertos, dándome una vista frontal completa de su desnudez.

—Quiero que te detengas —dije, dando otro paso hacia atrás —, y quiero que te vayas.

Su temperamento estalló abruptamente, me dio una mueca de enojo.

—"Detente y vete". Incluso aquí, cantas la misma vieja y tediosa canción. Siempre alejándome. Y, sin embargo, con cuánto entusiasmo has abierto las piernas para el Cazador. Has dejado que te folle bajo la apariencia de una plétora de monstruos, rogando por más como una pequeña zorra, entregándole todo el poder a él para que sea lo suficientemente fuerte como para cazarnos al resto.

—¡Yo lo deseé! Nunca desearía alguien como tú —dije mirando a mi alrededor en busca de la mejor dirección para correr. Y entonces me di cuenta—. ¡Eres una Pesadilla!

Su hermoso rostro se torció, sus fauces formaron un rictus maligno.

—Soy tu sueño más antiguo, la suma de todos tus miedos, puta calientapollas. Apenas me has alimentado lo suficiente a lo largo de los años para mantenerme con vida, provocándome y obligándome a perseguirte por callejones oscuros y bosques abandonados. Me permitiste atravesar tus endebles defensas solo para rechazarme, en el último minuto, escapando del sueño, llevándote mi premio. Pero a él —escupió con desprecio—, lo dejas que te folle como una bestia, tomando su monstruosa polla a cuatro patas como un animal. Voy a convertirte en mi perra ahora, Jade. ¡Eras mía primero!

Morgan golpeó su pecho con esas últimas palabras y dio un paso tambaleante hacia mí.

¡La gravedad! Aún no se ha adaptado a este mundo.

Con él parado en el camino, no pude hacer una salida rápida por la puerta del patio. La puerta principal aún estaba cerrada. Incluso si corría lentamente detrás de mí, nunca tendría tiempo de levantar las cortinas, abrir la puerta y salir antes de que me alcanzara. A pesar de su estado debilitado actual, no cometería el error de subestimar la fuerza de esos enormes brazos. La habitación de pánico sería más rápida de manejar que la puerta principal, pero, aun así, requeriría algo de tiempo para abrirla, entrar y cerrarla. Si calculaba mal y él me alcanzaba antes de que hubiera asegurado la habitación, me convertiría, efectivamente, en la estúpida protagonista de una película de terror B en la que corre hacia el ático sin salida y el asesino le siguió el rastro. El patio primero, o la habitación del pánico como respaldo, representaba mi mejor oportunidad de alejarme de él.

—Tu Cazador es un bastardo inteligente, pero yo también lo soy. Fue atrevido de su parte el cruzar a tu plano. Pero lo vi, observé y aprendí. Él me lo ha quitado todo, ahora recuperaré lo que es mío por derecho. Me alimentarás con tu terror y tu dolor.

La sensación de tirón se fortaleció, y mi visión se volvió borrosa por un momento. Morgan siseó, su rostro descomponiéndose en una expresión de puro éxtasis.

—Tu miedo sabe tan malditamente bien. Me pone tan jodidamente duro —Morgan agarró su polla totalmente erecta y la acarició lentamente, sujetándola con tanta fuerza que tendría que haberle dolido—. Kazan es un tonto por no atarte en todo este tiempo. Su control sobre ti es débil. Te llenaré hasta el borde con mi semilla y mi esencia. Nunca anclarás a otro más que a mí.

Avanzó hacia mí, sus pasos ya más firmes. Me estaba debilitando rápidamente mientras él se fortalecía visiblemente por minutos, su piel ya había adquirido un tono saludable. Si no actuaba pronto, estaría demasiado agotada para contraatacar.

—Retrocede —dije, cortando el cuchillo hacia él.

Se rio entre dientes, avanzando de nuevo, todavía acariciándose. Si pudiera hacerlo caminar al otro lado de la mesa, podría correr hacia la puerta del patio. La había cerrado después de darle la manta a Morgan, pero no había puesto el seguro. Incluso si me atrapaba, tendría tiempo de gritar lo suficientemente fuerte como para alertar a los vecinos.

Como si hubiera leído mis pensamientos, agarró las dos sillas más cercanas a él y las arrojó frente a la puerta del patio. Si bien no sería un problema sacarlas del camino, la demora sería suficiente para que él me agarrara. Necesitaba crear una distracción.

Antes de que pudiera pensar en algo, Morgan se abalanzó sobre mí. Por instinto, lo corté con el cuchillo mientras retrocedía. El arma hizo contacto. Una herida larga y profunda apareció a lo largo de su antebrazo. Gritó de dolor y cayó sobre una rodilla. Apretando su brazo derecho contra su pecho, lo miró con la expresión horrorizada de alguien a quien le acaban de amputar la mano.

Su excesiva reacción me confundió por medio segundo, y luego me di cuenta de que aparte del frío, la sed y el hambre después de su 'nacimiento' en mi mundo, nunca había sentido un dolor físico real. Esto tenía que ser abrumadoramente insoportable para él. Pero me importaba una mierda su dolor. Esta era mi oportunidad. Corrí hacia la puerta del patio. Como todavía se interponía en mi camino, tuve que rodear la mesa para llegar a mi objetivo.

—¡NO! —gritó Morgan.

Todavía medio arrodillado, empujó la mesa para bloquear mi camino con su mano sana. La pesada mesa de madera casi voló hacia mí. Grité y apenas logré esquivarla antes de que se estrellara contra la pared y le hiciera un gran agujero. Su vaso y su plato se cayeron de la mesa con el impacto, haciéndose añicos en el suelo. Si no hubiera logrado detenerme, la mesa me habría estrellado contra la pared. A juzgar por el daño, habría sufrido algunas fracturas graves, o peor.

Su fuerza era incluso mayor de lo que había temido.

Cuando Morgan comenzó a levantarse, con el rostro contraído por el dolor, algo hizo clic en mi mente. Sin pensarlo, agarré el frutero de vidrio que estaba sobre la mesa, le tiré las frutas a la cara antes de romperle el frutero a sus pies descalzos. Siseó cuando fragmentos de vidrio se enterraron en su piel. Retrocedió, pisó un fragmento y aulló de dolor. Corriendo hacia el pequeño estante de la cocina, a unos metros de distancia, tomé los jarrones decorativos y los platos que la adornaban y los lancé en un radio más amplio frente a él.

—¡Te destrozaré! —Morgan rugió mientras sacaba un trozo de vidrio de la planta de su pie.

Con el corazón palpitante, ignoré su amenaza y recogí tantos objetos frágiles como pude sin cortarme con el cuchillo. Mientras Morgan intentaba encontrar un camino a través de los escombros, me dirigí directamente a la habitación del pánico y arrojé los objetos frágiles al suelo en el camino. Mis dedos temblaban cuando abrí la trampilla y la placa de metal.

Sus gritos de dolor y rabia me tenían en un completo estado de pánico. Al escuchar golpes detrás de mí, miré por encima del hombro, pero él todavía no había salido de la cocina. Se me escapó un sollozo roto de alivio cuando comencé a bajar las escaleras sin señales de que él se abalanzara sobre mí. Cerré la placa de metal, activé el interruptor que reacomodaría automáticamente las tablas de madera camufladas sobre ella y cerré todo acceso a mi escondite con la placa de titanio reforzada. Incluso con su fuerza, Morgan nunca me alcanzaría aquí.

Temblando, busqué a tientas en mi bolsillo para sacar mi teléfono mientras tropezaba con el sofá. Casi caí sobre él. Morgan seguía gritando arriba, pero el sonido amortiguado me impedía entender sus palabras.

—Por favor, contesta —dije mientras llamaba a Kazan.

Su correo de voz contestó.

Tragando más lágrimas, marqué el 911. Para mi alivio, una operadora respondió rápidamente. Desde la primera Niebla, el personal de emergencia se triplicó el día que terminó para atender las necesidades de la población, desde personas desaparecidas hasta restos cenicientos de seres de la Niebla.

—911, ¿cuál es su emergencia? —preguntó la persona.

—Hay un hombre en mi casa tratando de lastimarme —dije con voz temblorosa—. Lo encontré desnudo afuera de la puerta de mi patio mientras hacía mi desbloqueo post-Niebla. Lo dejé entrar, pensando que necesitaba ayuda, pero, tan pronto como comió, enloqueció.

—¿Se encuentra en un lugar seguro en este momento?

—Sí. Estoy encerrada en mi habitación del pánico —dije, tratando de controlar mi pulso y respiración.

—¿Cuál es su dirección?

—2048 Oak Ridge. Las cortinas metálicas de la puerta principal aún están bajadas. La puerta del patio está cerrada, pero sin seguro.

—Por favor, espere un momento. No cuelgue, ¿de acuerdo?

—Bueno.

Conteniendo la respiración, estuve alerta a cualquier ruido de arriba. Morgan había dejado de gritar, pero el leve sonido de sus pasos me dijo que me estaba buscando. Aunque no lo creía capaz de lograr atravesar la placa de titanio, esperaba que no descubriera la trampilla oculta.

—Está bien, señora —dijo la operadora, sobresaltándome—. Tengo unidades en camino. Estarán allí en menos de dos minutos.

—Gracias —dije, llorando de alivio—. Es muy fuerte, pero está herido. Le corté el brazo con un cuchillo y tiré vidrio al suelo para evitar que me persiguiera. Está descalzo.

—Hizo bien, señora. ¿Puede describir al sospechoso?

Lo hice, dando tantos detalles como fuera posible, excepto que él era un Mistwalker. Antes de Kazan, nunca había oído hablar de uno que tomara forma humana. Si mencionaba algo de eso, ella podría pensar que estaba loca o asumir que se trataba de una llamada de broma.

—Quédese conmigo, ¿sí? Estoy en comunicación directa con los agentes. No abra la puerta de tu habitación del pánico hasta que le confirme que la casa está asegurada y que los agentes sean los que le piden que abra, ¿entendido?

—Sí, señora.

Cuando dos minutos se convirtieron en cinco, luego en diez,

le pregunté qué estaba pasando. Ya no podía escuchar a Morgan arriba. De hecho, no escuchaba a nadie. Me dijo que primero necesitaban asegurar el perímetro, lo que, naturalmente, tenía sentido. Pasaron diez minutos más antes de que me dijera que abriera la escotilla.

Mis manos temblaban cuando desbloqueé y abrí mi única defensa. El rostro serio de un hombre mayor, con algo de gris claro en su cabello castaño oscuro y ojos gentiles de un azul profundo, me hizo agradecer a cualquier poder superior que me haya protegido.

Extendió una mano hacia mí para ayudarme a levantarme y colgué con la operadora. Cuando llegué al rellano, me di cuenta de que no llevaba uniforme de policía.

—¡Usted no es un policía! —dije, mi mirada preocupada moviéndose hacia su compañero, ocupado abriendo las cortinas. Me miró por encima del hombro y se me cayó el alma a los pies cuando reconocí al hombre que me había estado acechando en el centro comercial—. Usted —susurré, horrorizada.

Me alejé un paso del hombre mayor.

—No tenga miedo, señorita Eastwood —dijo, levantando una mano en un gesto apaciguador—. Soy el agente Thomson, de la Cuarta División. Manejamos casos como el suyo, no la policía.

—¿Los Hombres de Negro? —susurré, estupefacta. Mis ojos se posaron en el agente más joven—. Me ha estado acosando.

—No exactamente —dijo el agente Thomson—. Pero la llegada del señor Dale nos obligó a investigar sus intenciones y evaluar si era o no el mismo tipo de visitante desagradable que recibió esta mañana.

Sentí que mi sangre abandonaba mi cara y abracé mi abdomen. Sabían de Kazan. ¿Qué más sabían? ¿Qué significaba eso para nosotros?

—Por favor, señorita Eastwood —dijo el agente Thomson, señalando hacia la sala de estar—. Tomemos asiento para discutir la situación.

—¿Lo encontraron? —pregunté, avanzando con pasos vacilantes, mirando los escombros en los que Morgan había convertido mi casa.

—Desafortunadamente, escapó —dijo Thomson, luego señaló con un gesto de su mano al agente más joven—. Señorita Eastwood, este es mi socio, el agente Wilkins.

Asentí distraídamente hacia él, mi mente aún estaba atrapada en Morgan.

—¿Cómo es eso posible? —pregunté, tomando mi asiento habitual en el sillón reclinable— ¡Está desnudo y herido! ¿Seguramente alguien vio a dónde fue? O al menos, dejó un rastro de sangre.

—Eso se creería —dijo el agente Wilkins en un tono sarcástico que, inmediatamente, me puso los pelos de punta—. Excepto que el rastro de sangre termina en su dormitorio, donde encontró mucha ropa masculina para elegir.

Mi disgusto instantáneo por el agente Wilkins creció aún más. Elegí ignorarlo y me volví hacia el agente Thomson.

—Pero pude escucharlo, arriba, minutos antes de que llegaran. No podría haber ido muy lejos. Le di a la operadora su descripción.

—Sí, pero, teniendo en cuenta su naturaleza y sus poderes, necesitamos agentes especialmente entrenados para ir tras él.

—¿Poderes? —pregunté, haciéndome la tonta.

¿Qué tanto saben?

Los ojos azules del agente Thomson adquirieron un tono más duro, perdiendo toda calidez.

—No juguemos, señorita Eastwood. Fue testigo de los poderes de su novio cuando esos matones los atacaron —levantó la mano para detenerme cuando abrí la boca para discutir—. No se preocupe, ni usted ni él están en problemas por ello. Mientras siga cumpliendo con nuestras leyes y no dañe a los humanos, el señor Dale no tiene nada que temer de nosotros. Ese otro hombre, sin embargo…

—Morgan —susurré—. Se hacía llamar Morgan.

—Qué humano —dijo el agente Wilkins, sentándose cerca de su compañero—. Excepto que ese demonio no es humano en absoluto. Esos Mistwalkers…

El agente Thomson le lanzó a Wilkins una mirada de advertencia que lo hizo callar y me hizo preguntarme qué más habría querido decir el agente más joven.

Los hombres pasaron la siguiente media hora interrogándome sobre Morgan y haciendo preguntas indiscretas sobre mi relación con Kazan, siendo particularmente curiosos de por qué no había pasado la Niebla conmigo. Di algunas respuestas esquivas, manteniéndolas lo más escuetas posible.

—Mire, está aquí para investigar a Morgan, no para entrometerse en mi relación *privada* con el señor Dale —espeté cuando el agente Wilkins hizo demasiadas preguntas invasivas—. Entonces, a menos que pueda justificarme cómo esta línea de interrogatorio, totalmente inapropiada, es relevante para encontrar a Morgan, le pediría que la corte y vuelva al tema.

Wilkins se mordió los labios, sus ojos marrones ardían de resentimiento. Thomson sonrió, divertido por mi irritación.

—No, señorita Eastwood, eso será todo —dijo el hombre mayor, poniéndose de pie.

Wilkins y yo hicimos lo mismo.

—Hasta que hayamos localizado a la Pesadilla —dijo el agente Thomson—, le recomiendo que se quede con el señor Dale, preferiblemente en su casa. Le ha dado la bienvenida, verbalmente, a Morgan en su hogar. Hasta que lo haya rescindido correctamente, él intentará ir y venir cuando le plazca. Manténgase en lugares públicos y evite estar sola por la noche. No se detendrá hasta llegar a usted o hasta que nos hayamos deshecho de él.

Asentí, un escalofrío me recorrió.

—Estaba planeando ir a la casa del señor Dale justo después del desayuno.

—Excelente idea —dijo Thomson con un asentimiento de aprobación. Ambos ignoramos el resoplido burlón de Wilkins—. Si lo desea, podemos quedarnos con usted mientras reúne lo que necesita y la acompañamos.

Le di una sonrisa agradecida y corrí escaleras arriba para empacar una bolsa de viaje, no es que realmente necesitara algo con tantas de mis pertenencias ya en casa de Kazan. Después de llamar a un taxi, verifiqué que todas las ventanas estuvieran cerradas y la puerta del patio cerrada con llave antes de salir, flanqueada por los dos agentes.

El guardia de seguridad en la entrada del edificio de Kazan asintió a modo de saludo mientras me dirigía a los ascensores. Con una mano agarrando mi bolso, la otra jugueteando nerviosamente con el juego de llaves que me había dado Kazan, me preguntaba qué tipo de recibimiento me daría. ¿Siquiera estaría en casa? ¿Me echaría?

No. No con Morgan suelto.

Cualquiera que fuera el estado de nuestra relación, Kazan no me dejaría para que me las arreglara por mi cuenta, especialmente contra una Pesadilla. Al salir del ascensor, me acerqué a su puerta y llamé al timbre. Si estaba en casa, quería darle la oportunidad de elegir si me dejaba entrar o no. Inclinándome hacia adelante, agucé el oído, pero no escuché ningún movimiento. Después de deslizar la llave en el ojo de la cerradura, casi me sorprendió que todavía funcionara. Tan pronto como ese pensamiento tonto cruzó por mi mente, me pateé por ello.

Empujé la puerta para abrirla. La brillante luz de la mañana inundó el desván vacío. Dado que el edificio tenía un sistema de cierre automático, las persianas abiertas no significaban que Kazan había estado cerca. Le llamé por su nombre, mi voz sonó demasiado fuerte en el pesado silencio. Tomando una respiración profunda y fortalecedora, me dirigí a su habitación, llamé y luego abrí la puerta cuando no respondió.

Mi corazón saltó cuando vi la forma desnuda de Kazan acostada en la cama. Su quietud y su piel anormalmente pálida me hicieron correr a su lado en pánico.

—¡Kazan! ¡Bebé, háblame! —dije, tocando su piel en extremo fría.

Por un momento, pensé que había dejado de respirar, el subir y bajar de su pecho era tan sutil que casi no lo noté. Presionando mi cabeza contra su pecho, el latido lento pero regular de su corazón me aseguró que aún vivía.

Estasis. Kazan dijo que había dejado su recipiente en estasis.

Lágrimas de alivio se acumularon en mis ojos. Todo mi cuerpo comenzó a temblar cuando el estrés de la Niebla, nuestra pelea, su ausencia y el ataque de esta mañana finalmente me afectaron. Había estado llena de adrenalina y ahora me estaba pasando factura. Quitándome los zapatos, me acurruqué contra Kazan y lloré todos los horrores que se habían estado acumulando dentro de mí.

Fue liberador.

Dios, me he convertido en una tremenda llorona.

Necesitaba controlarme y ordenar mi situación. Extrañaba a la mujer fuerte que asumió la responsabilidad de criar a su hermanita a la edad de dieciocho años, desafió a los detractores comprando su propia casa antes de los veintiséis años y logró que su hermana fuera a la universidad. Yo era una emprendedora, no una cobarde. Si Morgan no había logrado derrotarme, nada ni nadie más lo haría, y mucho menos mis propias inseguridades.

Levanté la cabeza, besé los labios fríos de Kazan y me levanté para buscar una toallita y agua limpia para lavarlo. Quería creer que volvería a mí pronto, pero, hasta que lo hiciera, lo cuidaría como él me había cuidado durante años. Para mi disgusto, permaneció inmóvil durante todo el baño.

Una vez hecho esto, salí de la habitación y entré al estudio.

El conjunto inicial de veinticuatro pinturas en los expositores me atrajo. Me detuve ante cada una, mirándolas con nuevos ojos. Mi última visita a la Niebla había despertado recuerdos perdidos hacía mucho tiempo. Mientras las contemplaba, fragmentos de recuerdos pasaron por mi mente; escenas parciales, sonidos, incluso la sensación de los brazos de Kazan a mi alrededor. Sí, las pinturas me habían conmovido profundamente porque no eran solo fantasías soñadas, sino la historia de Kazan y la mía. Estos fueron verdaderos momentos que habíamos pasado juntos en otro reino. No eran sueños húmedos para él, sino su vida. Nuestra vida juntos.

Me acerqué al área de trabajo donde las seis pinturas mías descansaban en sus respectivos caballetes uno frente al otro, tres a cada lado. Con mi cuerpo paralizado, mi mirada vagó sobre ellas mientras pensaba si acercarme más o no, ya que no podía verlas correctamente desde este ángulo. Sin embargo, se sentía mal e irrespetuoso proceder sin la bendición de Kazan. Con los hombros caídos, suspiré profundamente y miré por la ventana a la bahía, sabiendo que respetaría sus deseos.

Cuando comencé a darme la vuelta para irme, lo sentí antes de verlo, el cosquilleo familiar me inundó. Dándome la vuelta, encontré a Kazan de pie en la puerta del estudio, envuelto en una bata de baño negra y mirándome con una expresión ilegible. Se me aceleró el pulso y se me hizo un nudo en la garganta cuando entró en la habitación con paso elegante y se detuvo a un par de metros de mí, justo a la altura el último cuadro de los expositores.

¿Cómo pude haberlo alejado?

—Regresaste —susurré, resistiendo el impulso de correr y arrojarme a sus brazos.

—¿Lo dudabas? —preguntó, levantando una ceja.

Me encogí de hombros y abracé mi abdomen.

—No, no realmente, ya que pronto será la exhibición, pero no sabía cuándo lo harías.

—Ah... ¿Es por eso que huelo a jabón? ¿Ya estaba comenzando a oler rancio? —Kazan preguntó en un tono semi-serio que no pude interpretar.

Mis mejillas ardieron.

—¡No, en absoluto! —dije, sacudiendo la cabeza, avergonzada. De acuerdo, no se había bañado en tres días, pero no había olido mal, probablemente gracias a la estasis. Pero no le admitiría que le había dejado lágrimas por todas partes—. Solo quería cuidar de ti hasta que regresaras.

Me miró por un segundo y luego miró por encima del hombro, hacia la colección.

—Entonces, ¿esta es la única razón por la que sabías que volvería?

Mi corazón saltó mientras elegía cuidadosamente mis palabras, queriendo creer que me estaba dando una oportunidad para arreglar las cosas.

—*Sabía* que volverías porque eres demasiado respetuoso para defraudar a Mónica después de todo el trabajo que ha hecho para preparar tu exposición. Tampoco pensé que dejarías tu cuerpo para morir aquí. Toda tu riqueza sería incautada por el condado y, el día que desearas regresar, tendrías que comenzar de cero, otra vez —Kazan frunció el ceño, las arrugas se profundizaron con cada una de mis palabras. De repente, sintiéndome tímida, metí el cabello detrás de la oreja y jugueteé con el dobladillo de mi blusa corta antes de continuar—. Pero, sobre todo, esperaba que volvieras por mí, incluso si soy una idiota, insegura que se auto sabotea porque todavía piensas que lo que tenemos es especial y por lo que vale la pena luchar.

Su molestia se desvaneció, la expresión neutral volvió a asentarse en su rostro.

—¿Por qué la "esperanza"? Tú misma dijiste que estaba programado para volver siempre a ti.

Me estremecí, y entonces me di cuenta.

Me está probando.

Lo podía manejar. Enderezando mis hombros, levanté mi barbilla en desafío.

—Sí. Lo estabas —Kazan entrecerró los ojos hacia mí, pero no permití que me hiciera retroceder—. Pero, desde entonces, has evolucionado. Deseaba que no amaras a nadie más que a mí, tu *elegiste* obligarme a que no quisiera a nadie más que a ti.

Kazan retrocedió levemente, sus labios se separaron por la sorpresa.

—Elegiste cazar mis otros Deseos para mejorarte a ti mismo. Tú elegiste cuáles valían la pena y cuáles no. Pero *yo* los había deseado, lo que significa que, a mis ojos, todos valían la pena. No te estabas convirtiendo en mi mayor Deseo, sino tomando la personalidad del hombre que querías ser y que creías que también me haría perder la cabeza. Y lo lograste.

Di unos pasos hacia él, bajo su intensa mirada, deteniéndome a, aproximadamente, medio metro de distancia.

—A pesar de todas las veces que me alejé de ti, en lugar de desvanecerte como algunos de mis otros sueños y deseos, *elegiste* esperarme. Habrías esperado una vida humana por mí, no porque te lo pidiera, sino porque tú lo *elegiste*. Al igual que *elegiste* encontrar una manera de entrar en mi mundo para llegar a mí

Avancé un paso más y puse mis manos en su cintura, aliviada de que no se apartara.

—Has estado aquí durante años, haciéndote rico y famoso, con innumerables mujeres hermosas a tu alcance. Aun así, me *elegiste* a mí. Y ahora, espero que, a pesar de todo, hayas regresado porque *elegiste* luchar por nosotros, luchar por mí tal como yo estoy lista para luchar por ti.

Los ojos tormentosos de Kazan se movieron entre los míos, buscando, mientras yo esperaba su respuesta con la respiración contenida. Sus manos ahuecaron mi rostro y sus pulgares acariciaron mis mejillas. Se me cortó la respiración.

—Siempre lucharé por ti, Jade. Te he amado toda mi vida,

desde la adolescente incómoda hasta la hermosa joven en la que te has convertido. En mis años en este Plano Mortal, podría haber ido por muchas otras mujeres, pero ninguna de ellas me conmueve como solo tú lo haces. Tú eres mi único amor.

—Mi Kazan —susurré mientras se inclinaba para capturar mis labios.

CAPÍTULO 10
KAZAN

Con los ojos fijos en mi mujer, la acosté con cuidado en mi cama, luego me enderecé para deshacerme de la bata de baño que cubría mi desnudez. Inclinándome hacia adelante, cubrí la piel de Jade con suaves besos mientras le quitaba la ropa. Ninguna cantidad de tiempo cambiaría mis sentimientos por ella o lo hermosa que me parecía.

Recostándome encima de ella, apoyé mi peso en mis antebrazos y rocé mis labios contra los de ella. Me miró con una mirada de pura adoración que me oprimió tanto la garganta como el pecho.

—¿Me atarás a este reino y dejarás que te ate al mío? —pregunté.

Se tensó, una expresión de preocupación cruzó fugazmente su rostro.

—¿Qué ocurre? —pregunté, mis alarmas de advertencia activándose.

—Nada —dijo, desviando la mirada.

—Jade, mírame —ordené en un tono que no admitía discusión. Ella obedeció, la cautela forzando sus rasgos—. Algo te asustó, y no fue mi pedido. Puedo sentir tus emociones. ¿Qué está sucediendo?

Me dio una mirada suplicante.

—No ahora, por favor. Todo está bien. Te diré todo, pero no ahora. Te acabo de recuperar. No dejes que esto arruine nuestro reencuentro Por favor.

Quería discutir, insistir en que me dijera la fuente de su profundo miedo, pero no podía soportar hacerla rogar. Normalmente, habría insistido. Sin embargo, no sentí la presencia de ningún peligro inminente, ni percibí tal impresión de ella.

Mi expresión debió haber mostrado mi rendición porque me dio una sonrisa agradecida y atrajo mi rostro hacia el suyo, devorando mis labios en un beso abrasador.

—Sí, Kazan, te ataré y dejaré que me ates. Tú, solo tú...

Aunque su respuesta me complació, algo en sus palabras alimentó mi sentimiento de inquietud. Antes de que pudiera pensar más en ello, Jade empujó mi hombro izquierdo, instándome a rodar fuera de ella y sobre mi espalda. Inmediatamente, se subió encima de mí, cubriendo de besos mi rostro, cuello y pecho. Se sentía mal que ella me complaciera antes de que la hubiera satisfecho primero, pero su intensa necesidad de darme placer me inmovilizó.

Y cómo lo hizo…

Cada vez que hacíamos el amor, mi recipiente humano me hacía alcanzar nuevas alturas con los diversos matices de sensaciones; la suavidad de su piel sobre la mía, el delicioso ardor de sus uñas arañándome el pecho, el calor de su cuerpo febril, el sabor salado de su transpiración mientras se retorcía debajo de mí, el aroma embriagador de su almizcle y el sabor agrio de su esencia, el sonido glorioso de sus gemidos, el estruendo de su corazón... Tantos detalles que me habían eludido, a nosotros, en el Plano de Niebla.

Incluso ahora, el calor húmedo de su lengua trazando las líneas de mis abdominales hizo que los músculos en esa zona se contrajeran mientras la sangre corría hacia mi ingle. Después de jugar con mi ombligo, los labios traviesos de Jade continuaron su camino hacia abajo. Mi cuerpo se estremeció con anticipación. En sus sueños sobre nosotros, a menudo me había tomado en su boca, pero, en este reino, no lo había permitido, siempre dándole la vuelta a las cosas cada vez que lo intentaba. No confiaba en mí mismo para no derramar mi esencia dentro de ella, enlazándome a ella sin consentimiento.

Hoy, por fin, me entregué a mi pareja, un gemido grave vibrando en mi garganta mientras frotaba su cara contra mi longitud con reverencia. Sus suaves dedos acariciaron mi astil y mis testículos mientras sus labios vagaban libremente sobre ellos. La boca de mi estómago se había transformado en un charco de lava arremolinada, el calor irradiaba por toda mi ingle. Cuando su boca envolvió mi longitud, casi me muero de placer. Mi espalda se arqueó, separándose de la cama, con un grito estrangulado cuando ella se movió sobre mí, su mano acariciándome en contrapunto al movimiento de sus labios.

El sonido de la sábana desgarrándose en mis puños apenas pudo escucharse sobre mis suplicantes gemidos. No podría contenerme por mucho más tiempo.

—¡D… detente J-Jade, detente! Yo... no puedo...

Ignoró mi lamentable súplica, alentada por mi pelvis empujando hacia arriba, con voluntad propia, contra su boca voraz. Me golpeó con una furia cegadora. Mi cuerpo se sacudió dolorosamente, tanto mi semilla como parte de mi esencia etérea se derramó fuera de mí y entró en la boca de Jade en un abrasador flujo de éxtasis antes de colapsar abruptamente. Mis ojos rodaron hacia la parte de atrás de mi cabeza mientras temblaba. Aturdido, me tomó un momento darme cuenta de que mi mujer no había dejado de chuparme, incluso cuando me revolcaba en la agonía de la pasión.

Mientras mi pene se endurecía de nuevo bajo sus hábiles atenciones, observé con fascinación y alegría absoluta los vestigios de sombra de mi aura bailando alrededor de su cabeza; la corona perfecta para mi reina. Levantando la cabeza, me miró con los ojos entornados, lamiendo sus labios hinchados antes de darme una sonrisa traviesa. Se subió sobre mí, sentándose con nuestros centros alineados. Guiando mis manos a sus pechos, frotó su centro, caliente y resbaladizo por la excitación, contra mi pene, cubriéndolo con su esencia. Mientras acariciaba y amasaba sus pechos, se levantó ligeramente antes de deslizarme dentro de ella.

La sensación de su interior, sin ninguna barrera, casi me hizo llegar, de nuevo. Mi esencia etérea se estremeció y se enfureció por llenarla y unirme a ella, pero me contuve. Vería a Jade desmoronarse de placer antes de permitirme caer de nuevo. Me montó con una furia desenfrenada, su cabello rebotando junto con sus pechos mientras mis manos exploraban su cuerpo. Mi pulgar encontró su camino hacia su clítoris, frotándolo mientras giraba sobre mí. Jade echó la cabeza hacia atrás con un gemido gutural.

Tan enloquecedoramente hermosa.

A pesar del infierno que se formaba dentro de mí, necesitaba más. Atrayéndola hacia mí, di la vuelta y entrelacé mis dedos con los de ella a cada lado de su cara mientras la embestía. Tantos años había deseado este momento. Jade era mía, yo era de ella, y éramos uno, reclamándonos libremente el uno al otro.

—Te amo —susurré mientras chispas de placer recorrían mi cuerpo—. Nunca te dejaré ir.

Acelerando el ritmo, me abalancé sobre ella, cubriendo su rostro con besos apasionados. Jade gimió mi nombre en una interminable letanía que me volvió loco de lujuria. Su cuerpo se tensó cuando casi llegó al clímax, arañando el borde y luego cayendo con un grito casi sobresaltado. Grité cuando sus paredes internas se cerraron sobre mí, sosteniéndome con un agarre feroz que me hacía gemir de éxtasis con cada golpe.

Incapaz de resistir más, rugí mi liberación, mi semilla y

esencia etérea estallando dentro de Jade. Podía sentirme corriendo a través de ella, rodeado por el recipiente de mi pareja, entrelazado con cada emoción y sensación de ella. Mi marca tatuada sobre su esternón se ensanchó y se expandió, enraizándose más profundamente, anclándome más a mi mujer y a este mundo.

Jade se retorció debajo de mí, barrida por un torbellino de placer y dolor. Me deshice de este último mientras continuaba bombeando dentro y fuera de ella hasta que me endurecí de nuevo. Dos veces más alcancé la cima y llegué al clímax junto con mi pareja, antes de colapsar, agotado, y, finalmente, unirme irrevocablemente a Jade.

Se acurrucó contra mi costado, con la cara enterrada en mi cuello y su brazo envolviéndome posesivamente.

—Te amo, Kazan —susurró.

Mi pecho se apretó y mis brazos alrededor de ella también. Ella me había deseado, nos había deseado. Y ahora nuestros dos deseos se habían hecho realidad.

～

Después de tan vigorosa actividad, nos levantamos y nos duchamos juntos. Jade insistió en lavarme la espalda porque no había podido acceder a ella cuando me había bañado antes.

Tan pronto como terminamos, la guie al estudio. Mónica vendría hoy, más tarde, a recoger las pinturas para la exhibición, pero quería que Jade fuera la primera en ver las últimas seis piezas. Descubrir que ella había honrado mis deseos y esperado a que yo se las mostrara me conmovió profundamente. Estas pinturas eran la culminación de nuestras vidas desde que me volví consciente de mí mismo. Compartir eso con ella significaba todo para mí.

Me enorgullecía de ser un hombre fuerte y, sin embargo,

nerviosas mariposas invadían mi estómago cuando nos acercábamos a las pinturas, tomados de la mano. Una vez que nos detuvimos ante del primero, me giré para ver a mi mujer. Se veía impresionante, cubierta con una de mis camisas bohemias blancas, su sedoso cabello rojo, desordenado por mi constante jugueteo con él, cayendo en cascada por su espalda. Se mordió el labio inferior, los dedos con uñas pintadas de rojo de sus pies descalzos se curvaron mientras examinaba la pintura.

Contuve la respiración, luchando contra una oleada de pánico, hasta que una sonrisa finalmente curveó sus labios.

—Este es tu sueño —susurró.

—Sí. Desde la primera Niebla, soñé que un día encontraría tus cortinas abiertas y que me verías, me reconocerías y me darías la bienvenida —dije, mirando la pintura de mí en mi forma etérea presionando mi palma contra la ventana de su dormitorio y ella presionando la suya sobre la mía mientras nos mirábamos con anhelo.

—¡Oh! —dijo, mirando la segunda pintura—. ¡Qué hermosa me hiciste lucir!

Sonreí ampliamente, orgulloso por su aprobación.

—Te hice de la forma en que te veo —le dije, acariciando su espalda con un movimiento suave.

Era la primera pintura que habíamos hecho, con Jade acostada en la cama romana, el Mistwalker elevándose sobre ella en la parte de atrás, las yemas de los dedos de su mano izquierda desapareciendo debajo de la cintura de su tanga y la otra acariciando su mejilla con los nudillos. Con los labios entreabiertos y una expresión de éxtasis en el rostro, miraba al Mistwalker cuyos ojos amarillos brillaban con gran intensidad.

Las mejillas de Jade se enrojecieron cuando pasó a la tercera pintura y se encontró flotando horizontalmente entre la Niebla. Con la boca abierta y la cabeza echada hacia atrás, gritaba de éxtasis mientras el Mistwalker enterraba su rostro entre sus piernas, látigos sombríos envolvían su cuerpo desnudo, como mil enredaderas, inmovilizándola.

—Nuestra primera noche después de tantos años separados —le susurré en broma al oído. —Recuérdame darle las gracias a tu hermana.

Me dio un codazo juguetonamente, arrugando la cara con vergüenza. Me reí entre dientes, recordando lo mucho que le había molestado su cuerpo traicionero por ceder tan fácilmente. Solo había pasado un mes, pero se sentía como si hubiera sido toda una vida.

Jade se estremeció al ver la cuarta, la cubrí bajo mi brazo y ella colocó su palma sobre mi estómago. En una vaga representación del ataque después de nuestra primera cita, representé al Mistwalker bajo la luz amarillenta de una farola en una calle desierta, por lo demás sumida en la oscuridad. Con el rostro gruñendo, las garras afiladas como navajas extendidas en una pose amenazadora, se enfrentaba a un enemigo brutal y sin rostro con una espada gigante mientras Jade se escondía detrás de la capa sombría del Mistwalker. Aunque todavía estaba conmocionada por el incidente, la ausencia de miedo emanando de ella me aseguraba que no había cometido un error, incluido este instante.

—Me encanta esta. Es tan hermosa —dijo Jade mientras nos parábamos frente a la quinta pintura.

Representaba nuestra primera noche juntos en el Plano Mortal. El Mistwalker yacía boca arriba en la cama de Jade, mi aura sombría se extendía sobre el colchón como un estanque oscuro mientras Jade me montaba. Su piel, resplandeciente, iluminada por la luz de la luna que se filtraba por la ventana, y su pelo rojo, alborotado por el viento, contrastaba fuertemente con mi silueta de obsidiana.

—Oh, Kazan —dijo Jade, con los ojos empañados mientras contemplaba la última pintura.

Un niño sombrío estaba sentado junto a una adolescente pelirroja sobre un casillero derribado. Con una mano sosteniendo la de ella, le acariciaba el cabello con la otra mientras ella dormía sobre su hombro. La única luz en la habitación oscura y polvorienta en la que estaban sentados provenía de la trampilla abierta en la parte superior de la escalera detrás de ellos. La niebla se filtraba, rodeando una versión mayor de la joven. La mujer, sentada en lo alto de las escaleras, también dormía, con la cabeza apoyada en el pecho del Mistwalker que yacía en el rellano y que había envuelto un brazo protector sobre sus hombros.

Se volvió hacia mí, con los labios temblando y los ojos parpadeando rápidamente para contener las lágrimas.

—No te merezco.

Atrayéndola a mis brazos, rocé mis labios contra los suyos, más feliz de lo que nunca creí posible.

—Nadie me merece más que tú. Gracias por hacer realidad mis sueños.

Me dedicó una sonrisa temblorosa y me incliné para besarla. Cuando separé mis labios para profundizarlo, el contundente sonido de su estómago gruñendo hizo que mis ojos se abrieran de golpe por la sorpresa.

—Oops —dijo con una sonrisa tímida, sosteniendo su barriga con ambas manos.

Eché la cabeza hacia atrás y solté una carcajada.

—¡Guau! Vaya manera de arruinar un momento romántico, jovencita —dije en broma antes de tomar su mano y sacarla del estudio—. Ven. Vamos a buscarte algo de comer.

Con solo unos minutos para el mediodía, decidí prepararnos una comida ligera. Más tarde podríamos pedir la cena ya que toda la carne que tenía estaba en el congelador y nunca se descongelaría a tiempo para que mi pareja no se muriera de hambre.

Con la mano apoyada sobre la puerta abierta del frigorífico, examiné su contenido y luego miré por encima del hombro a Jade, sentada en la barra del desayuno.

—Me temo que las opciones son limitadas, pero puedo

hacerte una tortilla de huevo con croquetas de papa, un bagel o un sándwich de tocino, lechuga y tomate —dije.

Ella se puso rígida. La mirada angustiada que cruzó su rostro me recordó a la que había puesto antes cuando me pidió que no la presionara todavía.

—¿Qué pasa, Jade? —pregunté.

—Un bagel estaría bien —dijo, demasiado rápido.

Entrecerré mis ojos, viéndola, pero me mordí la lengua. Cualquier cosa que preocupara a mi pareja probablemente me molestaría a mí. Como no quería entrar en una discusión con Jade, casi muerta de hambre, rápidamente le preparé un bagel tostado con queso crema con cebollino, aguacate, tomates y tocino, y luego me preparé dos sándwiches de tocino, lechuga y tomate. La forma en que frunció el ceño ante mi comida cuando la puse en el mostrador del desayuno no pasó desapercibida. Después de servirnos a cada uno un vaso grande de té helado, me acomodé en el taburete junto a ella y ambos comenzamos a comer.

Hasta ese primer bocado, no me había dado cuenta de lo hambriento que estaba mi recipiente.

Lo hambriento que YO estaba.

Ahora que estaba atado a Jade, me volvería más y más humano con el tiempo. Alimentarme de las emociones ya no sería suficiente, ya que la comida humana se convertiría en mi principal forma de sustento. Necesitaba comenzar a pensar en este cuerpo como *yo* en lugar de un recipiente que me hospeda.

Charlamos un poco durante la comida. Jade me habló de la próxima exposición y me preguntó si esta vez me mostraría o no. Nunca lo había hecho. Mientras los medios consideraban que era mi excentricidad artística, otros se preguntaban si sufría de algún tipo de deformidad que me impulsaba a esconderme del público y negarme a que me tomaran una foto o, incluso, a enviar una que yo mismo hubiera tomado.

Esto último estaba más cerca de la verdad.

A menos que ejerciera un fuerte control, mi aura sombría tendía a mostrarse. Si bien los ojos humanos no pueden verlo, una cámara o un espejo sí. En esta época de teléfonos celulares y cámaras de vigilancia, caminar por la ciudad había sido un desafío y bastante agotador, hasta que llegó Jade. Como mi ancla, sus emociones me habían alimentado lo suficiente, al caminar o ir de compras juntos, para permitirme contener mi aura sin agotar mi energía demasiado rápido. Ahora que estaba atado a ella, solo las emociones extremas lo harían notar.

Como planeaba convertir a Jade en mi esposa, mostrarme con ella del brazo en la gran inauguración sería una buena manera de revelarme a mí mismo y a las seis piezas centrales con ella. Ya podía escuchar los gritos de Mónica una vez que le dijera que esas seis no estaban a la venta. El mero hecho de que presentaran a la "prometida" del artista aumentaría significativamente su valor. Sin embargo, aunque no me importaba vender nuestras fantasías, nuestra vida no estaba en venta.

Una vez que limpiamos, después de terminar nuestra ligera comida, le pregunté a Jade si quería algunas galletas para el postre. A pesar de su gusto por lo dulce, se negó, afirmando que necesitaba ser buena mientras se tocaba el estómago.

Negué con la cabeza y sonreí. Jade no estaba gorda. Me encantaba su cuerpo y, sobre todo, que tuviera algo de carne, al contrario de las modelos delgadas que suelen posar para mí. Tomándola de la mano, la llevé a la sala y la senté a mi lado en el sofá. Que no hubiera puesto a Jade en mi regazo o que no me hubiera acurrucado con ella debería dejar en claro que teníamos algo serio de qué hablar.

Volvió sus hermosos ojos verdes hacia mí, llenos de preocupación.

—Creo que tienes algo que decirme, Jade —dije en un tono firme pero suave.

Se lamió los labios con nerviosismo y sus dedos jugaron con

el dobladillo de mi camisa que la cubría. Eso me preocupó aún más.

—Prométeme que no enloquecerás, ¿de acuerdo? —pidió.

Mi espalda se tensó.

—Esa petición me hace querer enloquecer, Jade. Me estás asustando. ¿Qué está sucediendo? ¿Qué pasó? —pregunté, una sensación de fatalidad inminente se cernía sobre mí.

Con mucha renuencia, Jade me reveló la terrible experiencia que había enfrentado esa misma mañana.

Enloquecí.

Ella no debió haberse tardado tanto en contarme sobre esto. Incluso si Morgan no fuera bienvenido en mi casa, las mismas reglas no aplicaban sobre nosotros cuando estábamos en esta forma humana. Como criaturas de la Niebla, no teníamos problemas para entrar en cualquier lugar que tuviera un acceso abierto, incluso en una casa privada a la que no habíamos sido invitados. Mientras la Niebla pudiera entrar, nosotros también. Pero, si un lugar estaba cerrado, intentar entrar sin consentimiento explícito nos causaba un dolor físico atroz. Si no fuera por eso, las Mistbeasts arrasarían las ciudades y devorarían a toda la población en cuestión de horas.

No podría explicar por qué funcionaba de esa manera, al igual que no entendía por qué las grietas permanecían abiertas sistemáticamente entre sesenta y ocho y setenta y dos horas, pero lo hacían. No existían libros con reglas para esta anomalía o para nuestros poderes y limitaciones. Todo lo que sabía era el resultado de la experimentación o de observar a otros Mistwalkers que, generalmente, intentaban y fallaban, con éxitos escasos.

Lo que sí sabía era que necesitaba llegar a Morgan antes que los agentes. Aunque estaba agradecido con ellos por rescatar a mi pareja, yo debería haber estado a su lado, manteniéndola a salvo. En cambio, había estado meditando, ignorando con rencor sus llamadas como un niño berrinchudo. A través del Velo, no había percibido su urgencia; solo que ella había intentado comunicarse conmigo. Había sido mezquino, pero quería hacerla sufrir un poco por un tiempo y que se diera cuenta de qué se sentía gritar y suplicar por la persona que amas, solo para ser ignorada, como lo había sido tantas veces a lo largo de los años, a veces durante meses o incluso más tiempo. Solo tenía la intención de enseñarle a tener cuidado con lo que deseaba, pensando que los tres días de la Niebla serían suficientes.

En cambio, casi la pierdo para siempre.

Morgan había sido un dolor en el trasero desde el momento en que logré la autoconciencia. Él era vil. El más viejo de todos sus sueños, había sido demasiado fuerte para que yo lo derrotara en ese momento. Si me hubiera enfrentado a él, me habría matado y absorbido mi fuerza vital. Pero yo tenía un arma infalible para frustrarlo; el amor de Jade. Solo tuve que entrometerme en sus pesadillas para que su atención se desviara hacia mí. Cada vez, ella corría hacia mí y yo la arrastraba a un lugar soleado y feliz, o la obligaba a despertarse si él ya la había inmovilizado. Como criatura de la oscuridad, las luces brillantes no lo lastimaban físicamente, pero lo cegaban y lo desorientaban, una debilidad que exploté sin piedad a lo largo de los años a medida que crecía lo suficientemente fuerte como para que él ya no fuera una amenaza para mí.

Luego, fue su turno de esconderse cuando alimentarme de las emociones de Jade me hizo exponencialmente más fuerte. Pero, aun así, él la acechaba, su obsesión por tener a mi pareja a su merced crecía junto con su furia por haberle negado el premio que consideraba suyo por derecho.

Morgan no era un Mistwalker novato. Aunque era nuevo en este mundo, se había atiborrado del miedo de Jade antes de ser expulsado. Lo sustentaría durante unos días. Ya que se deleitaba con el terror de otras personas, no dudaba ni por un momento que buscaría humanos vulnerables y aislados para absorberlos. No es de extrañar que los humanos hubieran designado a los Hombres de Negro para rastrear a las Pesadillas que caminaban por el Plano Mortal. Si no lo deteníamos rápidamente, dejaría un rastro de cadáveres disecados a su paso mientras buscaba una manera de fugarse con mi pareja.

En vista de su obsesión con Jade, no se uniría a ningún otro ser humano. Si los agentes le disparaban, matarían su recipiente, pero su esencia etérea regresaría a la Niebla, a menos que sus reservas de energía estuvieran demasiado agotadas para permitirle atravesar el Velo. Aunque no era particularmente inteligente, guiado principalmente por sus impulsos primarios, Morgan tampoco era tonto. Se aseguraría de mantener sus niveles altos en todo momento. Una vez que regresara a la Niebla, solo sería cuestión de tiempo antes de que hubiera cazado lo suficiente como para volver aquí tras mi Jade.

Necesitaba ser eliminado permanentemente, tanto en este mundo como en el mío... por mí.

Jade se disculpó profundamente por no decírmelo de inmediato. Por mucho que me hubiera molestado, podía entender cómo nuestra tensa reunión, y la ausencia de peligro inmediato, la habrían hecho decidir ponerlo en un segundo plano. Ella había sido la víctima, y no la victimizaría más haciéndola sentir mal por no querer manejarlo de acuerdo con mi ritmo.

Un escalofrío me recorría la espalda cada vez que pensaba en lo que le habría sucedido si no fuera por su pensamiento rápido y sensato. Incluso débil como había estado, Morgan le habría drenado la vida en un instante, dejándola indefensa para luchar contra él mientras se entregaba a sus perversiones enfermizas con ella.

Pasamos los siguientes días siguiendo de cerca las noticias por cualquier anuncio de muertes sospechosas o personas desaparecidas. Para mi sorpresa y el alivio de ambos, no había nada. No importaba cuántas veces le dijera a Jade que el que Morgan estuviera suelto por la ciudad no era su culpa, ella seguía culpándose a sí misma por haberlo soñado en primer lugar, y luego por haberlo dejado entrar. Unas pocas horas más afuera, y habría muerto por la exposición.

Reconocía la tontería de su razonamiento, pero no podía evitarlo. Nadie elegía tener Pesadillas, y mucho menos que tomaran forma en el Plano Mortal. Y no ofrecer ayuda a una persona en apuros habría sido criminal.

No creía ni por un segundo que Morgan no estuviera ahí fuera, alimentándose para la pelea que sabía que tendría lugar entre nosotros. Lo que no sabía era si la ausencia de noticias sobre un asesino en serie se debía al eficiente trabajo de control de la información de los Hombres de Negro o a que Morgan estaba demostrando ser mucho más inteligente y discreto de lo que le habría dado crédito. De cualquier manera, Jade no querría que lo persiguiera, y menos si entendiera que atarnos en realidad me había debilitado.

La capacidad de Jade de dormir como un tronco resultó útil. Todas las noches, tan pronto como mi pareja se dormía, vagaba por las calles buscando a Morgan. Estaba seguro de que se escondía durante la mayor parte del día para cazar por la noche, excepto temprano en la mañana y al final de la tarde con la esperanza de atrapar a Jade en una posición vulnerable en su camino hacia o de regreso del trabajo.

Jade y yo habíamos discutido bastante acerca de que ella volviera al trabajo hasta que la Pesadilla fuera despachada. Ella me había dicho algunas tonterías sobre negarse a ser hostigada o acobardada para esconderse. En su mente, esconderse en mi casa equivalía a darle poder sobre ella, dejarlo ganar. Si bien reconocía su mérito filosófico, cuando se trataba de su seguridad, me importaban una mierda las victorias psicológicas intangibles.

Cuando ella no se dio por vencida, le hice prometer que nunca dejaría su lugar de trabajo a menos que yo estuviera allí. Se había enviado un boletín sobre Morgan y las noticias mostraban regularmente un boceto compuesto basado en la descripción de Jade de él, advirtiendo a la población que era buscado y peligroso. Si mostraba su rostro en su trabajo, no se le permitiría el acceso, no es que fuera tan estúpido. Sin embargo, no la perdí de vista cada vez que no estaba en el trabajo o durmiendo en mi cama.

Algunas veces había sentido su presencia al recogerla al final del día o entre la multitud cuando salíamos a cenar o a dar un paseo romántico. Morgan se estaba burlando de mí, animándome a abandonar a mi pareja y perseguirlo.

De ninguna maldita manera.

Después de los primeros días, se volvió arrogante y se quitó las gafas cuando lo encontré entre la multitud de peatones camino a un restaurante marroquí para satisfacer el antojo de cuscús real de Jade. Quería desafiarme y se aseguró de que supiera que era él. El idiota había olvidado que su rostro había sido pegado por toda la ciudad. En poco tiempo, se dio cuenta de que había atraído miradas sospechosas de la multitud y se retiró rápidamente. Me mataba el no perseguirlo, pero no dejaría a mi pareja en una posición vulnerable. Afortunadamente, ella no se dio cuenta y pasó una velada encantadora, felizmente inconsciente del problema que se avecinaba.

Para mi disgusto, el viernes llegó antes de que pudiera detener a mi némesis. Mónica, como la gurú del marketing que era, se aseguró de que Jade y yo hiciéramos una entrada digna de un Oscar a la galería, sin la alfombra roja... afortunadamente.

Aunque sabía que estaba lo suficientemente anclado como para que mi aura no se mostrara, me sentí al borde del pánico cuando los flashes de las cámaras nos asaltaron cuando salimos de la limusina que Mónica nos había asignado. Obligándome a sonreír como si hiciera esto todos los días, coloqué una mano posesiva alrededor de la cintura de Jade y la guie adentro.

Recibió tanta, o tal vez más atención que yo. En lugar de agitar mis celos, me hizo inflar mi pecho con orgullo. Mi Jade se veía deslumbrante con su vestido negro corto con mangas caídas, el corte bajo exponía mi marca sobre su corazón, que había ganado intrincados remolinos ahora que estaba atado a ella. Ella solía ocultarla antes. Ya que habíamos arreglado las cosas después de la Niebla, y ahora que ella había reconocido mi verdadera naturaleza, Jade parecía querer alardearla al igual que una nueva novia presume su anillo de compromiso.

El que Mónica y Jade se llevaran bien también me hizo muy feliz. La belleza de mi agente podría haber despertado sospechas de que nuestra relación iba más allá de los negocios, pero, afortunadamente, no fue así. Rubia, de ojos marrones, un poco flaca, pero con hermosas piernas, era la niña de un padre rico que había caído de su pedestal de princesa después de perder al amor de su vida. Ella no tenía experiencia en el campo antes de conocerme. Impresionada por mi trabajo, me tomó bajo su ala y, usando su carisma y muchos contactos entre los ricos, Mónica me puso en un camino rápido hacia el éxito. Ayudar a mi carrera le había dado un nuevo propósito y la distrajo del dolor de perder a Donna.

La exposición resultó ser un éxito rotundo. Mónica estaba fuera de sí cuando uno de los miembros del personal le informó que nos habíamos quedado sin kits de información y listas de precios. No me sorprendió. El lugar estaba lleno.

Afortunadamente, la mayoría de los clientes mostraron una gran moderación al interactuar con Jade y conmigo. El momento más incómodo ocurrió cuando entramos al área trasera de la galería, donde se exhibían las seis pinturas de Jade. Una joven pareja hípster miraba "The Claiming". Sin darse cuenta de que nos acercábamos detrás de ellos e, indiferentes a las miradas medio sorprendidas y medio divertidas de los otros clientes, expresaron en voz alta sus impresiones sobre la pintura.

—Ella es increíblemente hermosa —dijo el hombre—. No me importaría ir tras ella si fuera esa criatura.

La pálida piel de Jade se volvió de un tono rojo brillante que hizo que me mordiera el interior de las mejillas para no estallar en carcajadas.

—No es una criatura, es un Mistwalker —corrigió su compañera—. Y no me importaría estar en su lugar con él devorándome así.

El hombre se rio.

—¿Incluso con esos tentáculos sujetándola en la Niebla?

—No son tentáculos. Ahí es donde trazo la línea —dijo la mujer, con un escalofrío—. Pero está hecho de sombras, así que todo está bien —inclinó la cabeza hacia un lado mientras observaba la pintura—. Aunque ella es realmente sexy. Probablemente también a mí me gustaría hundirme en ella.

Un suave jadeo escapó de los labios entreabiertos de Jade. Esta vez, no pude evitar reírme. El sonido atronador llamó la atención de la obscena pareja cuyos ojos se abrieron con sorpresa y un poco de vergüenza al encontrarnos detrás de ellos.

—Sin ofender —dijo el hombre con una risa nerviosa—. Estas pinturas son brillantes, señor Dale, y su dama es realmente deslumbrante.

—Gracias —dije con una sonrisa indulgente antes de girarme para mirar a Jade todavía sonrojada—. Y sí, lo es —agregué antes de besar su sien.

Jade murmuró un tímido gracias y se presionó contra mí. La pareja asintió y pasó al siguiente cuadro. Una pequeña multitud se había reunido frente a "Childhood Sweethearts". Nos unimos a ellos, la iluminación profesional hizo que los colores de la pintura resaltaran aún más de una manera solemne. Miré a Jade de soslayo y la encontré trazando distraídamente el patrón de mi marca con las yemas de los dedos mientras contemplaba la pintura, con una sonrisa soñadora en los labios.

Eso me complació… mucho.

Ella había estado haciendo eso a menudo la semana pasada. Cada vez, me recordaba todos mis sacrificios y trabajo duro para traernos aquí, hoy.

Y lo haría todo de nuevo para compartir estos momentos con ella.

Comenzando a sentir la tensión de socializar demasiado y

entretener a los invitados, me abrí paso entre la multitud, esquivando donde podía y acortando la charla cuando no podía, guiando a Jade hacia la oficina de producción. Mónica, con ojos de halcón, naturalmente se dio cuenta de que intentábamos escapar y se dirigió directamente hacia nosotros. En lugar del regaño y la orden de "ir y socializar" que esperaba, nos llevó a la oficina, cerró la puerta y me miró con un "¿puedes creer esta mierda?", antes de pasearse por la habitación. La forma en que se las arreglaba para caminar con tanta firmeza y sin esfuerzo con esos tacones altísimos suyos desafiaba la lógica.

—Agotada. Tu puta colección se agotó en dos horas. Debería haber duplicado los precios. ¡No, debería haberlos triplicado!

—¡Ay dios mío! ¡Eso es increíble! —Jade dijo, presionando su palma contra su pecho—. ¡Felicidades, bebé!

—Gracias, amor —dije, atrayéndola a mis brazos.

Naturalmente, estaba orgulloso, más aún porque había compartido esta experiencia con Jade. Aun así, el éxito me dejó alucinando. Pensé que los precios de Mónica eran una exageración, pero, que se vendieran tan rápido, significaba que, de hecho, podría haber duplicado los precios y aun así venderlos, aunque podría haber tomado algunos días más.

—Necesito una de esas piezas centrales —dijo Mónica.

—No —dije, mi voz adquiriendo un tono duro—. Esas están fuera de los límites.

—Kazan... —Mónica se quejó con ese tono de "dame un respiro".

—Dije que no, Mónica.

Resopló con exasperación. Con las manos en las caderas, sacudió la cabeza como si no pudiera creer que le estaba haciendo esto.

—¿Te das cuenta de que recibí una oferta de siete cifras por Childhood Sweethearts? —preguntó.

—¡Guau! —Jade susurró.

—No me importa si ofrecieron mil millones por él, la respuesta aún sería no, especialmente con esa pintura.

—Ya rompí dos pujas esta noche —dijo Mónica con un puchero—. Voy a tener que lidiar con al menos un par más antes de que termine la noche.

Le di una sonrisa burlona.

—Ya llevas el vestido de cuero negro y los tacones de aguja, nadie te cuestionará si te ven con un látigo.

Jade se rio entre dientes.

—Idiota —dijo Mónica, haciéndome una mueca.

Abrí la boca para provocarla un poco más, pero las palabras murieron en mi lengua cuando la chisporroteante ola de energía de los Mistwalkers hizo que mis pequeños vellos se erizaran.

Morgan.

—Necesito salir por unos minutos —dije, tratando de mantener mi expresión neutral.

—¿Qué? —preguntó Jade, dándome una mirada atónita—. ¿Adónde vas?

—Solo necesito ocuparme de algo. Regresaré pronto —dije, lanzando a Mónica una mirada significativa. Ella palideció y asintió—. No dejes la galería, ¿de acuerdo? —le dije a Jade, dejando en claro que iba en serio.

—Por supuesto que no —dijo ella—. Pero…

—Volveré pronto —le dije, interrumpiéndola cuando su presencia se hizo más fuerte. No quería que ella lo sintiera—. Te amo, Jade.

Besando sus labios por última vez, salí corriendo de la habitación.

Salí del edificio por la parte de atrás, usando mi pase temporal de acceso total que evitó que sonara la alarma. Como organizador de la exhibición, necesitaba acceso al área de carga y descarga para recibir o enviar piezas para la exhibición. El patio de entrega conectaba otros tres edificios; una escuela de arte, el museo, un taller de arte especializado en la reparación y restauración de cuadros, y la galería, formando un enorme círculo. Siendo bastante tarde, el patio de entrega estaba sumido en la oscuridad excepto por las luces tenues junto a las puertas de embarque y la entrada trasera, un escenario ideal para Morgan.

Las figuras inusuales creadas por la parte trasera de los edificios proporcionaban mucho espacio y sombra para acechar, gracias a la noche sin luna. Si bien no podía verlo, el peso de su mirada y la energía viscosa de su presencia se asentaron sobre mí, reptando por mi cuerpo de manera espeluznante.

—Siempre cobarde, escondiéndote en las sombras en lugar de enfrentarme —dije burlonamente, sabiendo que podía verme.

La sensación de hormigueo aumentó cuando su temperamento estalló, atrayéndome hacia su ubicación.

—Sal, sal y juega —bromeé, caminando tranquilamente hacia él—. Solo atacas a aquellos que crees que son más débiles que tú. Debe haber picado ese ego inflado tuyo el ser burlado por la chica que pensaste que sería una presa fácil.

—¡Ella no me derrotó! —gritó desde las sombras, el sonido emanaba de un rincón del taller.

¡Te tengo!

—Oh, pero lo hizo. Te engañó y luchó contigo —dije, derramando tanto desprecio como pude en mi voz—. Mi Jade te tuvo de rodillas, llorando como un bebé, orinando sangre por todos lados. Qué patético gran lobo feroz eres.

—Ella es MI Jade, usurpador. Ella no me hizo llorar. Este patético recipiente se volvió contra mí —escupió, saliendo de las sombras.

Cuando mis ojos se acostumbraron a la oscuridad, ayudados por el tenue brillo de las luces de desembarque, reconocí la apariencia humana que él solía usar cuando cazaba a Jade como un asesino psicópata. Guapo, con un cuerpo similar en tamaño y forma al mío, solo encajaba en las preferencias más superficiales de Jade respecto a los hombres. Me cabreó darme cuenta de que se había llevado mis vaqueros negros, que eran los favoritos de Jade. Me sentí violado porque él los usara y me aseguraría de reemplazarlos sin que ella se diera cuenta. Su sudadera con capucha era nueva. Teniendo en cuenta el corte que ella le había infligido, mi camisa, que él había tomado prestada, debe haber quedado inutilizable por las manchas de sangre. No quería pensar en la pobre víctima a la que le había robado la sudadera.

Con indiferencia deslicé mis manos en mis bolsillos mientras avanzaba lentamente hacia él. Acaricié la linterna extra brillante en mi bolsillo que había estado cargando religiosamente durante mis cacerías nocturnas, listo para usarla en cualquier momento. Con más de cuatrocientos lúmenes, era lo suficientemente brillante como para cegar a un oponente incluso a plena luz del día. Con él, no tenía reparos en jugar sucio, especialmente porque su fuerza etérea superaría la mía ahora que yo estaba atado. Pero tenía la ventaja del terreno, después de haber dominado mi recipiente humano, dominado sus debilidades y aprendido las mejores formas de aprovechar mi poder etéreo cuando luchaba como un hombre atado a la tierra.

—Jade nunca fue tuya, alimaña —dije, irritándolo deliberadamente. La ira hacía que la gente actuara sin pensar, especialmente él—. Su único deseo con respecto a ti era no volver a verte.

—¡Debido a ti! —gritó, su aura sombría extendiéndose a su alrededor.

Bien. Desperdicia tu energía.

—Pequeña mierda codiciosa. La hubiera compartido contigo. ¡Pero no, necesitabas acapararla para ti solo, robándola e interfiriendo en nuestro tiempo juntos!

—¿Hubieras compartido qué? —pregunté con desprecio—. ¿La cáscara rota y llena de cicatrices de Jade? No podría haberla tomado si ella te hubiera querido. Me *deseó* y, sobre todo, deseaba que la alejara de la Pesadilla. La perdiste por tus propias acciones, por tu lujuria por su dolor y terror.

—Hay placer en el dolor —argumentó Morgan.

La parte delantera de sus pantalones se tensó cuando los pensamientos sobre el dolor de Jade, sin duda, lo excitaron. Me revolvió el estómago.

—¡Ella odia el dolor! —escupí, empuñando la linterna en mi bolsillo.

—Ella aprenderá a amarlo. Me aseguraré de ello—dijo Morgan con una sonrisa malvada—. Pero primero, muérete, hermanito.

—No soy tu hermano —le dije, sacando la linterna mientras él se abalanzaba sobre mí.

Gritó, cerrando los párpados y desviando la cara mientras la luz brillante penetraba sus ojos, permitiéndome esquivar fácilmente su golpe. Aprovechando mi ventaja, envolví un guante etéreo alrededor de mi puño, que le lancé. Aunque todavía cegado y parpadeando, Morgan levantó la palma de la mano en la trayectoria de mi puño, deteniéndolo antes de aullar de dolor. Sentí los huesos crujir en su mano con el impacto.

A pesar del dolor, Morgan reaccionó como una bestia herida y arremetió con el puño. Traté de salir de su camino, pero conectó sólidamente con mi lado izquierdo. El golpe me dejó sin aliento ya que mi oponente había puesto su fuerza etérea en él. Me tambaleé unos pasos hacia atrás, sosteniendo mi costado. Si no hubiera protegido mi forma humana con mi aura etérea, Morgan no solo me habría roto las costillas, sino que lo más probable es que me hubiera perforado la piel y los huesos, destrozando mis órganos internos en el proceso. En cambio, la Pesadilla había destrozado los huesos de su propia mano, al no haberla protegido con su aura. Sus rodillas se doblaron y sus ojos se pusieron en blanco por el dolor mientras luchaba por permanecer consciente.

Aproveché la oportunidad para recuperar el aliento. El golpe de Morgan me dejaría un gran moretón en el costado que me costaría mucho explicarle a Jade. Estar atado a ella, usando mi aura etérea como armadura o para atacar, me agotaba rápidamente. Unos cuantos golpes más me dejarían completamente vulnerable. Pero, como esperaba, siendo recién nacido en este mundo, Morgan no había aprendido a proteger su recipiente. Los humanos a los que habría cazado durante los últimos cinco días se habrían paralizado de miedo al ver su aura, convirtiéndolos en víctimas fáciles de su fuerza superior.

—Entonces, *hermano* —dije con desdén—, ¿estás encontrando gran placer en este dolor?

A pesar de mi urgencia por acabar con él y a pesar de sus manos rotas, la forma etérea de Morgan seguía siendo demasiado fuerte. Confiar en su aparente vulnerabilidad sería mi perdición. Necesitaba que se deshiciera aún más de sus reservas antes de lanzarme a matarlo. Si no hubiera estado yo atado, él ya estaría muerto.

—Te voy a matar, Kazan Dale —siseó Morgan con tanto odio que se me puso la piel de gallina.

La vista de sus ojos humanos brillando me asustó por un segundo, antes de darme cuenta de que su forma de Mistwalker había surgido. Esto era lo que esperaba. Su energía se agotaría muy rápidamente, pero sería más letal y rápido que antes.

Se abalanzó sobre mí. Lo cegué de nuevo, haciendo que Morgan vacilara y desviara la mirada mientras yo me movía fuera de su alcance. Después de repetir esto un par de veces, finalmente se dio cuenta de mi juego. Látigos sombríos sobresalían de su aura, similares a los que habían sujetado a Jade en nuestra primera noche en la Niebla. La siguiente vez que se abalanzó sobre mí, los azotó en mi dirección. Si bien evité la mayoría de ellos mientras lo cegaba, un par de látigos alcanzaron su objetivo, causándome un ardor punzante y doloroso.

Rechinando los dientes por el dolor, continué jugando con él mientras agotaba sus reservas, recibiendo algunos golpes, hasta que lo sentí lo suficientemente debilitado como para pasar a la ofensiva. La siguiente vez que me azotó, me aferré a uno de sus látigos y extraje su fuerza vital. En su pánico, no pensó en drenarme de vuelta, sino que luchó por liberarse, tratando de alejarse. Me azotaba, pero lo solté y retrocedí para evitar los golpes. Ya había recibido muchos golpes, pero su fuerza vital, aunque viscosa, me dio un impulso para reponer mi armadura.

Avancé hacia él, aprovechando su fuerza vital. Cuando me azotó con sus látigos para mantenerme a raya, atrapé tantos como pude y tiré de él hacia mí. Esta vez, absorbió mi fuerza vital. Con mi mano libre, golpeé su cuerpo humano debajo de su aura de Mistwalker, usando la máxima fuerza etérea posible sin lastimarme. Morgan me arañó con sus manos etéreas, obligándome a soltarlo.

Cada vez que Morgan lograba liberarse de mi agarre, lo provocaba verbalmente antes de reanudar la persecución, golpeándolo y drenándolo.

—Deberías haber luchado conmigo en la Niebla cuando tuviste la oportunidad, en lugar de esconderte. Este es mi mundo ahora. No atacas a un Cazador en su propio territorio —dije, antes de lanzarme contra él.

Por primera vez, leí verdadero miedo en sus brillantes ojos amarillos. Morgan nunca había imaginado que la derrota fuera posible, ya que siempre había aplastado a sus presas en el pasado. Estaba mirando a los ojos de la verdadera muerte, sabiendo que no habría piedad de mi parte.

La fuerza del impacto cuando mi cuerpo chocó con el suyo lo derribó. Su recipiente humano, ya herido, se retorció por la conmoción. Morgan estranguló mi cuello con sus manos etéreas mientras sus látigos me envolvían para aplastarme mientras succionaba mi fuerza vital. Pero eran demasiado débiles para atravesar mi aura protectora. Tomando el cabello de su forma humana en un puño, aplasté la parte posterior de su cabeza repetidamente contra el asfalto. Aturdido, su agarre se debilitó hasta que cayó.

—No deberías haber venido tras mi mujer —le susurré en la cara—. Ahora morirás.

—¡Nooo! —Morgan suplicó en un susurro de dolor.

Sin hacer caso de su última palabra, absorbí la fuerza vital de él, viendo cómo su aura etérea se convertía en cenizas mientras su recipiente humano se marchitaba hasta convertirse en una cáscara arrugada.

Nadie amenazaba a mi mujer.

CAPÍTULO 11
JADE

Fruncí el ceño a la puerta por la que Kazan casi había huido de la oficina.

—Bueno, eso fue extraño —murmuré.

Mónica se rio entre dientes y caminó hacia la mini nevera.

—Estás saliendo con un hombre extraño. Él actuando raro es normal.

Arrugué mi rostro.

—Si, supongo que sí.

Prácticamente me derrumbé en una silla y me froté los tobillos. Había pasado bastante tiempo desde la última vez que había usado tacones tan altos. Aunque hacían que mis piernas lucieran espléndidamente, me destrozaban la espalda y los pies. Lanzando una mirada furtiva a Mónica, mientras tomaba un poco de agua mineral de la mini-nevera, no pude evitar admirar su agilidad con sus tacones aún más altos. Agitó una botella hacia mí con una mirada inquisitiva en su bonito rostro.

—Sí, por favor —dije con gratitud, de repente me di cuenta de lo reseca que se sentía mi garganta.

No sabía qué esperar cuando Kazan me habló por primera vez de su agente. Mónica no tenía una belleza clásica, sus rasgos carecían de un poco de simetría para eso, pero su fuerza interior y confianza le daban un encanto irresistible. A primera vista, temí que fuera la chica dura y maliciosa, acostumbrada a hacer las cosas a su manera. Lo era, pero, afortunadamente, sin la parte maliciosa. Rubia platinada, aunque sus cejas, más oscuras, sugerían que era morena, no podía medir más de un metro y cincuenta y cinco centímetros, lo que, probablemente, explicaba esos zancos a los que llamaba tacones altos. Aunque bastante delgada, con delicados huesos de pájaro, Mónica no inspiraba el instinto de protegerla sino el de tener cuidado con ella, porque te patearía el trasero si te la cruzabas.

Me agradaba.

La relación visiblemente amistosa, pero inconfundiblemente platónica, de Mónica y Kazan hizo maravillas para aliviar mis inseguridades. Haber conocido a algunas de las otros modelos en la sala de exposiciones me había hecho sentir increíblemente cohibida. Eran tan hermosas en persona como en sus pinturas. A pesar de que Kazan juró por todo lo alto que no me había mejorado, sino que solo me había pintado de la forma en que me veía, temía que los patrocinadores me acusaran de fraude cuando vieran mi verdadero *yo* en comparación con las pinturas. Para mi alivio, habían sido demasiado educados o no les había importado una mierda. Esto último fue, probablemente, el caso.

—Gracias —le dije a Mónica mientras me pasaba la botella.

La abrí y bebí la mitad de golpe. Mónica volvió a reír mientras se sentaba encima del escritorio a mi derecha. Me giré ligeramente en mi silla para estar de frente a ella, intrigada por la mirada evaluadora que me estaba dando.

—Está loco por ti, ¿sabes? —preguntó Mónica, aunque sonó más como una afirmación—. Quiero decir, locamente enamorado de ti.

Mi cara enrojeció y mi pecho se calentó.

—No entiendo muy bien por qué —dije tímidamente—, pero estoy agradecida, porque también estoy loca por él. Ningún hombre me había tratado tan maravillosamente ni me había entendido tan completamente como él lo hace. Es perfecto.

Ella sonrió, pero no me perdí el destello de tristeza que cruzó sus ojos marrones.

—Por supuesto que lo es —dijo con nostalgia—. Todos los Deseos lo son.

Me paralicé, y mi mirada se desvió hacia la de ella, quien sostuvo el contacto sin pestañear, sus labios se estiraron en una extraña sonrisa que no supe cómo interpretar. Tirando hacia abajo de la cremallera de su ajustada blusa de cuero negro sin mangas con una mano, abrió el cuello con la otra, revelando una marca sobre su corazón, similar a la mía en estilo, pero con un símbolo diferente. Me quedé boquiabierta. Entonces, inhalé con fuerza.

Mi mente se aceleró, repasé mis recuerdos de los invitados en busca de cualquier hombre de aspecto de ensueño que hubiera seguido a Mónica con la misma posesividad que Kazan hacía conmigo, pero no pude encontrar a nadie.

—¿Quién…

—Está muerta —interrumpió Mónica antes de que pudiera completar mi pregunta.

Me tapé la boca con la mano, mi pecho se contrajo y mi corazón se llenó de compasión por ella. Ni siquiera podía comenzar a imaginar el perder a Kazan.

Espera. ¿Qué quiere decir con que está muerta?

—¿Muerta, como de…? —pregunté, pateándome por la forma insensible en que mi boca lo soltó.

—Como de forma permanente —dijo, sin emoción.

—Lo lamento. Yo no…

—No te preocupes —dijo Mónica, restándole importancia con un gesto de su pequeña mano, sus uñas largas y cuidadas pintadas con esmalte de uñas negro—. Sucedió hace más de siete años, gracias a un montón de estúpidos muchachos de fraternidad que conducían bajo la influencia. Nosotras ni siquiera estábamos conduciendo, solo paseábamos por la acera. Un chico perdió el control, luego chocó contra otro automóvil antes de estrellarse contra una tienda. Fue el otro auto, girando por el impacto, que golpeó a Donna. Murió en mis brazos.

La voz de Mónica se entrecortó con esas últimas palabras.

—Lo siento mucho —dije, sin saber qué hacer. Quería ir a darle un abrazo, pero, de alguna manera, sospechaba que no le agradaría.

—Sé lo que estás pensando —dijo Mónica con voz cansada —. ¿Por qué no deseé que volviera?

Mordí mi labio y asentí. De hecho, el pensamiento había cruzado mi mente.

—Lo hice, pero no funciona de esa manera. Una vez que un Mistwalker se encuentra con la muerte verdadera, se acaba. Si lo deseas lo suficiente, otro Deseo despertará la chispa que puede o no lograr la autoconciencia. Pero, cuando lo hace, las posibilidades de que desarrolle exactamente la misma personalidad que la anterior son escasas o nulas.

Mónica se pasó los dedos por el pelo rubio, rizado y largo hasta los hombros, con una expresión distante mientras recordaba.

—En muchos sentidos, la muerte de Donna había sido un acto de piedad para ella y una revelación que llegó demasiado tarde para mí —Mónica sonrió con tristeza ante mi expresión confundida—. Yo era una niña de papi rica, mimada y egocéntrica. Ser lesbiana no encajaba en los planes perfectos de papá para mí, pero, mientras fuera discreta con mis relaciones, no me hacía la vida difícil. Unos meses después de que se abrieran las grietas, pasé la Niebla con un grupo de amigos en la casa de Simón. Es banquero de inversiones, hijo del socio de mi padre. Acababa de reemplazar sus ventanas con vidrio a prueba de balas para que pudiéramos dejar las cortinas abiertas y admirar con seguridad el espectáculo de monstruos afuera.

Mónica resopló, burlándose de sí misma y luego tomó un

sorbo de su botella de agua. Por la expresión de su rostro, podría haber necesitado algo mucho más fuerte.

—Fue entonces cuando conocí a Donna por primera vez. No tenía idea de que era una mujer cuando el espectro oscuro se dirigió directamente hacia mí. Al principio, nos asustó a todos, pero luego todos se burlaron de mí porque un demonio estaba loco por mí. Era espeluznante y, sin embargo, me fascinaba. Mira, a diferencia de Kazan y tú, no tengo ningún interés en la fantasía y los cuentos de hadas. Soy del tipo evolucionista y científica incondicional. Tener una criatura mítica en mi vida no encajaba.

La pequeña mujer tomó otro largo sorbo de agua, enroscó la tapa y jugueteó con la botella pensativamente.

—Durante los tres días en casa de Simón, el Mistwalker simplemente me siguió, dondequiera que hubiera una ventana que le permitiera verme. Para la siguiente Niebla, instalé ventanas a prueba de balas en mi propio apartamento, incapaz de olvidarme de la extraña criatura. Y, efectivamente, allí estaba ella. Me tomó dos Nieblas más reunir finalmente el coraje para dejarla entrar.

El dedo índice de Mónica trazaba distraídamente el patrón de su marca de la misma manera que yo lo hacía con la mía a menudo. Mi corazón volvió a doler por ella.

—Odiaba cuando me llevaba a la Niebla. Me enloquecía. Por mucho que me encantara estar con ella, ese lugar era demasiado para mí. Yo era una princesa tan egoísta. Todo tenía que ser sobre mí. La até a mí y, luego, no contenta con haberla obligado a renunciar a la Niebla a favor de una única vida humana, también hice que cambiara su nombre real Adoan a Donna, para que sonara más "normal". La traté como una simple amiga en público, prohibiéndole cualquier muestra pública de afecto. Para hacerme feliz, ella lo aceptó todo. Cuanto más humana se volvía, más miserable se sentía por el trato que le daba. Lo sabía, pero hice la vista gorda, demasiado feliz en mi propia pequeña burbuja.

Mónica jugueteó un poco más con la botella, perdida en sus pensamientos antes de dejarla caer junto a ella sobre el escritorio. Mirándome a los ojos, agarró el borde del escritorio con ambas manos.

—Si la muerte no hubiera reclamado a Donna, ella me habría dejado de todos modos porque la traté horriblemente. Fue necesaria esa tragedia para que yo entendiera que ella era mi pareja, no mi mascota o mi propiedad. Durante meses, después de su fallecimiento, recorrí las calles y los refugios para indigentes, buscándola, hasta que tuve que aceptar que se había ido. Un día, en la feria del condado, sentí el cosquilleo del Mistwalker de nuevo. Era diferente, pero quería creer que era ella volviendo a mí. En cambio, encontré a un enorme hombre con ropa demasiado pequeña para él, dibujando personas por una miseria.

—Kazan —susurré.

Ella sonrió.

—Sí, tu Kazan. Inicialmente, lo tomé bajo mi protección como una forma de enmendar lo de mi Donna. Pero, en verdad, él me ayudó poner orden a mi vida, mucho más de lo que yo lo ayudé a él. Tiene un talento increíble e igualmente habría tenido éxito, aunque solo fuera por su pura determinación de hacer algo de sí mismo que fuera digno de ti.

Se me hizo un nudo en la garganta mientras mi corazón se llenaba de amor por mi maravilloso hombre.

—Nunca había visto a Kazan más feliz de lo que ha sido desde que finalmente te alcanzó. Gracias por ser más inteligente que yo y darte cuenta de la joya que tienes. Es el mejor de los hombres.

Asentí, mis ojos empañados.

Un suave golpe en la puerta nos sobresaltó a ambas. Parpadeé para desaparecer las lágrimas antes de que pudieran formarse por completo. Mónica echó los hombros hacia atrás y levantó la barbilla, convirtiéndose una vez más en la chica dura y sensata que había conocido antes.

—¡Adelante! —gritó.

La puerta se abrió y una de las anfitrionas asomó la cabeza.

—Lamento molestarla, señorita Sheffield, pero la están solicitando en la exhibición.

—Iré en un minuto —respondió Mónica.

Tan pronto como la puerta se cerró, ella se puso de pie de un salto y me miró con seriedad.

—Por los detalles elegantes de tu marca, puedo decir que has atado a Kazan. *Tienes* que dejarlo volver a la Niebla todos los meses durante los tres días que dura para reponer su esencia etérea. Cuanto más tiempo permanezca en nuestro mundo, más humano se volverá. Si muere, será permanente.

Asentí, mi estómago anudándose con ansiedad.

—Lo prometo. De hecho, ya acepté dejar que Kazan me ate a él en su mundo, en la próxima Niebla.

La sonrisa que me dio fue una extraña mezcla de gratitud fraternal, tristeza y envidia. Con un asentimiento final, se fue, dejándome sola en la oficina. Me quedé mirando la puerta mucho después de que se hubiera cerrado detrás de ella.

Pasó más de media hora antes de que Kazan finalmente regresara. Había estado a punto de enviar un grupo de búsqueda tras él. Cuando entró con su camisa y pantalones casi hechos jirones por lo que parecían latigazos, casi enloquecí.

—¡Oh, Dios mío, ¡Kazan! ¿Qué te pasó? —pregunté, corriendo hacia él.

—Estoy bien. Todo está bien ahora —dijo Kazan con voz suave.

—¿Qué diablos quieres decir con que estás bien? Tu ropa está hecha trizas. ¿Te atacaron? ¿Esos son moretones? —

pregunté, palmeándolo frenéticamente para que levantara los harapos de su camisa, sólo para encontrar un mapa completo de oscuros moretones y marcas rojas sobre él— ¡Oh, Dios! —susurré con horror. —¿Qué demonios te hizo esto?

Entonces un escalofrío recorrió mi columna mientras el cosquilleo de una presencia etérea me envolvía. Lo reconocí como el de Kazan, pero no realmente. Tenía un trasfondo viscoso y malvado que solo había sentido una vez antes y que me puso la piel de gallina.

Apartando mis manos de él, como si quemara, di unos pasos hacia atrás, el miedo surgiendo desde lo más profundo de mí.

—¿Quién eres? —susurré, mirando de reojo alrededor de la habitación mientras lo mantenía en mi línea de visión, buscando algo para usar como arma.

Kazan se congeló, sorprendido por mi pregunta. En vista de su genuina confusión, me pregunté si mi paranoia me estaba haciendo reaccionar exageradamente. Pero, después de Morgan, nunca volvería a ignorar mis instintos.

—No te sientes como mi Kazan —le dije, dando otro paso atrás—. Hay algo raro en ti.

Por la expresión de su rostro, la comprensión llegó a él.

—Tienes razón, hay algo raro en mí —dijo, tratando de sonar razonable—. Por favor, no me temas, mi Jade. Soy yo, tu Kazan.

El hecho de que no intentara acercarse más a mí alivió algunos de mis miedos y la sensación de Kazan gradualmente dominó la viscosidad acechante debajo de su energía.

—La primera vez que nos encontramos en el plano físico fue en un supermercado —dijo Kazan—. En nuestra primera cita, me di cuenta de que la sangría y las costillas con salsa barbacoa son demasiado dulces en este mundo. Tienes más cosquillas detrás de la rodilla izquierda que de la derecha —señalando mis pies, continuó—. No te gusta usar tacones tan altos, pero insististe en usarlos esta noche porque querías lucir lo mejor posible para hacerme sentir orgulloso. Excepto que siempre estoy orgulloso de ti, Jade.

El alivio me inundó al darme cuenta de que realmente era mi hombre, pero... entonces confesó haber luchado contra Morgan.

Enloquecí.

Kazan, literalmente, tuvo que sujetarme contra la pared para calmarme cuando volqué mi bolso, en un total estado de pánico, buscando la tarjeta del Agente Thomson. ¿Cómo diablos no había sentido que había estado en peligro o abrumado por el cosquilleo de la presencia de Morgan? Recordé lo fuerte que había sido el aura de Kazan cuando peleó contra esos matones en nuestra primera cita. Con Kazan y Morgan exudando tanta energía, yo debería haberlo sentido.

Descubrir que había matado a Morgan sacudió aún más mis confusas emociones. No me importaba que hubiera matado para erradicar esa amenaza, pero temía las posibles repercusiones legales. Si confesáramos ante la Cuarta División y lo presentáramos como el caso de defensa propia que había sido, seguramente no presentarían cargos y cerrarían el caso. Después de todo, Kazan había hecho su trabajo por ellos. ¿Verdad?

Después de haber escondido el cadáver en las sombras de los edificios, donde era poco probable que humanos desprevenidos lo encontraran, Kazan prometió informar al Agente Thomson una vez que me tuviera a salvo, en casa. Demasiado aturdida por la impresión, no discutí. Debido a que no podía ser visto en público, con el estado actual de su ropa, Mónica vino al rescate llamando al chofer para que nos recogiera en una salida lateral. Demostrando ser tan eficiente como Kazan la había descrito, milagrosamente, le encontró una chaqueta larga que cubría lo peor de su ropa arruinada.

Aunque trataba de disimular, las heridas de Kazan claramente le dolían. Tan pronto como llegamos a casa, le preparé un baño caliente mientras él contactaba con la Cuarta División.

Cuando volví del baño a buscarlo, lo encontré mirando su teléfono con el ceño fruncido.

—¿Qué pasa? —pregunté—. ¿No puedes contactar al Agente Thomson?

—No— dijo Kazan, con una mirada preocupada en su rostro —. No quería quedar atrapado una larga discusión, así que le envié un mensaje de texto con la ubicación de los restos de Morgan y le dije que lo llamaría por la mañana. Respondió diciendo que ya habían terminado.

—¿Qué? ¿Cómo? —pregunté, confundida.

—Solo dijo que nuestras oleadas de energía nos delataron.

—¿Pueden rastrear eso? —pregunté.

—Sí —dijo Kazan con un lento asentimiento—. Al igual que con nuestro nacimiento en forma humana. Simplemente no me había dado cuenta de que podían hacerlo con tanta precisión.

—Bueno, al menos se deshicieron de esa Pesadilla para siempre —dije en un débil esfuerzo por aligerar el ambiente—. Pero ahora, ocupémonos de ti.

Kazan sonrió y se acercó a mí. Tomando la mano que le había extendido, me dejó llevarlo al baño. Mi estómago se hizo nudo y mis ojos se llenaron de lágrimas al ver el alcance del daño que había sufrido mientras lo ayudaba a quitarse la ropa.

—Está bien, mi Jade. Se curará.

—¡Podrías haber muerto! —dije de manera acusadora—. Podría haberte perdido sin siquiera tener la oportunidad de decir adiós.

Imágenes de Mónica y Donna pasaron por mi mente, y me estremecí.

—Pero no morí —dijo Kazan en un tono tranquilizador, sosteniendo mis hombros con ambas manos—. Los Hombres de Negro no lograron capturarlo durante cinco días, lo cual te convirtió en una prisionera. Incluso si lo hubieran atrapado, solo lo habrían enviado de regreso al Plano de la Niebla, y habríamos pasado los siguientes meses preocupándonos por cuándo reaparecería. Tú y yo sabemos que Morgan nunca habría dejado de perseguirte. Solo yo podía detenerlo.

—Pero...pero ahora estás atado. ¡Podrías haber muerto permanentemente! ¡Deberías haberme dicho!

Kazan sostuvo mi cara entre sus manos, una pizca de culpa brillando en sus ojos tormentosos.

—Es por eso que necesitaba hacerlo ahora —dijo suavemente—. La última Niebla fue hace solo cinco días. Después de haber pasado los tres días completos allí, tuve mucho tiempo para reponer mis reservas. Esperar un mes completo para la próxima Niebla nos habría puesto a ambos en un riesgo demasiado grande porque habría sido demasiado débil para entonces para proteger a cualquiera de los dos. Tampoco quería perder mi ventaja —sonrió ante mi mirada inquisitiva—. Sé cómo funcionar en este mundo y cómo funciona este cuerpo —agregó señalándose a sí mismo con un gesto de la mano—. Él todavía estaba aprendiendo, lo que también te dio a ti la ventaja cuando te atacó el lunes.

Con los hombros caídos, suspiré y asentí. Mi cabeza entendió su lógica, pero tomaría un tiempo para que mis emociones se recuperaran completamente de esto.

—Vamos a meterte en esa bañera antes de que el agua se enfríe —le dije, ayudándolo a entrar.

—Entra conmigo —dijo después de acomodarse en la bañera.

—Esto es para que te relajes y para calmar tu dolor y molestia —argumenté débilmente.

—Me relajaré más con mi mujer en mis brazos —dijo con una sonrisa.

Cedí y me uní a él, agradecida por la enorme bañera estilo jacuzzi. Permanecimos sumergidos en el agua tibia más de lo que realmente nos bañamos. Cuando el agua comenzó a enfriarse, salimos y nos dirigimos directamente a la cama. Nunca había visto Kazan tan desgastado. Aunque no entró en detalles sobre la pelea, visiblemente había consumido mucho tanto de su forma etérea como de su forma humana. Al menos, me aseguró que solo había absorbido la fuerza vital de Morgan, no su personalidad o rasgos como sí lo hizo con mis Deseos *más pequeños*.

Para mi gran angustia, Kazan no tenía nada que valiera la pena llamar botiquín, solo poseía una botella de peróxido, una bolsa de bolas de algodón y una caja de vendas. Afortunadamente, siempre llevaba algunos analgésicos en mi bolso y le di un par con un poco de agua antes de arroparlo. A pesar de las extensas contusiones en todo su cuerpo, insistió en sostenerme en sus brazos mientras dormíamos.

A la mañana siguiente, los moretones de Kazan se habían oscurecido aún más. Esta vez, no fingió no tener dolor. Por un momento, temí que hubiera sufrido algún daño interno o fracturas que pudieran necesitar atención médica. Insistió en que no era el caso y que el tiempo lo arreglaría todo. Le di más analgésicos y le llevé a mi hombre un desayuno ligero a la cama, que terminé dándole en la boca después de que hiciera una mueca mientras intentaba llevar el tenedor hacia sus labios. Me encantaba cuidar de Kazan. Él también lo disfrutaba, pero se sentía cohibido por parecer tan débil ante mí.

Tontito.

—Voy a ir rápido a la farmacia para conseguirte un poco de pomada para el dolor, lo moretones y la hinchazón, y algunos analgésicos más fuertes —le dije, inclinándome para besar sus labios mientras se recostaba tras terminar de comer.

La preocupación brilló en sus ojos.

—Morgan está muerto, ¿recuerdas? Ahora estoy a salvo, gracias a ti.

Kazan suspiró y asintió.

—Descansa tu hermosa cabeza mientras estoy fuera. Pasaré por el supermercado en mi camino de regreso y compraré algunas palomitas de maíz mantequillosas para *moi* y una enorme bolsa frituras de sal y vinagre para ti.

Me sonrió, los párpados pesándole.

—Duerme, mi amor —le dije, besando su frente—. Volveré pronto.

Kazan se durmió en un instante, incluso antes de cerrar la puerta del dormitorio detrás de mí. Agarrando las llaves de su auto, salí del apartamento, la puerta se cerró automáticamente detrás de mí. En mi camino hacia el estacionamiento subterráneo, llamé a Mónica para darle una actualización e informarle que Kazan no podría venir para el cierre de negocios de la exhibición, planeada para más tarde ese día. Ella entendió, por supuesto, y dijo que realmente le convenía porque le daría más tiempo para estudiar y organizar las increíbles oportunidades que le habían presentado las partes interesadas en trabajar con Kazan.

Caminando hacia el auto, colgué, dejé caer mi teléfono en mi bolso y usé el control remoto para abrir la puerta. Cuando alcancé la manija, un movimiento en el borde de mi visión seguido por el sonido de la puerta de un automóvil cerrándose me hizo mirar hacia arriba. Mi corazón dio un vuelco cuando reconocí al Agente Wilkins, y a otro agente que no conocía, caminando hacia mí desde el familiar auto negro que había visto siguiendo a Kazan en el centro comercial. Con una mano agarrando la correa de mi bolso mientras la otra apretaba las llaves que se clavaban en mi palma, esperé, con el corazón latiendo con fuerza mientras cerraban la distancia entre nosotros.

—Señorita Eastwood —dijo el Agente Wilkins con voz fría y dominante—, necesitamos que venga con nosotros de regreso a la sede.

Mi estómago cayó, una sensación de temor se acumuló dentro.

—¿Por qué? —pregunté— ¿Qué quieren conmigo?

—Por favor, no haga que esto sea difícil o que su situación empeore al resistirse al arresto —dijo Wilkins en un tono entrecortado.

—¿Arresto? —exclamé, sin aliento—. ¿Arresto por qué?

—Necesitamos interrogarla sobre su conexión con la muerte del asesino en serie Morgan Doe y las múltiples víctimas que dejó atrás.

—Está bien. De acuerdo. Iré con ustedes, pero necesito avisarle...

—Lo que tiene que hacer es seguirnos antes de que la lleve a rastras —dijo Wilkins, dando un paso amenazante hacia mí.

—¡No me has leído mis derechos, y tengo derecho a un abogado! —exclamé dando un paso atrás.

—¿Parezco su maldito sheriff local? Estamos tratando con asuntos de seguridad nacional que *usted* ha puesto en peligro con sus fantasías enfermizas. No tiene ningún puto derecho, excepto los que le damos.

Antes de que pudiera reaccionar, me arrancó el bolso de las manos y se lo entregó a su compañero que nos miraba impasible. Mis ojos se abrieron cuando lo reconocí como uno de los invitados a la exhibición de anoche. No obtendría ayuda de él. Tomando mi antebrazo en un fuerte agarre, Wilkins me empujó hacia su auto.

—Ahora, comience a caminar si no quiere que la arrastre —espetó Wilkins.

Tropezando hacia adelante, logré mantener el equilibrio y me di la vuelta para discutir. Al ver su mano apoyada en el cinturón de su arma y su pulgar abriendo la correa de seguridad, las palabras que había querido decir murieron en mi lengua. Tragando con fuerza, obedecí y caminé hacia su auto, mi mente se aceleró.

Wilkins me metió en la parte trasera del auto y levantó el vidrio protector entre nosotros en el momento en que pregunté por el Agente Thomson. El agente mayor había sido respetuoso y profesional, aparentemente, era el que mantenía a Wilkins bajo control. Me sentiría más segura con él presente. El agente anónimo, que ahora sostenía mi bolso, no se subió al auto de inmediato. No podía verlo desde donde estaba sentada. Unos cuatro minutos más tarde, regresó de donde sea que hubiera ido.

La horrible idea de que podría haber manipulado el auto de Kazan con explosivos me vino a la cabeza, pero lo descarté. Los Hombres de Negro se caracterizaban por la discreción y mantener al público en un estado de dichosa ignorancia. Una explosión llamaría demasiado la atención, además de los posibles daños colaterales y víctimas si uno de los vecinos estuviera cerca cuando detonara.

Con los dos hombres todavía ignorándome, nos fuimos. Mis niveles de ansiedad aumentaron cuando salimos del centro de la ciudad desde donde operaban la mayoría de las agencias gubernamentales y nos dirigimos hacia el sector industrial de la ciudad. Aunque mi vívida imaginación me había servido bien como artista de juegos, en este momento, hubiese agradecido que dejara de llenar mi mente de tantos escenarios de pesadilla.

Mi corazón latía con fuerza mientras conducíamos hacia el estacionamiento subterráneo de un edificio grande y cuadrado, con paredes oscuras y ventanas polarizadas. Ningún logotipo o letrero exterior indicaba su naturaleza. Si no fuera por los Hombres de Negro conduciéndome ahí ahora, hubiera asumido que era una extensión de la conocida instalación de investigación farmacéutica a la que estaba adjunto. Eso elevó aún más mi nivel de ansiedad, imaginando qué tipo de más experimentos secretos podrían estar sucediendo allí con tales vecinos.

Tan pronto como nos estacionamos, Wilkins me llevó a tomar mi foto policial, huellas dactilares e incluso una foto de mi marca antes de que su amigo me llevara a una de las salas de interrogatorio. Una vez más, ignoraron mis solicitudes de una llamada telefónica o de asistencia de un abogado. En el camino, no había dejado de notar que solo había un puñado de personas en las instalaciones, ninguna de las cuales era el Agente Thomson. No que fuera realmente sorprendente, teniendo en cuenta que todavía era temprano en la mañana de un sábado.

El amigo de Wilkins, que no se molestó en darme su nombre, me hizo sentarme dentro de la típica sala de interrogatorios;

paredes blanquecinas, suelos de baldosas gris claro, completamente vacío aparte de la mesa individual con un par de sillas, y el tradicional espejo unidireccional. Afortunadamente, no me esposó, contento de decirme que mantuviera mi trasero sentado antes de salir.

Pasaron al menos diez minutos mientras me retorcía en la silla de metal altamente incómoda e imaginaba escenarios cada vez más terribles que alimentaban el estrés que me retorcía de adentro hacia afuera. Todavía era demasiado pronto para que Kazan comenzara a preocuparse por mi ausencia. Peor aún, considerando su nivel de agotamiento, probablemente dormiría muchas horas más.

La puerta se abrió abruptamente para revelar a Wilkins, sorprendiéndome. Se pavoneó con una mirada engreída en su rostro, una botella de agua en la mano. En lugar de sentarse en la silla en el lado opuesto de la mesa, se paró junto a ella y se elevó sobre mí. En ese instante me di cuenta de que se complacía intimidando a las personas y haciéndolas sentir inferiores; un matón típico. No complacería sus juegos enfermos. Levantando la cabeza desafiante, sostuve su mirada, inquebrantable. Abrió su botella y tomó un trago grande antes de mirarme de nuevo a los ojos.

—¿Qué quieres de mí? ¿Dónde está el Agente Thomson? —pregunté.

—Usted no hace las preguntas aquí, señorita Eastwood. Las hago yo —dijo Wilkins, inyectando tanto desprecio como pudo en mi nombre.

—Entonces pregunte y déjese de los estúpidos juegos mentales —escupí.

Golpeó con el puño la mesa de metal, haciéndome estremecer, pero, aun así, me negué a dejarme intimidar.

—¡Será mejor que cambie esa actitud, después de todo el maldito caos que causó, pequeño fenómeno! —el agente siseó

Mi respiración se detuvo mientras lo miraba, incrédulo.

—¿Cuál caos? ¡No he hecho nada!

—¿En serio? —preguntó, dando vueltas alrededor de la mesa para pararse a una distancia incómodamente cercana de mi silla. —¿Qué hay con las trece personas que han muerto a causa de ese monstruo que evocó?

¡Oh, Dios! ¿Trece?

Mi corazón se rompió ante la idea de que tantos inocentes perecieran, especialmente sabiendo que Morgan no les habría dado una muerte rápida; no por la forma en que se deleitaba con el dolor de otras personas. Me abracé a mí misma y tragué dolorosamente.

—Las noticias no mencionaron...

—Porque limpiamos los vestigios de su maldita Pesadilla y contamos cuentos algo creíbles para esas pobres familias. ¿Cuántas fantasías enfermizas más ha desatado usted en este mundo?

—¡No desaté nada! Nadie tiene control sobre sus Pesadillas, y mucho menos sobre si estas deciden o no cruzar. ¿Cómo sabe usted que sus peores temores no están vagando por las calles?

Inclinándose hacia adelante, colocó sus manos en cada brazo de mi silla y gritó:

—Lo sé porque soy el que caza a estas bestias para mantener a los humanos a salvo.

Aparté mi rostro de él, asqueada por su cercanía y la saliva que volaba de su grito enfurecido. Parecía poseído.

—Lo único que he encontrado son las abominaciones que los fenómenos desviados, como usted, sueñan —dijo antes de empujarse hacia atrás, meciendo mi silla.

Con el corazón palpitante, lo observé por el rabillo del ojo mientras daba vueltas a mi alrededor, el peso de su odio me aplastaba. ¿Qué carajos le había hecho a ese hombre para que me tratara así?

—Pero eso no es suficiente para ustedes, fanáticos, ¿verdad? —dijo Wilkins, mirándome con disgusto—. Primero, trae a ese demonio para satisfacer sus fantasías sexuales enfermizas. Nosotros acordamos mirar hacia otro lado. Luego, trae a ese asesino en serie. Y, ahora, difunde propaganda abominable para atraer a chicas buenas e inocentes a su vida de libertinaje y copulación antinaturales. USTED y los fanáticos dementes, como usted, son responsables de los Pactos de Niebla.

A lo largo de su diatriba, lo miré en un estado de shock total.

Está loco.

Me llamaba fanática, pero sus ojos tenían el brillo loco de un fanático rabioso.

—¿Propaganda? ¿De qué está hablando?

—Vimos sus pinturas abominables en esa farsa que llamaron "exhibición", promoviendo la perversa copulación entre mujeres y bestias. Pero tenían que cruzar la línea y romantizar a las mujeres humanas que son contaminadas por los demonios de la niebla.

Wilkins, afortunadamente, se alejó de mí y dio vueltas alrededor de la mesa, con las yemas de los dedos tamborileando en su superficie y luego deslizándose mientras avanzaba antes de tamborilear nuevamente. Había algo realmente perturbador en su comportamiento.

—Es... ¡Es solo arte! —argumenté. Aunque me parecía una locura que alguien pudiera pensar que Kazan y yo estábamos promoviendo los Pactos de la Niebla de alguna manera, pude ver cómo alguien como él y los conspiranóicos podían hacerlo—. Hay toneladas de artistas pintando Mistwalkers bajo una perspectiva no amenazante e incluso buena.

—¡Artistas desconocidos! —Wilkins gritó— ¡Ningún influencer como su demonio! El Agente Tate grabó en secreto múltiples conversaciones entre los clientes expresando envidia hacia las modelos en las pinturas, algunos llegando a afirmar que podrían simplemente dejar entrar a un Mistwalker para probar.

Resoplé y levanté las manos con exasperación.

—Esa tonta charla trivial. Párese afuera de una sala de cine después de una película de fantasía o ciencia ficción que acaba de proyectarse y vea cuántas mujeres fantasean con los personajes, tanto héroes como villanos. ¡Eso no significa que no correrían por las colinas si un vampiro o alienígena real llamara a su puerta!

—Veremos si todavía lo llama charla trivial cuando la acusen de incitación al suicidio después de que un grupo de estas mujeres desaparezcan al final de la próxima Niebla. En el pasado, sabían cómo manejar a las putas que se asociaban con demonios.

—¡Está loco! Quiere quemarme en la hoguera porque…

La puerta, que se abrió de golpe, me hizo chillar de sorpresa. Entonces la esperanza floreció en mi corazón.

—¿Qué diablos está pasando aquí? —el Agente Thomson exigió saber. Por su ropa civil informal, sospeché que no esperaba venir a trabajar— ¿Por qué está ella aquí?

Aunque Wilkins levantó la barbilla desafiante, no me perdí el parpadeo de inquietud en sus ojos locos.

—Carnada —dijo, manteniéndose firme.

—¿Carnada para qué? —preguntó el Agente Thomson, completamente confundido.

—Para la abominación que se está cogiendo. Él rompió el acuerdo. ¡Perdió el derecho a permanecer en este mundo!

El Agente Thomson retrocedió.

—¿Qué?

—¡Juró no drenar ni matar a nadie en nuestro mundo!

Jadeé, incapaz de creer lo que estaba escuchando.

—¿Está bromeando? —pregunté— Hizo su trabajo por usted, mejor de lo que podría haberlo hecho al asegurarse de que Morgan nunca pueda regresar.

—¡Rompió el acuerdo!

—¡A la mierda su acuerdo! Debería besar sus pies y agradecerle por asegurarse de que el recuento de muertes no supere los trece.

—Cierra tu maldita boca, puta. Yo...

La amenaza de Wilkins murió en un gorgoteo, su rostro se puso rojo cuando el Agente Thomson le apretó el cuello, lo suficientemente fuerte como para estrangularlo.

—¡Es suficiente! —Thomson gritó, su cara a centímetros de la de su compañero—. Tú y yo necesitamos hablar. Lleva tu trasero a mi oficina —agregó, empujando a Wilkins hacia la puerta.

El hombre más joven se ajustó la camisa blanca y el traje negro, antes de aflojarse la corbata negra. Después de lanzar una mirada asesina en mi dirección, salió sin decir una palabra. El agente Thomson pasó una mano nerviosa por su cabello canoso, murmurando en voz baja algo que no pude entender.

—Lamento todo esto, señorita Eastwood —dijo, con preocupación y simpatía extrañamente mezcladas en sus ojos azul claro —. Volveré en breve para resolver todo esto.

—Está bien. Gracias —le dije—. ¿Puedo hacer una llamada telefónica?

—En un minuto. Déjame manejar a este idiota y luego podremos arreglar todo este lío—dijo, luego salió, cerrando la puerta detrás de él sin darme la oportunidad de responder.

Pasarían cerca de veinte minutos más antes de que el Agente Thomson regresara con noticias sombrías. Aparentemente, había tratado de contactar a Kazan, pero no obtuvo respuesta. Después de que el agente me devolvió mi teléfono, encontré una docena de llamadas perdidas de Kazan, luego el único mensaje de texto que decía: "Estoy yendo por ti".

CAPÍTULO 12
KAZAN

Me desperté con una sensación de incomodidad. En todo mi tiempo en el Plano Mortal, nunca había tenido una pesadilla real. Mi último sueño había sido extraño, pero no aterrador. Odiaba no recordarlo en este reino, solo reteniendo un sentimiento persistente de lo que había ocurrido. Al menos, dormir como un humano me dio una pequeña ventana a la Niebla que, a su vez, me permitió desviar un poco de energía etérea. También solía hacer maravillas en la curación de mi recipiente humano, pero unirme a Jade tenía un costo que ahora sentía. Aunque no me arrepentí, me había vuelto más humano y mi magia etérea no funcionó tan bien, curándome mucho menos de lo que solía hacerlo.

Todavía me dolía todo el cuerpo. Los músculos, que ni siquiera sabía que existían, protestaban a gritos. Mientras rodaba hacia un costado para encontrar una posición más cómoda, la sensación de inquietud, que ahora me di cuenta de que me había estado molestando incluso mientras dormía, me oprimió y me pinchó de nuevo. Mirando el reloj, rápidamente calculé que Jade había salido hacía unos cuarenta minutos.

—Jade —grité, preguntándome si ya había regresado.

Al notar que un profundo silenció fue la respuesta a mi grito, me concentré en esa inquietante sensación de que algo andaba mal. En la Niebla, por lo general, sucedía cuando Jade estaba herida, en problemas o era perseguida por una Pesadilla. Con Morgan habiendo encontrado su muerte permanente, no podía imaginar qué podría provocar esta sensación de fatalidad en el Plano Mortal.

Levantando mi teléfono, revisé si había mensajes de Jade. Al no encontrar ninguno, la llamé, solo para escuchar su tono de correo de voz. Sabiendo que, a menudo, simplemente arrojaba su teléfono en su bolso y, luego, tenía que hurgar para encontrarlo, esperé un poco antes de llamar nuevamente a mi pareja, con la esperanza de que lo tuviera a la mano. Cuando volví a escuchar el tono de su buzón de voz, mi nivel de ansiedad aumentó. En todo nuestro tiempo juntos, Jade siempre respondió mis llamadas, sin importar lo ocupada que estuviera, o, al menos, me enviaba mensajes de texto para hacerme saber que no podía responder en ese momento.

Haciendo una mueca de dolor, me arrastré fuera de la cama y entré al baño para lavarme el sueño de la cara. Me estremecí ante mi reflejo en el espejo de cuerpo completo de la puerta del baño. A pesar de mi escudo etéreo, Morgan me había hecho mucho daño, sus latigazos sombríos impresos en toda mi piel en tonos de negro, púrpura y amarillo.

Después de vestirme, revisé mi teléfono nuevamente; todavía no había ningún mensaje o llamada de Jade. Luchando contra el impulso de tomar más medicamentos, ya que la última dosis había sido hacía poco tiempo, salí de mi habitación hacia la sala de estar. Una forma oscura en el piso junto a la entrada inmediatamente me llamó la atención. Me acerqué para investigar, la sensación de terror que me carcomía aumentó exponencialmente cuando reconocí la tarjeta de presentación negra que había sido deslizada a través de la ranura de correo de la puerta.

El frente de la tarjeta negra brillante simplemente mostraba un texto blanco estilizado que decía '4D' que, supuse, significaba Cuarta División. El reverso blanco mate de la tarjeta contenía dos líneas de texto escritas a mano con tinta negra. La primera decía "Rompiste el acuerdo", mientras que el segundo indicaba una dirección con simplemente un nombre de calle y un número de puerta.

Por un momento, mi visión se nubló con una furia cegadora. Se habían atrevido a venir a mi casa para llevarse a mi mujer bajo falsos pretextos. No había incumplido ningún acuerdo, aunque, a la hora de proteger a mi pareja, lo habría hecho sin dudarlo. Si planeaban usar su fracaso para garantizar la seguridad de Jade como un argumento para mantenernos separados, sería mejor que lo pensaran de nuevo.

Mi primer instinto fue llamar a un taxi, pero luego me di cuenta de que la entrega a mano de la tarjeta implicaba que, probablemente, habían detenido a Jade aquí mismo. Tomando el segundo juego de llaves del auto, me dirigí al garaje solo para confirmar mis sospechas con mi auto estacionado en su lugar reservado. Mi ira estalló aún más cuando encontré las puertas abiertas, pero sin llaves en el interruptor de encendido. Los bastardos debieron haberla acorralado antes de que pudiera siquiera poner un pie dentro.

Después de ingresar la dirección en el GPS integrado de mi automóvil, partí, aliviado de que el destino se encontraba en el sector industrial de la ciudad y no en un lugar remoto y oscuro donde uno arrojaría un cuerpo. Sin embargo, algo no cuadraba. Claramente habían tomado a Jade como cebo para atraerme; una táctica bastante deshonrosa que no encajaba con mi impresión del Agente Thomson. Nuestra conversación de anoche no había indicado ninguna intención de presentar cargos por el asesinato de Morgan. E, incluso si lo hubiera hecho, imaginaba que Thomson primero me habría pedido que me entregara, manteniendo a Jade como último recurso en caso de que todo lo demás fallara.

Mientras aceleraba por la carretera, me preguntaba si debería haber llamado al Agente Thomson para preguntarle por qué, y si, había cometido tal bajeza. Cuanto más lo pensaba, más se sentía como algo que el Agente Wilkins haría. Thomson lo había mantenido a raya, pero el agente más joven guardaba un obvio desprecio hacia mi especie, rayando en el fanatismo, por lo que le sucedió a su hermana.

Entonces, me di cuenta de que, en mi prisa, había dejado mi teléfono en casa, no es que me hubiera servido de algo. Claramente, le habían quitado el teléfono a Jade y no se habían molestado en llamarme. No querían una conversación sino una confrontación.

En el peor de los casos, me quedaba suficiente energía para cruzar el Velo de regreso a la Niebla, pero no la suficiente para preservar este cuerpo. No podía dejar que las cosas terminaran en una pelea, especialmente faltando tanto tiempo para la próxima Niebla. Si lastimaba a algún agente, me pondrían en la lista de "buscados" e intentarían desterrarme por cualquier medio. Esto significaba que podría volver a Jade, ya que tendrían vigilancia durante todo el día a su alrededor para atraparme. Con Laura en la ecuación, huir juntos no sería una opción. Conclusión: necesitaba mantener la calma y no caer en sus provocaciones para usar mi poder.

Cuando llegué al estacionamiento del oscuro edificio, que sin duda servía como cuartel general de los Hombres de Negro, salió un solo agente. Mi corazón se encogió cuando reconocí al Agente Thomson. ¿Tanto me había equivocado con él? Incluso ahora, mientras estacionaba en el lugar más cercano a la entrada, ignorando el letrero de "reservado", las emociones que emanaban de él no contenían malicia, solo una fuerte dosis de preocupación y una capa subyacente de ira que no se sentía dirigida hacia mí.

Salí del auto, cerrando la puerta detrás de mí. Thomson dio

unos pasos en mi dirección, levantando las palmas de las manos ante él, en un gesto que llamaba a la calma.

—Señor Dale —gritó mientras seguía acercándome—, lamento que haya tenido que venir hasta aquí esta mañana. Ha habido un terrible malentendido.

—¿Dónde está mi Jade? —pregunté, deteniéndome a unos metros de él.

—La señorita Eastwood está adentro, segura e ilesa —dijo, señalando hacia la entrada—. Me aseguré de ello. Esto nunca debería haber sucedido. No era una misión autorizada.

Entrecerré los ojos hacia él, buscando cualquier signo de falsedad, no queriendo ceder al alivio demasiado pronto.

—Le aseguro, señor Dale, que cumplo con mi palabra. Desafortunadamente, uno de nuestros agentes actuó con demasiado recelo —dijo Thomson, sin duda sintiendo mi vacilación.

—Wilkins —dije, mi ira resurgiendo.

El suspiro y la expresión derrotada de Thomson confirmaron mi suposición.

—Tan pronto como hayamos resuelto este lío, le impondré baja provisional disciplinaria y exigiré una evaluación psicológica para evaluar su aptitud para el servicio. Me temo que tratar con las víctimas de Morgan durante la semana pasada lo ha empujado hacia los límites de la cordura.

Asentí bruscamente y le di una mirada desafiante.

—Quiero ver a Jade.

—Por supuesto —el Agente Thomson se volvió ligeramente e hizo un gesto hacia la entrada—.Por aquí, por favor.

—No rompí el acuerdo —dije mientras caminábamos uno al lado del otro hacia el edificio.

Mi espalda se puso rígida ante la vacilación de Thomson.

—No, no lo hizo —dijo el hombre mayor, eligiendo sus palabras cuidadosamente—. Sin embargo, los más intolerantes entre la fuerza dicen que, técnicamente, lo hizo ya que Morgan estaba en forma humana cuando lo mató, y el acuerdo fue no drenar a ningún ser humano.

Las altas puertas de vidrio se abrieron automáticamente al acercarnos. Examiné el gran vestíbulo de la entrada en busca de amenazas o signos de traición. Vacío, excepto por unos pocos bancos a lo largo de las paredes grises oscuras y el mostrador de recepción en el medio, tenía una severidad solemne que, naturalmente, incitaba a la gente a hablar en voz baja. Los dos guardias de seguridad en el escritorio en esa tranquila mañana de sábado gritaron exageradamente, sin mencionar la media docena de otros agentes que, convenientemente, estaban inactivos dentro del rango de intervención, fingiendo estar hablando en parejas o mirando sus teléfonos. Sin embargo, las miradas furtivas no tan sutiles en nuestra dirección pesaban mucho sobre mí.

—Sus cenizas habrían confirmado su naturaleza —dije distraídamente mientras evaluaba el estado emocional de los agentes.

El miedo y la curiosidad dominaban entre ellos, excepto por uno que apestaba a desconfianza y desbordaba de odio. Giré la cabeza hacia él, mirándolo directamente a los ojos.

—Hola —dije en un tono algo burlón.

Los ojos del agente se abrieron y los desvió rápidamente, sin responder.

Thomson frunció el ceño.

—Por favor, no provoque a los hombres.

Aunque dicho como una petición, no me pasó desapercibida la advertencia subyacente en su voz.

—No los estoy provocando, sino emitiendo una advertencia preventiva, haciéndole saber que lo estoy vigilando —dije encogiéndome de hombros—. Si tiene malas intenciones, no tiene ninguna ventaja sobre mí.

Thomson carraspeó incómodamente cuando entramos en el ascensor. Nos llevó a un pasillo excesivamente brillante y clínicamente blanco con puertas a cada lado identificadas simplemente con una letra grande y un número de dos dígitos. Justo afuera del elevador, un hombre en un pequeño escritorio de seguridad asintió para que prosiguiéramos después de hacer contacto visual con el Agente Thomson.

La desagradable sensación de fatalidad inminente regresó cuando me pregunté si me había dejado atraer a mi ejecución. Pero el cosquilleo asociado con la presencia de Jade me envolvió. Se hizo más fuerte con cada paso que dábamos hacia adelante. La impaciencia me hizo aumentar el ritmo, obligando a Thomson a acelerar también. Ni siquiera me importaba su sonrisa divertida, abrumado por la necesidad de abrazar a mi pareja. Se hizo tan fuerte que no necesité que el agente me indicara en qué habitación estaba. Troté hacia la puerta E.27 y giré la manija solo para encontrarla cerrada.

El Agente Thomson se rio entre dientes y agitó su tarjeta de identificación frente a un lector de tarjetas de seguridad en la pared que no había notado en mi entusiasmo. El LED rojo se volvió verde e inmediatamente volví a girar el mango. Tan pronto como abrí la puerta, Jade gritó mi nombre.

Mi pareja se levantó de la silla en la que había estado sentada y corrió hacia mí. Se arrojó a mis brazos, y los envolví fuertemente alrededor de ella, ajeno al dolor de mis moretones. Tomando mi cabello con ambas manos, ella aprisionó mis labios con un beso desesperado al que respondí de la misma manera. Rompiendo el beso, enterró su cara en el hueco de mi cuello y me abrazó con fuerza. Con una mano alrededor de su espalda y la otra sosteniendo su nuca, besé la parte superior de su cabeza antes de apoyar mi mejilla contra ella, inhalando profundamente el familiar y relajante aroma del champú floral que usaba.

Liberándola, a regañadientes, examiné su rostro y cuerpo en busca de cualquier signo de lesión. Ella se rio, diciéndome que estaba bien. Levantando la cabeza, noté al agente en el fondo de la habitación que había estado de guardia. Parecía familiar mientras nos miraba con una mirada preocupada en su rostro. Me tomó un momento recordar haberlo visto en la galería anoche. Esto explicaba cómo habían llegado tan rápido al lugar para limpiar la escena.

Sus emociones transmitían sorpresa, confusión y dudas florecientes.

Él pensaba que yo era un monstruo como Morgan.

—Me gustaría llevar a mi mujer a casa y que me asegure de que tal malentendido no volverá a ocurrir —le dije al Agente Thomson en un tono severo.

—Naturalmente —dijo Thomson con voz conciliadora—. Sin embargo, como la señorita Eastwood no presenció su encuentro con la Pesadilla, tendría que registrar su declaración. El Agente Tate, aquí, dará testimonio. No deberían ser más de veinte minutos de su tiempo y luego pueden marcharse para no volver a vernos.

Aunque reacio, lancé una mirada inquisitiva a Jade, quien asintió con la cabeza. Con un suspiro, me senté en la silla que Thomson indicó y traje a mi mujer a mi regazo. Ella se acurrucó contra mí, y distraídamente acaricié su sedoso cabello. El Agente Tate colocó la grabadora sobre la mesa frente a mí y la encendió. Mientras hablaba, la sensación de inquietud regresó. Traté de ser breve, pero el Agente Thomson me pidió que fuera más específico cada vez que sentía que estaba omitiendo detalles. Justo cuando llegué a la parte donde le había pedido a Mónica que llamara al chofer para que nos llevara a Jade y a mí a casa, la puerta de la sala de interrogatorios se abrió de golpe.

Sorprendidos, todos nos volvimos para encontrar a Wilkins y otros dos agentes entrando en la habitación, uno de ellos era el agente que había exudado odio en el vestíbulo de la entrada a mi llegada. Con todos los sentidos en alerta máxima, hice que Jade se pusiera de pie, me puse de pie también y la empujé detrás de mí. Los tres nuevos agentes inmediatamente colocaron sus manos en sus fundas, listos para sacar sus armas.

El Agente Thomson y el Agente Tate se pusieron de pie de un salto.

—¿Qué demonios estás haciendo aquí, Wilkins? —Thomson espetó— Te dije que esperaras en mi oficina para enfrentar medidas disciplinarias.

—Según las reglas —dijo Wilkins con una sonrisa maliciosa —, no estoy obligado a seguir las órdenes de un superior que ha sido comprometido.

—Yo, ¿comprometido? —preguntó el Agente Thomson, desconcertado.

El parpadeo de inquietud en los ojos del Agente Tate y las emociones desgarradas que emanaban de él indicaban que podríamos encontrar un aliado en él.

—Tú estás tratando, por tu cuenta, de exonerar a un asesino en serie que incumple el acuerdo que, también, está difundiendo propaganda, con la ayuda de su cómplice, para incitar a las mujeres a cometer suicidio —dijo Wilkins, señalando con un dedo furioso a Jade mientras decía la última palabra.

—¿Asesino en serie? Estás loco —susurró Thomson, mirando a su compañero como si lo estuviera viendo por primera vez.

Más que loco.

—No estoy loco —espetó Wilkins dando un paso adelante.

Empujando a Jade más lejos, también di un paso atrás y luego me preparé para levantar mi escudo etéreo si era necesario.

—La firma de energía del asesino encontrada en la mayoría de las trece víctimas de esta semana es similar a la encontrada en el cadáver de la galería que este monstruo afirma que era Morgan —dijo Wilkins, señalándome.

—Similar no significa igual o idéntico —dijo Thomson, agitando una mano despectiva—. La similitud es normal considerando que ambos surgieron de la señorita Eastwood.

—Eso todavía no prueba que el cadáver que encontramos

pertenecía a Morgan —argumentó Wilkins, su rostro adquiriendo una expresión testaruda.

—Sus cenizas sí —respondí.

—No había cenizas con el cadáver —dijo Wilkins—. La pila que encontramos estaba bastante lejos de eso.

—Porque escondí el cadáver para evitar que los humanos tropezaran con él —dije, mi voz indicaba claramente lo estúpido que me parecía ese comentario.

—Esas podrían haber sido las cenizas de cualquiera, no necesariamente de su víctima —argumentó.

Me encogí de hombros.

—El ADN probaría...

—No puedes obtener ADN de las cenizas, tonto —interrumpió Wilkins.

De acuerdo, eso no lo sabía.

—Pero puedes comparar el ADN del cadáver con la sangre encontrada en mi casa después de que Morgan me atacó —dijo Jade detrás de mí.

—Y coincidieron —confirmó Thomson, con la voz llena de tensión.

—Eso todavía no prueba que Morgan no fuera humano —dijo Wilkins.

—¿Qué? —Jade y yo exclamamos al mismo tiempo.

—Por lo que sabemos —dijo Wilkins, mirando a Jade con desdén—, también estabas follando con ese hombre, tuvieron una disputa de amantes, y nos usaste a nosotros y a tu demonio para hacer un ajuste de cuentas. No sería la primera vez que una perra enferma abusa de la ley para vengarse.

—Cuida tus palabras, humano —siseé, dando un paso amenazante hacia el hijo de puta.

—¿O qué, demonio? ¿Me vas a drenar también? —Wilkins se burló.

—Señor Dale, por favor —advirtió el Agente Thomson.

Contuve el impulso de matar a Wilkins, sabiendo que estaba

tratando de incitarme a hacer algo que justificara una acción violenta. La delicada mano de Jade frotando mi espalda suavemente ayudó enormemente.

—Te aseguro —dije con una voz apenas controlada—, no fue un humano con el que luché anoche.

Quitándome la camisa, la sostuve con el puño en mi mano. Todos los agentes en la habitación jadearon, con los ojos muy abiertos al ver los moretones que cubrían mi cuerpo.

—En lugar de acosarnos, deberías arrodillarte y agradecerme por eliminar permanentemente a esa Pesadilla. Si no fuera por mis poderes etéreos, me habría aplastado hasta convertirme en una pulpa. Contra uno de ustedes, cada uno de estos golpes habría atravesado la carne y los huesos, dividiéndolos por la mitad.

Un silencio incómodo siguió a mis palabras.

—Lo han visto —susurré, comprendiendo las miradas angustiadas en los ojos de los hombres.

—Sí —dijo Thomson, sombríamente—. Cinco de las trece víctimas de esta semana eran agentes.

Me estremecí. No era de extrañar que hubieran mostrado tanto odio y resentimiento hacia mi especie.

—Oh, Dios —susurró Jade.

—Dios no tiene nada que ver con eso —dijo Wilkins, saliendo de su aturdimiento atormentado, la chispa de locura en sus ojos brillaba más que nunca—. Es por eso que necesitamos eliminar a estas abominaciones —dijo, abriendo el pestillo de seguridad de su funda—. Estos demonios no deberían estar aquí, infestando nuestro mundo y corrompiendo a nuestras mujeres. Él debe regresar al Infierno donde pertenece, y esa perra debe ser acusada de propaganda atroz.

—¡Ya fue suficiente, Jeff! —dijo el Agente Thomson, con su propia mano volando hacia su cadera antes de darse cuenta de que no tenía su arma, ya que vestía ropa de civil—. Te estoy relevando del deber y poniéndote en baja administrativa hasta que hayas completado una evaluación psicológica para determinar tu capacidad para servir. Caballeros, por favor apréndanlo.

Los dos agentes que habían entrado en la habitación con Wilkins dudaron. Si bien todavía podía sentir su odio hacia mi especie, y por lo tanto hacia mí, estaban empezando a darse cuenta de que su líder estaba perdido. Esa vacilación fue suficiente para crear la oportunidad que el loco necesitaba.

Sacando su arma, Wilkins apuntó al Agente Thomson. Todos se tensaron, los otros agentes sacaron sus propias armas, pero no parecían saber a dónde apuntar.

—Yo lo estoy relevando del deber a *usted*, Agente Thomson. Es obvio que su extensa exposición a estos seres antinaturales ha contaminado su percepción del bien y el mal y le ha hecho olvidar su juramento de proteger a los humanos primero.

—Jefferson —dijo Thomson, levantando las palmas de las manos en un gesto apaciguador—, deja tu arma, hijo. No arruines tu vida y tu carrera. Hablemos de esto.

—Podemos hablar después de haber enviado a este demonio de regreso al infierno.

Mi escudo se alzó medio segundo antes de que terminara de girar su arma hacia mí. Aun así, la bala golpeó el centro de mi pecho con la fuerza de un tren de carga, sacándome el aliento. A pesar de que mi visión se nublaba por el dolor, me abalancé sobre él a través de los gritos de los hombres y el grito horrorizado de Jade. Con un rugido enojado, agarré sus manos y las sujeté contra la pared para evitar que volviera a disparar. En mi estado actual, no podía hacer mucho más.

—¡Aléjate de mí! —Wilkins gritó, tratando de liberarse de mi agarre. Presioné mi cuerpo contra el suyo para evitar que me pateara y me golpeara con las rodillas— ¡Dispárenle!

—¡No disparen! —Thomson gritó.

El tiempo se detuvo por un momento y entonces un destello maligno de claridad brilló a través de los ojos de Wilkins, enviando un escalofrío por mi columna vertebral.

—¡Ayuda! ¡Me está drenando! ¡Mátenlo! ¡MÁTENLO!

Múltiples detonaciones me ensordecieron, seguidas inmediatamente por el atroz dolor de dos balas que golpearon mi escudo etéreo a lo largo de mi pierna derecha. El tercero lo atravesó, y grité en agonía mientras mi fémur se rompía bajo el impacto a corta distancia. Tropecé hacia atrás antes de desplomarme en el suelo. A través de mi visión borrosa observé impotente cómo Wilkins apuntaba su arma a mi pecho con una sonrisa demente en su rostro. A través de la sangre corriendo por mis oídos, escuché los gritos de pánico de los hombres, Thomson gritando advertencias a Wilkins para que se detuviera, y Jade gritando mi nombre. Esto último fue lo que más me afectó; no podía consolarla ni protegerla.

Debería haberla llevado a casa cuando tuve la oportunidad.

Como en cámara lenta, un destello brillante apareció en la boca del arma de Wilkins seguido de una bala dorada corriendo hacia mí. Justo cuando se enterró en mi pecho, tres agujeros aparecieron en medio del propio pecho de Wilkins, su impecable camisa de vestir blanca absorbiendo con avidez su sangre Miró sus heridas con una expresión de sorpresa antes de deslizarse por la pared, con los ojos vidriosos.

El dolor más horrible que jamás había sentido me desgarró cuando la bala se hizo añicos dentro de mí. Mi corazón palpitaba frenéticamente mientras mis pulmones se llenaban de líquido que solo podía suponer que era sangre. La habitación daba vueltas a mi alrededor, las frías baldosas debajo de mi espalda desnuda se sentían más cálidas que mi propio cuerpo.

—¡KAZAN! —Jade gritó, corriendo a mi lado y cayendo de rodillas junto a mí.

Desconectando el caos que nos rodeaba, luché por concentrarme en la hermosa cara de Jade. Tensa por la tristeza, con las mejillas empapadas de lágrimas, me miró con ojos suplicantes.

—No me dejes. Por favor, no me dejes —suplicó, sacudiendo la cabeza en negación.

—Mi Jade —dije, mi boca llenándose de sangre.

Traté de levantar una mano para acariciar su rostro, pero no tenía la fuerza. Jade tomó mi mano y se la llevó a la mejilla, apoyándose en ella. Su dolor me torturaba mucho más que mi recipiente fallando.

—Por favor, bebé. Por favor —suplicó.

—Te he amado toda mi vida —dije, con la voz húmeda por la sangre que llenaba mis pulmones—. Siempre te amaré, en este mundo y en todos los demás. Gracias por desearme.

—No, Kazan. ¡No! Te amo. No puedes dejarme —miró a los hombres que nos rodeaban—. Ayúdenlo, por favor. ¡Por favor!

Aparecieron grietas en la mano que presionaba contra su mejilla y a lo largo de mi brazo, como si se tratase de barro seco. Parte de mi mano, así como trozos de carne a lo largo de mis brazos, se desmoronaron en cenizas cuando sentí que me alejaba flotando.

—Jade— susurré, antes de que lo último de mi conciencia fuera absorbido por el vacío bajo el sonido desvanecido del grito agonizante de desesperación de mi único verdadero amor.

CAPÍTULO 13
JADE

Kazan estaba muerto; permanentemente muerto. Incluso cuando su cuerpo se había convertido en cenizas en mis brazos, me había aferrado a la creencia de que, de alguna manera, volvería a mí. Después de que sus hombres se deshicieran del cuerpo de Wilkins, el Agente Thomson hizo todo lo posible por consolarme y ofreció que su gente se encargara del funeral de Kazan. De cualquier forma, debido a su fama, tenían que inventar una historia aceptable para evitar sospechas. Me importaba una mierda la sospecha y la mierda de "proteger al público". Mi corazón había sido arrancado de mi pecho con su muerte.

Al final, convencí al Agente Thomson de mantener en secreto la muerte de Kazan. Él había prometido luchar siempre por mí. Había viajado a través de mundos para estar conmigo. Me negaba a creer que este era el final. La noticia devastó a Mónica. De alguna manera, mi pérdida la hizo revivir la suya. Por mucho que me apenara hacerla pasar, de nuevo, por esto, ella fue mi apoyo en esta pesadilla.

Kazan no debería haber muerto. A pesar de que los primeros disparos lo hubieran dejado con una cojera permanente, los otros agentes no habían disparado para matar, solo para incapacitarlo. Loco o no, no sentía simpatía por Wilkins. Si el Agente Tate no lo hubiera matado, yo lo habría hecho. Qué irónico que su excompañero en el crimen haya sido el que lo terminó una vez que se dio cuenta de quién era el verdadero monstruo en la habitación.

Los veintiséis días antes de la primera Niebla después de su muerte se prolongaron a un ritmo insoportablemente lento. Durante los tres días que duró, mi corazón se rompió aún más cuando mis esperanzas y oraciones permanecieron sin respuesta; Kazan no me visitó.

Tan pronto como la Niebla se levantó, visité todos los lugares que me había mostrado en la Niebla, como los lugares que usó para el nacimiento de su forma humana y donde solía esconder lo que poseía para tener una ventaja en su próxima encarnación. Pero eso también resultó ser otra decepción aplastante. Al final del tercer mes, sin señales de Kazan, no tuve más remedio que ceder a la presión del Agente Thomson y Mónica para anunciar la muerte de Kazan y darle un entierro oficial.

Obviamente, no podíamos darle un funeral con ataúd abierto a pesar de que la Cuarta División había hecho un trabajo increíble al preservarlo. Con las partes de él que se habían convertido en cenizas, parecía una estatua astillada y parcialmente rota. Mónica me acompañó cuando los agentes incineraron sus restos. Laura había querido asistir para apoyarme, pero la Cuarta División no se lo permitió.

Mónica se encargó del funeral público. Hubo una asistencia impresionante de los fans y otros miembros de la comunidad artística. Todos se compadecieron de mí y lloraron la pérdida sin sentido de un hombre tan talentoso por un deslizamiento de tierra mientras conducía por una zona montañosa.

La semana siguiente, me enteré de que Kazan me había declarado su única heredera y albacea. Su testamento había sido redactado en la época en que Patrick y yo habíamos considerado casarnos. Su riqueza excedía lo que yo podría ganar, en toda mi vida, en mi carrera actual. Sin embargo, lo habría dejado todo por la oportunidad de estar con él de nuevo.

A pesar de todo, seguía aferrándome a la esperanza. Recordaba a Kazan diciendo que se requería acumular energía durante cinco o seis meses para poder permanecer en mi mundo sin un ancla durante unas semanas. Cuando el sexto mes llegó y se fue y no lo encontré en ninguna de sus ubicaciones, finalmente acepté que se había ido.

Había estado viviendo en el apartamento de Kazan desde su muerte para sentir su presencia a mi alrededor, pero, por consejo de mi hermana y Mónica, vendí tanto el apartamento como mi casa. Había estado tomando un año sabático del trabajo desde ese trágico día, pero decidí entregar mi renuncia. Después de empacar mis pertenencias y las seis pinturas centrales de nosotros, doné la ropa de Kazan a refugios para personas sin hogar, dejé la ciudad y me mudé a una pequeña y acogedora casa cerca de la universidad de mi hermana. Sin saber qué quería hacer con el resto de mi vida vacía, estaba feliz de que el propietario hubiera aceptado alquilarla, ya que no quería comprometerme con nada en este momento.

Cuando sonó la sirena de emergencia de la ciudad afuera, caminé lentamente hacia la ventana cerrada y observé cómo se elevaba la Niebla, cubriendo gradualmente la ciudad con vapor blanco. Ya no le temía, ahora que conocía sus reglas y a sus habitantes. Aun así, cuando el contorno de la primera pesada silueta de una Mistbeast apareció en la distancia, activé las cortinas de metal, sin tener ningún deseo de contemplar las pesadillas de otras personas.

Había tenido suficiente con las mías.

EPÍLOGO
KAZAN

Frío. Frío cortante. Dedos, manos y pies entumecidos. Incluso mi sangre se sentía a punto de convertirse en hielo en mis venas. Ponerme de lado me dejó exhausto y sin aliento. Pero el aire helado se clavó en mis pulmones y vías respiratorias.

Estoy demasiado débil. Esto fue demasiado apresurado.

Pero había pasado tanto tiempo... ¿Me llevaría mi impaciencia a mi muerte final? Incluso abrir los ojos se sentía como una hazaña hercúlea. Cuando lo hice, la vista ante mí sacudió mi corazón, acelerándolo. A menos de un metro de distancia, en un banco bajo, doblado y protegido del moho y la humedad por una bolsa de plástico, una manta gruesa me observaba.

No la había dejado ahí. De hecho, había descuidado mi refugio de nacimiento desde que conocí a Jade. ¿Alguien más había comenzado a usarla? Aun así, la perspectiva de algo cálido me dio una oleada de fuerza. Rodando sobre mi estómago, luché para ponerme a cuatro patas, mis brazos y piernas temblaban. Avanzando a paso de tortuga con movimientos torpes, finalmente alcancé mi objetivo. Demasiado entumecido, mis dedos apenas lograron sacar mi premio de su envoltorio. Un gemido estrangulado salió de mi garganta cuando el bendito calor de la manta se apoderó de mí.

Me llamó la atención un objeto blanco de forma rectangular que colgaba de una esquina de la manta. Alcanzándolo con manos temblorosas, lo acerqué a mi cara y casi lloré al darme cuenta de que era el dispositivo de control de una manta térmica que funciona con baterías. Presioné el botón de ENCENDIDO y, en segundos, la temperatura de la manta aumentó. Gemí de placer, envolviéndome con fuerza en este regalo celestial, y me acurruqué en posición fetal.

No sé cuánto tiempo estuve así, gradualmente sintiéndome cálido y tostado, mi cuerpo, recién nacido, volviendo a la vida. La sirena de emergencia de la ciudad, sonando en la distancia, me hizo salir de mi capullo. De pie, sobre pies inestables, fruncí el ceño al ver una maleta grande al lado de la gaveta de almacenamiento a prueba de agua que había traído aquí. Una nota dentro de una cubierta de plástico transparente había sido pegada en la parte superior.

Inclinándome hacia adelante, mi garganta se apretó y mi pecho se contrajo cuando comencé a leer.

Querido viajero,

Que estos artículos te brinden la fuerza y la comodidad necesarias para perseguir tu deseo, como esperaba que lo hicieran con mi Kazan.

J.

Mi Jade... Mi hermosa Jade... Incluso después de haber perdido la esperanza sobre nosotros, ayudaría a otros a alcanzar sus sueños. Mi corazón se llenó hasta casi estallar cuando abrí la maleta para encontrar ropa abrigadora, botas de mi talla, un abrigo de invierno, una billetera con doscientos dólares y un teléfono desechable. Las lágrimas se acumularon en mis ojos mientras me ponía la ropa divina. Era un poco grande, pero no me importaba.

Al abrir la gaveta de almacenamiento, mi corazón se llenó una vez más con gratitud al encontrarla llena de botellas de agua, latas de bebidas energéticas, barras energéticas, carne seca y varios otros consumibles con largas fechas de vencimiento. Sentado en el banco bajo, tomé una bebida energética. Para mi agradable sorpresa, a este cuerpo no parecía importarle el exceso de azúcar que contenía. Sin embargo, me deshice del sabor bebiendo una botella de agua antes de masticar una barra energética. Cuando comencé con la segunda, listo para abrir el paquete del teléfono desechable, el sonido de un automóvil que se acercaba me sobresaltó.

Poniéndome de pie, escuché, con el corazón acelerado, cuando el auto se detuvo frente al cobertizo que me cobijaba y el conductor apagó el motor. Estando alerta, me preparé para ver quién entraría. Por mucho que deseara que fuera Jade, por sus sueños, sabía que ya no vendría aquí, habiendo decidido obligarse a sí misma a seguir adelante.

La puerta se abrió a la ancha silueta de un hombre. El brillo de la luz de la mañana que inundaba la choza sin ventanas me cegó. No me había dado cuenta de la oscuridad en la que me encontraba aquí dentro. Parpadeé, tratando de distinguir el rostro del intruso.

¿O era del dueño?

—Bienvenido de regreso, Mistwalker —dijo una voz familiar y profunda.

—¡Agente Thomson! —susurré.

—Ciertamente se tomó su tiempo para volver con su mujer —dijo, en un tono de ligero reproche.

Lo miré, boquiabierto, sin palabras.

Sonrió y luego levantó la pesada bolsa en su mano, mostrándomela.

—Bueno, supongo que no necesitará esto, después de todo. Alguien ya se ocupó de usted—dijo, dándole a mi atuendo una mirada significativa.

—Lo sabía —dije, mi voz ronca por falta de uso.

—Oleada de energía, ¿recuerda? —dijo con un tono burlón. Me echó un vistazo, con un brillo de aprobación en sus ojos—. ¿Mejoró el cuerpo? Inteligente decisión.

Me di una mirada a mí mismo y mi rostro enrojeció ligeramente.

—Algunos podrían considerarlo un retroceso —dije, habiendo elegido un cuerpo diferente esta vez, un poco más bajo y menos musculoso.

—Pero más normal, aunque todavía del tipo alto y musculoso —dijo el agente—. Los sutiles cambios faciales también nos facilitarán la vida.

Acercándose, el Agente Thomson vació el contenido de su bolso en la maleta, dejando ropa abrigadora, una chaqueta y un par de botas.

—También podría volver a poner el dinero y el teléfono allí —dijo el agente—, no los necesitará —sonrió ante mi mirada preocupada pero curiosa—. Lo llevaré a casa, con su mujer.

La emoción amenazó con abrumarme de nuevo. Antes de encontrar el teléfono desechable, temía la larga caminata de regreso a la civilización entre la nieve y los fríos vientos. Después de encontrarlo, había planeado llamar a Mónica, con la esperanza de que creyera que era yo, para pedirle que me recogiera. Sin saber cómo reaccionaría Jade, no quería traumatizarla innecesariamente.

—Gracias, Agente Thomson—dije con sincera gratitud.

—Alfred. Llámame Alfred, Fred o Al —dijo el agente, sus líneas de expresión se arrugaron—. Esto no es asunto de la Cuarta División. Simplemente, no le menciones a nadie que he usado sus sistemas para encontrarte —la preocupación debió mostrarse en mi rostro, haciendo que su sonrisa se ensanchara—.

Relájate, hijo, he borrado el registro de tu oleada de energía de nuestros sistemas.

Mis hombros se relajaron por el alivio.

—Gracias, Al —dije con una sonrisa tímida—. Puedes llamarme Kazan.

—No —dijo Alfred, en un tono que no admitía discusión—. Kazan Dale murió hace cuatro meses a causa de un trágico deslizamiento de tierra mientras conducía por un campo montañoso. Cientos de personas lloraron su muerte y asistieron a su funeral.

Sacando una pequeña billetera de su bolsillo, me la arrojó. La atrapé y la abrí para encontrar un par de tarjetas de identificación, incluidas tarjetas de seguridad social y certificados de nacimiento.

—Ahora eres Kyle Winters —riéndose de mi consternación, hizo un gesto hacia la puerta con la cabeza—. Vamos, salgamos de aquí.

Seguí su dirección, ansioso por reunirme con mi pareja. A pesar del cálido abrigo, el aire frío de la mañana caló en mi cuerpo durante la corta caminata hasta el auto. Mirando el camino largo y desierto por delante, me quedó claro que nunca lo habría logrado. Thomson encendió el motor mientras me abrochaba el cinturón de seguridad. Sin dudar, al sentir mi fuerte mirada sobre él, se giró para darme una mirada burlona.

—No sé por qué estás haciendo esto, pero desde el fondo de mi corazón, te agradezco —dije, sin saber de qué otra manera expresar la profundidad de mi gratitud.

La expresión del anciano se suavizó. Por primera vez, experimenté lo que creía que sería la mirada indulgente de un padre sobre su hijo. Al no respondió de inmediato. En cambio, tomó un vaso térmico alto del portavasos del auto y lo tendió hacia mí.

—Caldo de pollo —dijo Al—. Todavía debería estar caliente, así que ten cuidado de no quemarte.

Acepté gustoso el ofrecimiento, acogiendo el calor del recipiente entre mis dedos.

—Hay un par de sándwiches de tocino, lechuga y tomate en esa bolsa —agregó, señalando con la barbilla una bolsa marrón en la consola entre nuestros asientos—. Escuché que eran tus favoritos —explicó ante mi expresión atónita.

El silencio se prolongó por un momento cuando giró hacia la carretera principal. No lo presioné, sintiendo que necesitaba tiempo para decidir cómo responder a mi pregunta implícita.

—Tengo una hija, Giselle. Tiene más o menos la misma edad que la señorita Eastwood —dijo Al en un tono coloquial, con los ojos fijos en la carretera—. Desde su adolescencia, ha sido una fuente inagotable de preocupación. Era una buena chica, pero, también, el mayor imán para los hombres malos. Mi bebé pasaba de una relación abusiva a otra, una de las cuales casi la mata.

—Lo siento —dije.

Al se encogió de hombros.

—No tienes por qué. No fue tu culpa, sino mía por no ver lo mal que se habían puesto las cosas para ella. Había venido a mi casa a cenar temprano, angustiada porque su ex había muerto en prisión en una pelea con otro recluso. Esa noche lo cambió todo. Se fue a tiempo para llegar a casa antes de que sonaran las sirenas. Acababa de cerrar mi casa por la Niebla y fui a mi oficina a trabajar en un nuevo avión a escala, como es mi rutina durante esos tres días —su rostro se tensó y su mandíbula se apretó mientras recordaba—. Encontré la nota de suicidio de Giselle en mi escritorio, suplicando mi perdón, pero que ya no podía soportar el dolor.

Mi pecho se apretó por él, ya adivinando hacia dónde se dirigía esto.

—Como la Niebla ya había aparecido, no pude llegar a la casa de Giselle. Llamé, y ella no respondió. Me destrozó. Mi esposa murió hace años de cáncer de mama. Mi niña era todo lo que me quedaba. Pero luego, dos horas más tarde, me llamó diciendo que un Mistwalker fuera de su casa la había obligado a volver a entrar porque no era seguro.

Mi corazón se agitó.

—Su Deseo—dije.

El Agente Thomson asintió.

—Durante los siguientes seis meses, la llevó a su mundo durante la Niebla y la trajo de vuelta antes de que sonara la alarma —me dio una mirada de reojo llena de emoción antes de volver a mirar la carretera—. Nunca había visto a mi hija tan feliz. Ocurrió lo inevitable. Risul no podía manejar la vida mortal, por lo que ella lo siguió a la Niebla. Enterré a mi hija hace poco más de ocho años. Sin embargo, cada mes, paso los tres días de la Niebla con ellos, ya sea en tu mundo o aquí.

—Me alegro mucho por ti y por tu hija —le dije después de tragar otro sorbo del delicioso caldo—. Me alegra el corazón que se hayan encontrado.

El agente sonrió.

—No me tomó nada de tiempo reconocer que eras como él, simplemente tratando de hacer feliz a la hija de otro hombre, como lo había hecho Risul por la mía. Pero las Pesadillas son todo lo que recuerdan los agentes. Por favor, no nos juzgues con demasiada dureza.

—No. Entiendo muy bien los estragos que puede causar una sola Pesadilla —inclinando mi cabeza, le di una mirada inquisitiva—. ¿Te encuentras con muchos de ellos en cada Niebla?

El Agente Thomson resopló.

—No. Son extremadamente raros. Muy pocos de tu tipo pueden cruzar. Entre los que lo hacen, muchos mueren en los primeros días, demasiado débiles o desorientados para adaptarse a nuestro mundo. Fuiste inteligente —dijo, dando una mirada de reojo llena de respeto—. Planeaste cuidadosamente tu llegada a un lugar seguro para nacer. No tienes idea de cuántos de tus compañeros son devorados por Mistbeasts a la mitad de la formación de su recipiente humano. En verdad, Hombre de Negro es un título bastante pomposo para un equipo de limpieza. Después de la Niebla, pasamos la mayor parte del tiempo deshaciéndonos de los restos de los Mistbeasts y los Mistwalkers que no pudieron volver a cruzar el Velo, lidiando con personas desaparecidas, Pactos de la Niebla o falsas tragedias de la Niebla utilizadas para ocultar homicidios domésticos.

—Lo siento por eso —dije—. Pero que haya tan pocas Pesadillas es un alivio.

El asintió.

—Lo es. De no ser por esa Pesadilla, hubieras sido lo más emocionante que le haya pasado al departamento en algunos años. Ahora que Kazan Dale ya no está, ¿qué tal una carrera en Cuarta División? Nos vendría bien un Cazador como tú.

Resoplé.

—No, gracias. Definitivamente no soy un cazador de monstruos. Jade no lo permitiría de todos modos.

—Me imagino —dijo, con una sonrisa burlona.

—Lamento lo de tu compañero —dije, cambiando abruptamente de tema.

Thomson suspiró y sacudió la cabeza ante la vida desperdiciada.

—No lo lamentes. Llevaba ya un tiempo que había estado enloqueciendo. Lamento que usted y la señorita Eastwood hayan tenido que sufrir tanto por ello. Al menos, ese incidente nos ha obligado a revisar nuestro proceso de evaluación emocional y psicológica de los agentes frecuentemente expuestos a situaciones de estrés.

Estaba a punto de responder cuando me di cuenta de que no nos dirigíamos al centro de la ciudad, sino alejándonos de ella. Mi cabeza se sacudió hacia él, no queriendo creer que podría estar traicionándome.

—Relájate, hijo —dijo Thomson, al notar mi inquietud—. Después de tu funeral, la señorita Eastwood se mudó a Covington para estar más cerca de su hermana. Pero, antes de llevarte allí, debemos hacer un pequeño desvío a una de nuestras casas de seguridad para que podamos obtener algunas fotos oficiales de ti para tus identificaciones restantes; pasaporte, licencia de conducir, etc.

Veinticinco minutos después de dejar mi cobertizo de nacimiento, llegamos a una casita de aspecto discreto en un vecindario tranquilo. El Agente Thomson... Al... me hizo ducharme, arreglarme el cabello despeinado y ponerme un suéter negro, que le quedaba mejor a mi nueva talla, antes de tomar las fotos. De hecho, agradecí la oportunidad de ponerme un poco más presentable antes de volver a ver a Jade.

Espero que le guste este nuevo cuerpo.

El agente tardó treinta minutos en terminar de reunir mis documentos de identidad y, luego, otros veinte minutos en coche antes de llegar a la pintoresca casita de piedra de Jade. Mi pulso latía en mi garganta mientras miraba las ventanas cerradas, sabiendo que el amor de mi vida estaba adentro, a solo unos metros de mí.

—Este es tu nuevo comienzo, señor Winters —dijo Al, extendiéndome una carpeta—. Tu nombre no aparece en ningún expediente de la Cuarta División. Para nosotros, eres solo otro ciudadano respetuoso de la ley, nacido de padres humanos. Espero que nunca nos volvamos a encontrar.

Con la garganta cerrada, asentí y le estreché la mano.

—Espero que nunca nos volvamos a encontrar en este mundo, pero tal vez nuestros caminos se crucen en la Niebla.

El hombre mayor sonrió, volviéndose paternal otra vez.

—Tal vez. Ahora ve y haz feliz a tu mujer. Ha esperado mucho tiempo por ti.

Tragando saliva, asentí de nuevo y salí del auto. El crujido de la nieve recién caída bajo mis botas se ahogó bajo los latidos erráticos de mi corazón mientras caminaba hacia la puerta. A pesar del aire frío que me apuñalaba los pulmones, respiré profundamente antes de tocar el timbre.

Con mi cuerpo temblando de miedo, temí por un momento que todavía estaría profundamente dormida. Jade dormía como un muerto. Ninguna cantidad de toques del timbre la habrían despertado. Cuando las cortinas comenzaron a subir, mi corazón saltó en mi pecho.

La puerta interior de madera se abrió ligeramente, los magníficos ojos verdes de Jade se asomaron por la estrecha rendija. Se ensancharon en estado de shock. Contuve la respiración cuando ella lo abrió de par en par, su mano sujetando mi marca sobre su bata verde de seda que cubría su camisón. Sus labios temblaron y su cuerpo tembló mientras me miraba a través de la puerta mosquitera.

—Mi Jade —susurré.

—Kazan —articuló.

Algo llamó la atención de Jade, y miró detrás de mí. Mirando por encima del hombro, vi al Agente Thomson levantar una mano a modo de despedida y luego irse. Me volví hacia Jade para encontrarla forcejeando con la cerradura. Retrocedí un paso cuando ella abrió la puerta. Dando un par de pasos hacia adelante, me detuve en el umbral de su casa, donde me quedé paralizado ante ella.

—Regresaste —susurró ella—. Regresaste.

—Siempre volveré a ti, Jade. He cruzado el Velo cien veces para estar contigo. Nada, ni siquiera la muerte, puede separarnos.

Lágrimas de alegría llenaron sus ojos mientras extendía sus brazos hacia mí.

—Mi Kazan— dijo, sonriendo a través de las lágrimas.

Recibida su bendición, crucé el umbral y la atraje a mis brazos. Nuestros labios encontraron los del otro. Envuelto en las emociones divinas de mi amada, supe que, esta vez, mi viaje había terminado. Estaba en casa.

JADE

Incluso seis años después de ese día tan improbable en que Kazan (corrección, Kyle) volvió a mí, nunca me cansaba de contemplar la perfección que era mi hombre. Le había costado un poco acostumbrarse a su nuevo cuerpo. El metro con noventa y tres centímetros en lugar de los dos metros de altura habían mejorado significativamente su calidad de vida y habían hecho que mi propio cuello estuviera más feliz ahora que ya no necesitaba doblarlo completamente hacia atrás para mirarlo.

Aunque me encantaba su viejo cuerpo de físico-culturista, cual guerrero bárbaro y con músculos abultados, este nuevo cuerpo de modelo de portada de revista, con deliciosos abdominales que provocan lamerlos, era exactamente lo que realmente quería, en secreto. Si bien todavía compartía bastantes similitudes con su antiguo rostro, este era más varonil, guapo y menos juvenil que el anterior. Con su cabello negro y los mismos ojos grises tormentosos que tanto amaba, podría haber pasado por el hermano o pariente de Kazan.

Después de nuestra tórrida reunión, lo regañé por no contactarme antes durante la Niebla. Resulta que habíamos pasado todos estos meses juntos en mis sueños, los cuales olvidaba inmediatamente por la mañana. Había estado demasiado débil por su regreso a su reino para atraerme durante la Niebla.

Me había asustado saber que, después de su muerte, apenas había logrado regresar a su reino. Lo poco que quedaba de él había sido apenas más fuerte que una chispa; un Deseo recién nacido. Pasó los primeros tres meses escondiéndose de seres de la Niebla más fuertes que intentaban alimentarse de él, mientras él personalmente cazaba Deseos vacilantes que no habían alcanzado la conciencia de sí mismos y, por lo tanto, no huían en presencia de depredadores. Al comienzo del cuarto mes, fue lo suficientemente fuerte como para comenzar a enfrentarse a bestias menores. Para el sexto, había vuelto a ser el mismo de antes. Solo pasó un mes construyendo sus reservas después de esos seis meses de curación. Pasar por el nacimiento mortal en el séptimo mes había sido imprudente.

Aun así, no podría agradecer lo suficiente a lo que sea que le permitió sobrevivir a su terrible experiencia y regresar a mí.

Si bien parte de la forma etérea de Kazan se había convertido en cenizas después de su muerte, de ahí su estado debilitado en la Niebla, explicó que la mayoría de las cenizas que se habían desmoronado a su alrededor procedían en realidad de la fuerza vital de Morgan, que había absorbido la noche previa.

Caminando hacia mi hombre, sentado en un taburete mientras trabajaba, pasé mis dedos por su negro cabello, admirando su última pieza. Con la muerte de Kazan, Kyle no pudo continuar su carrera donde la había dejado. En lugar de pinturas hiperrealistas, asumió la escultura hiperrealista. Si no fuera por la temática del amor monstruoso de sus piezas, diría que era tan bueno como Ron Mueck.

—Es impresionante —susurré, mientras le daba los últimos toques a la escultura de tamaño real de una mujer desnuda en los brazos amorosos de un hombre lobo, amamantando a un niño recién nacido envuelto en una capa roja, con dos pequeños mitad humanos/mitad cachorros de lobo apoyados a cada lado de su padre y tratando de mirar a su hermano pequeño—. Creo que esta es mi favorita.

Él se rio entre dientes y envolvió un brazo alrededor de mi cintura, atrayéndome hacia él.

—Dices eso con cada pieza nueva. Pensaba que el extraterrestre escamoso con cuernos era tu favorito.

—¡También lo es! Es tu culpa si estoy confundida. ¡Cada una de tus piezas supera a las demás! —exclamé antes de besar la parte superior de su cabeza.

—Vaya, gracias, mi amor —dijo Kyle, sonriéndome—. ¿Es esa tu forma de decir que quieres jugar con el lobo esta noche?

Me sentí sonrojar y un enjambre de mariposas revoloteó en la boca de mi estómago.

—¿Tal vez? No he visto esa cola peluda en mucho tiempo— dije tímidamente, inclinándome para besarlo.

—¡Mami! ¡Mami! ¡La tía Laura está aquí! —la voz aguda de nuestra hija gritó, sorprendiéndome antes de que mis labios pudieran siquiera tocar los de mi esposo.

El sonido de estampida de los piececitos de nuestros hijos aumentaba de volumen a medida que entraban corriendo en el estudio.

—¡Más despacio, pequeños demonios! —exclamé mientras venían disparados hacia nosotros— ¿Qué dije acerca de entrar al estudio? —pregunté con voz severa.

—No correr —dijo Matt, mi hijo menor, aunque sonaba más como "coder". Arrugó su adorable rostro de tres años, tan similar al de su padre.

—No pelear y no lanzar cosas a mi infur... insafu...

—Insufrible —dije por ella.

—¡Sí! Insufrible hermanito —dijo Serena, haciéndole una mueca.

Kyle y yo nos reímos. Se puso de pie y, juntos, fuimos a saludar a mi hermana, quien nos cuidaría a los niños mientras nos asegurábamos de reponer las reservas etéreas de mi esposo.

La sirena de emergencia de la ciudad sonó justo cuando terminábamos de cenar.

—Oooh, ¿podemos abrir las persianas y ver a las Bestias? —preguntó Matt, sus ojos tormentosos suplicantes.

—¡No! —Serena gritó, volviendo sus ojos grises idénticos hacia su hermano, un año menor que ella.

—Sabes que le da pesadillas a tu hermana —dijo Kyle, con reprobación.

Matt miró a su hermana con los ojos llenos de picardía y luego empezó a cacarear.

—Pequeño...

Serena saltó de su silla para perseguir a su hermano, pero Kyle la atrapó sobre la marcha, atrayéndola a su regazo.

—Ustedes dos sigan peleando y no los llevaremos a la Niebla —dijo Kyle, con una advertencia en su voz.

Ambos niños jadearon y balbucearon casi al unísono, rogando venir y prometiendo ser buenos.

—Los llevaremos a la Niebla mañana por la noche SI la tía Laura nos dice que se han portado bien todo el día —dije, tratando de mantener una expresión severa en mi rostro mientras miraba a mis pequeños demonios.

A pesar de todas las bromas y burlas, mis hijos se amaban.

Un par de horas más tarde, con nuestros hijos bañados, con sus dientes cepillados y metidos en sus camas, les leímos un cuento para dormir antes de darles un beso de buenas noches. Ignorando el guiño sugerente de Laura mientras le deseaba buenas noches también, dejé que mi esposo me llevara de la mano a nuestra habitación.

Momentos después, me encontré corriendo por los bosques llenos de niebla del mundo de los sueños, desnuda, excepto por mi capa roja con capucha, perseguida por un lobo hambriento que intentaba capturarme. Mi corazón latió con fuerza ante el sonido de sus pasos acercándose a mí, ansioso por reclamar su premio más que dispuesto.

Me atrapó, sujetándome al suelo blando cubierto por un musgo parecido a un cojín.

—Niña tonta —gruñó—, no deberías haber entrado en mi dominio. Ahora, voy a tomarte y luego te devoraré.

—¡Haz lo peor que puedas, bestia!

—No soy una bestia —ronroneó con su voz retumbante, antes de lamer la marca sobre mi pecho expuesto—. Soy el monstruo en la Niebla.

Mi monstruo. Mi Kazan. Mi mayor Deseo.

FIN

ACERCA DE REGINE

La autora de best-sellers de acuerdo a USA Today, Regine Abel, es una adicta a la fantasía, lo paranormal y la ciencia ficción. Todo lo que tenga un poco de magia, un toque inusual y mucho romance la hará saltar de alegría. Le encanta crear guerreros alienígenas y heroínas sin pelos en la lengua que se desenvuelven en nuevos mundos fantásticos mientras se embarcan en aventuras llenas de acción, misterio y giros inesperados.

Pero antes de dedicarse a la escritura a tiempo completo, Regine se había entregado a sus otras pasiones: ¡la música y los videojuegos! Tras una década trabajando como ingeniera de sonido en el doblaje de películas y en conciertos en directo, Regine se convirtió en diseñadora profesional de juegos y directora creativa, una carrera que la ha llevado desde su casa en Canadá hasta los Estados Unidos y varios países de Europa y Asia.

Facebook
https://www.facebook.com/regine.abel.author/

Sitio Web

https://regineabel.com

Gruppe de lectores Regine's Rebels
https://www.facebook.com/groups/ReginesRebels/

Boletín informativo
http://smarturl.it/RA_Newsletter

Goodreads
http://smarturl.it/RA_Goodreads

BookBub
https://www.bookbub.com/profile/regine-abel

Amazon
http://smarturl.it/AuthorAMS

www.ingramcontent.com/pod-product-compliance
Lightning Source LLC
Chambersburg PA
CBHW071611030726
47598CB00001B/232